淮水流过二道河

崔小红◎著

余国松书

时代出版传媒股份有限公司
安徽文艺出版社

图书在版编目（ＣＩＰ）数据

淮水流过二道河/崔小红著.—合肥：安徽文艺出版社,2020.9
（2024.2重印）
ISBN 978-7-5396-6897-0

Ⅰ．①淮… Ⅱ．①崔… Ⅲ．①诗集－中国－当代②散
文集－中国－当代 Ⅳ．①I217.2

中国版本图书馆 CIP 数据核字(2020)第 031985 号

出 版 人：姚 巍
责任编辑：张妍妍　姚 衍　　　　　装帧设计：徐 睿
....
出版发行：安徽文艺出版社　　www.awpub.com
地　　址：合肥市翡翠路 1118 号　　邮政编码：230071
营 销 部：(0551)63533889
印　　制：山东百润本色印刷有限公司　(0635)3962683
....
开本：710×1010　1/16　印张：21.75　字数：300 千字
版次：2020 年 9 月第 1 版
印次：2024 年 2 月第 2 次印刷
定价：69.80 元
....

桃花依旧笑春风(序言)

赵 阳

"桃花依旧笑春风"是淮南作家崔小红的微信昵称。为她写序言,是我想做却又怕做的事情。

2015年,寿县划归淮南市管辖的消息被传得沸沸扬扬。我开始留意互联网上有关淮南的动态,尤其重视其文化群里的消息。这时,一个名叫"桃花依旧笑春风"的人引起我的注意。

一天,在一个群里,"桃花依旧笑春风"放进一篇《民国小镇九龙岗》的散文。我点开那篇散文,发现文笔干净,夹叙夹议,抒情适时,思路跳进跳出,文字驾驭轻松。篇幅虽短,情思却长,展现出一定的文史功底。从文章配图可以看出,这是一个正值茂年的女子。按图索骥,我又查看了她的其他文字,多与地域文化有关,配有她现场勘查的照片,图文并茂,带入感很强。除此之外,也有一些是抒发个人情怀的诗篇。她的地域散文结构缜密,引经据典,知识厚重,文风轻灵,感情真挚,娓娓道来,好似在与你促膝谈心。

从文章上的署名,我知道了"桃花依旧笑春风"就是崔小红。

寿县融入淮南后,崔小红向我款款走来。2016年1月,她到正阳关采风,顺道来寿县拜访文友。文人相见,少不了美酒。我们这班爷们居然变得怜香惜玉起来,没有一个人想去"开水浇花"。崔小红笑盈盈地坐在那里,看我们推杯换盏,酒事活动与她无关。

再一次见面已是2017年夏天,有关方面安排我到淮南脱产学习。这事被小红知道,她约大家聚聚。一天晚上下课后,她带人开车到楼下接我。上车后发现,车上几位都是淮南文学界的大咖。汽车一路向南,一溜烟地跑进乡野,在一处垂柳依依的地方停下来。这里是远近闻名的"草莓之乡"。这段插曲,给我枯燥的学习生活平添一缕快乐。

崔小红是一个知性的人,着装时尚,举止优雅。她所独具的女性魅力,在她的文学作品里发酵,酝酿出一篇篇美艳诗文,令读者如饮甘露。读者喜欢她的文章,应归功于她是一个细心的人,斟词酌句于她的文字。她又是一个粗心的人,不善交际是她与生俱来的特质。写作四年来,她一直没有真正融入文坛的圈子。集体的文学采风研讨等活动,很少看到她的身影。她的身影在淮南的山水画卷中,在采风的街头巷陌里。穿梭往来,乐此不疲。

崔小红更是一个勤奋的人。2015年8月起步文学。2017年7月出版《诗意八公山》,收文70篇。2018年出版《听古城》,收文96篇。今年再度推出《淮水流过二道河》,收文92篇。四年三本书,算不算写作上的劳动模范?

崔小红有点小气,她出版的书很少送人。一天,她很高兴地来与我谈论长篇小说的创作,随身带来一本《听古城》,说是请我转送一位文友。离开不久,又打来电话,让我看看书籍的扉页抑或序言的纸张有无破损? 她说她刚才突然想起在家的时候,发现一本书哪个地方的纸张有一个花生米大的洞,别把那本书拿出来送人了。我翻开书,果然找到破损页。崔小红有些沮丧,让我找时间把那本书退还给她。

崔小红是一个有想法的人。就在刚才,我俩还在电话里就书稿编辑进行争论。我建议书稿按题材或体裁归类辑录。她说不搞穿靴戴帽,坚持以时间顺序编排,散文与诗歌交叉进行。她有了想法,会征求别人意见,一旦形成定论,就很难改变。她为人自尊,文字自信。

崔小红奉行积极现实主义的文学创作观。她认为,作家的价值在于传播真情和性情,讴歌时代。为了践行这一文学观,她行走在淮河两岸,不畏千辛万苦,"拿起如橡巨笔,去深入人心地宣传淮南,乃至淮河两岸的地域文化","让民众知晓地方历史,目染风土人情,激发大家热爱家乡的情感"(崔小红《敬你岁月无波澜》)。她在创作这些作品的时候,由情而发,不事雕饰,行于当行,止于当止。四年多的时间,她异军突起,在淮南文坛建立了自己的写作根据地,成为一名受许多读者喜爱的作家。

行文至此,我突然感觉我的担心有些多余:崔小红的很多行为并不是特立独行,我们在文学的追求上殊途同归。区别在于,她有自己的独特体验和表达方式。差异从来都是为了制造和谐,而不是导致冲突。

真诚希望在文学的果园里,桃花年年绽放,含笑面对春风。

现在,《淮水流过二道河》已摆在你的案头,请与作家做一次心与心的交流。

2019 年 10 月 10 日

于古城寿州

赵阳:中国作协会员,寿县作协名誉主席,著有散文随笔集《城墙根下》《寿州走笔》《寿州情缘》等。

目·录

一

冬明淮水长

美美的天意

今冬
美美的天意在淮南城里播撒
播撒希望
播撒雪花
播撒一路的歌声
听醉了喜洋洋的冰凌
晶莹剔透
在矮矮的屋檐上
静悄悄地悬挂
在今冬这个冰清玉洁的时刻
我收到一份命题作业
要在这粉妆玉砌的世界里
去采一把沁人心脾的春茶

我在雪地里采茶
纤纤玉手上下翻飞
我的耳际萦绕着歌声
采茶舞曲在随机播放
你天真地问
崔老师
你怎么不掉进冰水里呢？
也好给我一次救你的机会！
哈哈
你的这段话
显然洁白无瑕

于是，在洁白的大地上
我更加忙碌地采茶
今冬
我的身后是清凌凌的流水
来年
我的前面必然是无限的春光
绽放在篱笆墙边
野蔷薇环绕的人家

（写于 2018 年 1 月 5 日）

小学那几年

2018年初，暴雪在一夜之间覆盖了淮南。此时风声寂然，我的思绪变得简单起来，回忆的线条在寂静中随时间聚散。我想在这场洁白的陪伴下，继续写一写前半生小学时期那模糊又清晰的几年生活片段。

自传起源于人类自我纪念的本能。鲁迅先生作为近代新文化运动的领军人物之一，他在44岁那年正式为自己写传略。另一位领军人物胡适先生，在他39岁那一年也开始写自传。许多自传都是思想史的重要文献。

去年我46岁，突然意识到正在遗忘许多东西，于是便开始为自己写传《我看时光流淌》，唤醒的是上小学之前的一段模糊的记忆。今天我要擦亮的将是一段小学的时光，我想把久违的童谣再次唱响。这些故事就像是2018年的第一场雪，那一颗颗冰粒飘进我的心里，让我冷静下来去安心梳理，去看看自己少年的身影如何从木槿花前走过。

我童年生活的地方在怀远县张店公社，那里张姓人家较多。我家属于外来户，有点与众不同。与众不同的地方还有许多，那里的小孩子呼喊自己的父母为"爷、娘"，我喊"爸爸、妈妈"。那里的女孩子通常叫张丫头、俊丫头、黄毛丫头、瘦丫头……我有自己的名字小红。

他们都是农民，耕作着自己的土地。我爸爸是手艺人，专门为公社修理架子车等机械。如果欠下修理费，他们就送给我们一些土地。这些土地的耕作成了难题，于是有人来帮我们耕作。然后我的父母热情款待，再然后我家又收到一些土地……

十一届三中全会之后，我家丢下那些土地返城。我的母亲至今还常常念叨，有点恋恋不舍……人总是这样，舍弃后又觉得很好。其实没舍弃之前，那份沉重的负担早已压得人喘不过气来。

我上小学纯属意外，因为溺水了，还差点身亡。我的父母把我送进学校。那个时候农村的孩子上学都在10岁左右。我6岁多就进了学校，他们一方面想让我接受启蒙教育，另一方面认为学校比较安全。

我现在是一名教师,总会遇到比较棘手的学生。老师常常抱怨家长做起甩手掌柜,从来不管孩子学习,只把学校当成看孩子的地方。这时,我会想到我小学生涯的开始。

我在小学三年级之前的记忆是模糊的,能想起来的事件多跟羞辱有关。记得与我坐在一起的是一名男同学。他喜欢折纸,然后在折纸上插一根筷子,于是就变成盒子枪。我们趴的桌子都是用泥土和秫秸糊的,板凳从自己家里带来。每次上课的时候,他把盒子枪插进桌子,枪口对着我。我当时不知道他是何用意。那个男孩子用狡黠挑衅的坏笑看着我,他要把别人的羞辱和愤怒激活。我意识到那不是好事,就报告老师,老师说:"你的事真多,不遵守纪律,打断我的上课思路,耽误大家时间。"后来我就不再报告,一发现盒子枪口对准我,我就把枪口拨过去。老师发现后说:"崔小红,我要在你耳朵上拴根绳,开小差就拽拽你。"

打字到这里的时候,我居然忘记那位老师的性别。当然也完全忘记那名男同学的姓名和模样。只记得老师说那句话的时候,同学们哄堂大笑的气球被瞬间戳破,"哈哈哈——"同学们前仰后合,用手拍打着桌面。那个时候,我的心智发育水平不高,还没有觉得羞愧,只是懵懂地看着他们。

我知道害羞的一件事情也发生在课堂上。老师挂出一幅猴子捞月亮的画。一个一个小猴子你拽着我的尾巴,我拽着你的尾巴去捞水里的月亮。老师当时启发大家,说了一个什么问题,马上就要提问。提问前的课堂气氛通常是紧张的,学生们都安静地坐在那里低着头,好像做了亏心事一样。

我却在此时着急地说:"老师,我要尿尿。"紧张的课堂冰山被我一句话崩裂,沉重的冰块变幻成轻松的浪潮。有的同学看着我笑,有的干脆指着我笑,我感觉脸上火辣辣的。笑浪铺天盖地,就像现在窗外的白雪一样铺天盖地。那是几年级的事情?那位老师是男的还是女的?时间让一切变黄,记忆有时又青葱不老。

我记得相对清楚的事情多发生在四年级以后。那个年代除了快乐,就是穷。校舍的窗户穷得洞开,我们穷得只剩下时间。我们找来烂掉的碗碴,在黄泥做的桌面上划来划去,然后比比谁的桌面光亮。或者跑到北界河的土坝上去淘沙子,去捡砂浆,去沟坎上搂柴火。碎掉的碗碴也有用,我们有足够的时间把它们敲得更小,敲得规整,然后蹲成一圈拾石子,口中念念有词。大人说,这些小孩记性真好。现在我已完全忘记那些口诀,我好像又能模模糊糊地记住一段："猪耳朵棵,一把撺,两耳环,还两个,左边绞,右边搁,铛铛我找到。铁丝铃,铜丝铃,多多来满铃。"这是硕果仅存的一段。

春天来了,张店公社通往魏庄区的那条道路两旁长满哗啦哗啦响的大叶杨。沟西的芦苇绿了,沟东的河面拱起一座青砖小桥,北边的蒲棒黄了,水柳垂下丝绦。我会爬上柳树折一些树枝,编成柳叶帽戴在头上,就像电影里面的解放军一样。我要隐蔽起来保护群众。

那个时候,我还不知道张家美的母亲是国民党军官的老婆。我只感觉张家美长得不像张店人。他身材匀称高挑,长得洋气,眼睫毛很长,眼珠黑豆一样有光,他的母亲也是身材高挑,她是南方人,喜欢经商。

我早已不记得她的模样,仅存的记忆是她躺在小安床上。她的脸上盖着黄表纸,张家美在给她洗脚,然后穿上白袜黑鞋,最后用麻绳把双脚绑在一起。他家低矮的草房门口摆放一口棺材,许多孩子围在那里看。恶作剧的孩子猛地一推,被推向棺材的孩子大声惊叫。然后大人走过来呵斥一声,孩子们四散开去。

张家美的母亲那天又去水家湖看望女儿。返家的时候,她像往年一样带回来一些咸肉和咸鸡,走到姜咀天已黑透。穷朋友崔姓人像以前一样收留她暂宿一夜,明天接着赶路。到了明天,张家美的母亲却永远活在昨夜。

崔姓穷朋友慌忙跑到张店报丧。张店的聪明人建议向崔家索赔,因为人不明不白地死在崔家;姜咀的精明人建议向张家索赔,因为人不明不白地死在崔家。最后,这两户日子过得都不尽如人意的穷苦人自己做主,谁都没有向谁索赔。

邻居们在说张家美的国民党军官父亲,说是打仗打死了。他母亲带着他姐弟两人被困在水家湖。他的父亲可能是在1948年11月开始的淮海战役中战死的。那时负责蚌埠和淮南地区防务的是刘汝明部队。依据当时的政策,国民党团级以下的人员迁回原籍,师级以上的人员集中关押,成为统战对象。

他的母亲为什么不带着他们姐弟俩返回原籍呢?也没有见他们被关押,或被统战。在水家湖熬不下去的时候,他的姐姐做了人家的童养媳。他的母亲改嫁给张店的一个穷苦男人,张家美改姓张。今天,张家美的继父,那个又矮又黑又瘦的男人正蹲在墙根底下抽旱烟。张家美的姐姐奔丧来了,她扑倒在母亲的遗体旁。

邻居说张家美的娘有点怪,这个美丽的南方女人有时候从水家湖回来的时候,不急着进家门,而是坐在沟东头的青砖拱桥上望月亮,月亮没了还在那里望……

很快就到了夏天,沟西头木槿花开了。花篱长长的,绿油油的。那天早晨,晨雾淡淡地游动,我去上学的时候,发现绿篱上新添一些美丽的水紫红。那一朵朵的娇艳让我的心思甜美起来。我的审美意识受到启蒙,从此我便爱上花朵。无论我的人生会经历多少泪水,于我而言,无非都是为了浇灌簇拥我的这些花朵。

有时候,卖货郎的拨浪鼓会"拨朗朗——"地响起来。孩子们便跑过去,货郎担上挂着一串串的大米花。买不起零食的小孩子们围绕着货郎担子走,开心地笑着,有的直接伸手去摸一摸。

我会买一些彩色的绫子。这些彩绫颜色鲜艳,有大红色的,火一样的热情;有桃红色的,一根飘着一丝浪漫;还有金黄色的,丰收在望的情景。在这些缤纷的色彩面前,我变得五颜六色。感谢那些丰富的色彩,我的性别意识产生了。

我的女同学们开始陆陆续续辍学,这并没有引起我的注意。我在苦恼着自己的苦恼,妈妈又给我做了一条蓝色的新裤子。上学前,我独自跑到沟南头,那里没有人。我在地上打了几个滚,然后又抓一把黄泥抹在裤子上,再跑去上学。放学后,妈妈说:"你这小孩怎么不知道干净呢?"她让我换一条新裤子,她不懂我的心,我想和周围的人一样。

木槿花还在开放,花期很长。这种温柔的坚持把温暖装满我少年时期的心房。

(写于 2018 年 1 月 8 日)

我要做你的诗人

我要做你的诗人
写下这句话的时候
我已明白
这将是一个艰苦卓绝的过程
这个过程是动态的
尽管没有大海那般惊涛骇浪
却如这淮河的冬日水色
粼粼地泛着天光

我在想
做你的诗人
务必要用切切殷勤
和弦二胡的悠扬
务必要来到茅仙古洞
站在寒武纪的石岩旁
弹拨一曲琵琶
用心聆听大珠小珠落玉盘的脆响

我要做你的诗人
这个想法属于天外飞石
产生得有点不可思议
今天
一天都很正常
树上堆着许多白雪
淮河里波平如镜

后来"哗——"的一声
积雪落下
淮河里也团开波纹
鸟鸣数语
展翅飞向那边的东风湖农场
我站在这边
心思为什么也随之荡漾？

于是，我要做你的诗人
我想温酒一壶
去雪里采温
去采那零下八摄氏度的寒冷
我俩的对饮
将醉了茅仙洞里的梅花
醉了淮河两岸的一望无垠
这是一次长久的沉醉
春天到了
才能吹醒八公山里绵延的松风

（写于 2018 年 1 月 10 日）

上窑的竹林

上窑有竹林吗？有，青翠一片深似海。

昨天，《淮南子》研究会组织一群文化界的朋友徒步上窑，其中的竹林小分队由邵老师、张老师和我组成。她俩都是徒步高手，步行速度快，持续时间长。尤其是邵老师，还外加快言快语、体贴人、幽默。她说不用担心她速度快，因为她是自动挡，可以根据我的速度调整。

我们开始向竹林出发，哗哗的水声就在前方。发出水声的小溪弯弯曲曲，高高低低，在竹林里时隐时现。起伏的水声，一阵潺潺，如鸣佩环。

约二十天前，江淮之间普降暴雪。这么久的时间过去了，上窑的竹林里依然有暴雪留下的大片印记。那些细竹无法承受积雪的重压，向一个方向斜斜地倒去，有一些竹子倒在鹅卵石的小路上。

开始的时候，我们没有意识到这种遮蔽会覆盖全路程，只管弯着腰在曲径上钻着、笑着。遇见倒伏的竹子，就把它们抬起来，再用力向上一送。那些竹子，如释重负地弹起来，雪团"哗——"的一声落下。邵老师说，跟着她钻小树林，怎么样？有意想不到的收获吧！这时，我们的疏通行为还带着惬意和天真。

上窑竹林里的竹子成千上万，密密层层，通体青翠，竹节修长。我们被眼前这虚心抱节的竹林迷住了，开始这样留影，那样拍照，抚摸着竹节拍，仰视着竹叶拍。

拍完之后，三人没有从竹林稀疏处绕过去，也没有径直穿过竹林走上大路，而是继续埋头整理鹅卵石小路。不仅为了自己行走方便，更为了那些涉足上窑竹林的后来者。因为这片竹林凌霜尽节无人见，终日虚心待风来。

大家弯着腰在小路上缓缓行走,不停地把倒伏的竹子向上抬起,口中说着"一、二、三,放"。那些压在竹叶上的雪团被抖落,一根根翠竹又挺直腰杆。

　　我们也直了直疲倦的腰杆。"咦——"邵老师发现宝贝似的叫了一声,她向几根折断的竹子走去,从竹节里掏出一片大大的竹衣。这个用来粘贴竹笛是很好的,她一边说着,一边端起臂膀,模仿吹笛人的模样。我仿佛听到悠扬的笛声。笛者,涤也。笛声涤荡邪气,扬出正声,是嘹亮的,带着空灵,流韵九成。邵老师虚拟的笛声带着生命的体温,吹来侠义之风。

　　竹林深深深似海。由于道路受阻,上窑的这片竹林暂时无人来此赏高节。不过,因为今天的开辟,道路越来越畅通,人们会纷至沓来。这样想着的时候,一阵阵缥缈的笛筝之音从那边的茶社传过来,真真切切地传过来,如清风拂面,如春阳沐心。

　　我们终于走出上窑的竹林,眼前是一片澄净的水面,这是竹林溪水的源泉。

（写于 2018 年 1 月 22 日）

淮南古镇：正阳关

淮南古镇，一个厚重而充满诱惑的名称。有资格凌空飞架一座彩虹，与之产生密切联系的地方只有一处——正阳关。它位于寿县老城西南 30 公里处，省道 310 纵贯全镇。这座中华名关，早在东周中期已具雏形。是一座拥有 2500 多年历史的悠久古镇。

西汉时期，高祖刘邦于公元前 204 年封英布为第一位淮南王。当时的正阳关在淮南王的辖区内，淮南古镇据此得名。所以把寿县划归淮南行政区，是一件极具人文情怀的好事。

悠久文化的传承离不开教育。教育是文化的表现形式。来到正阳关，我首站选定的是正阳中学。这座淮上名校的前身，可以直接追溯到清乾隆年间的寿阳书院。1905 年科举制度终结，作为衔接，1906 年这里被改建成羹梅学堂。正阳中学善于把握时机，大胆开风气之先，由此可见一斑。

自办学以来，正阳中学人才辈出。像"大清炮王"余仁同、清代著名剧作家黄吉安、辛亥元勋张汇滔、红色拓荒者茅延桢、中共党史人物高语罕、历史学家徐梦秋、地质矿产部原部长孙大光等，都是该校培养的学生。正阳中学作为百年名校，可谓桃李满天下。

走进正阳中学，朱德题写的"认真

读书"舒展在扑面而来的照壁上。照壁后面粗壮的一排水杉,掩映着一栋苏式风格的大楼。它的造型像是伸出手臂的母亲,在母亲的怀抱里,还有另一座苏式风格的大楼。这两座大楼,建于1956年。当时的中国百废待兴,经济实力有限。作为安徽教育的活化石,正阳中学的建设,得到新中国成立后第一任省委书记曾希圣的关怀。曾希圣批拨专款兴建教学楼。

在参观教学区的时候,生活区的一座方亭吸引了我的目光。这座陈旧的方亭上面悬挂着一截取自铁轨的校钟,地上静卧着一口古井。如果你看到这截铁轨,相信尘封的记忆瞬间会被激活。

那时,每当天光熹微,晨钟就会准时响起。万籁俱静的校园即刻沸腾起来。莘莘学子开始拥向这里,打水的声音,洗漱的动静,和着琅琅的书声。经过一天的学习,暮色开始四合,朗月伴着稀星,校园里回荡的钟声宣告静谧夜晚的开始。柠檬的月色笼罩着校园,触摸着睡眠中一位翩翩少年的笑脸。小小的一座方亭,留存了太多的酸甜与愿望,见证了太多的成长和荣光。

漫步在正阳中学里,弥漫双眼的都是珍贵的记忆。在第二栋苏式大楼与徐公亭之间,挺立着一棵有百年历史的高大梓木。尽管我与它初次相见于寒冷的冬季,它只能把光洁的枝干呈现给我;但是,我能够看到它四月梢头的花朵,已经盛开成一片轻云,正浮动着游子的思乡情绪。

梓树材质优良,号称千年不朽。木色美丽典雅,被誉为正统之材。有幸成为"家乡"的雅称。中华人民共和国成立前夕,当地许多乡绅和文人,远走台湾或者海外。不知道当年那些就读于该校的翩翩少年,现在高就于哪里?只知道情系桑梓,叶落归根。希望那些浮空的落叶不再飘飘荡荡,能够早日回到魂牵梦绕的故乡。

故乡的街巷,故乡的城墙,虽然不再流光溢彩,但依然可辨当年的模样。靠近南城门的地方,有几间老房静立在路旁。它们在专心听闻我的脚步轻响,撩动记忆的花朵持久开放。

当年,这里也曾车马繁忙。还有青砖墙里,伴着初升的朝阳,正走出我的翩翩少年,高骑俊美的马上。

来到南城门下,抬头可见雍容端庄的"解阜"二字,深嵌在青黑的砖上。"解阜"出于舜帝的《南风歌》,意为做官者要为百姓排忧解难,增加百姓收入,使百姓过上安居乐业的美好生活。这是在强调为官者的官德素养。中国自古以来,非常重视官德的培养,认为德配乾坤。为官以德,才能够做到立国安民。

这种官德思想，通过遒劲苍润的"拱辰"二字，再次得到证实。"拱辰"题于北城门的内额。它出自《论语》，意为做官从政者，要以德服人。这样百姓就会像众星环绕北斗那样，团结在你的周围，从而获得百姓的拥护。中国古代对官吏的道德要求，主要体现在公、善、慎、廉上，强调为政者必须用心公、持身廉。这与今天强调的立党为公、执政为民的理念颇为相似。

北城门的外额题写的是"凤城首镇"，意为正阳关为凤阳府内第一大镇。据史书记载，明太祖朱元璋为扩大家乡凤阳府的管辖范围，将寿州划入凤阳府。如此看来，行政区划因时而变，也是自古有之，在所难免。但是正阳关悠久的历史是谁也无法改变的。行政区划的变更，没有湮没它的风采，反而给它创造提升排名的机会。

时代的发展与官德文化的流变相辅相成。当今社会，也在着力强调要廉洁从政。只是任重道远，打烂碗的永远是洗碗的人。廉政无可厚非，勤政更是我们要大力提倡的。如何公正对待打烂碗的那个人的成绩，是我们要深思的问题。

离开北城门，我来到东城门。如果你好奇，为什么我能够轻车熟路，地点转换如此自如？告诉你，我有一位好向导——张传仁（音）。他是我在问路时结识的一位当地农民，一直陪伴着我走遍正阳关。他热爱自己的家乡，渴望有人来介绍推广，让他的家乡美名远扬。

我问张师傅的张是不是弓长张。他伸出右手，在手心里比画着，然后抬起头，无辜又害羞地告诉我："我知道我叫张传仁，我不知道我是哪个张！"我不想热泪盈眶。只是，我的双眼为什么已涌满了泪水?

稍后,他马上用自豪的语气告诉我,他身后的东城门外额上,那四个白乎乎的地方,原来是"熙宇春台"四个大字。说的是人们登上东门,心情如同沐浴在阳光明媚的春天里,像登上高台眺望美景那样舒畅。这是老一辈传下来的,肯定没错。不过,"破四旧"的时候,被人用錾子给凿白乎了……

大家都知道中华民族历史源远流长。其实很多人不知道,直到中华人民共和国成立前夕,我们的祖辈约有 90% 的人是文盲。如此璀璨的中华文化之所以得以传承,依的是口耳相授,靠的是对祖先的虔诚。祖先也的确有资格接受后人的虔诚。这要从正阳关的筑城史说起。它可以追溯到三国时期的刘备。他曾筑城屯兵于此,至今已有 1700 余年的历史。

正阳关现存的南、北、东三个城门,修筑于清同治五年(1866 年)。西城门因为临近淮河,日军侵华时,毁于兵燹。遗憾的是,后人再也无法目睹西门外额"淮流管钥"的书法尊容。不过,如果来到正阳港,你依然能够感受到,这里不愧是淮河水运的重要枢纽。正如"淮流管钥"的寓意那样,正阳关是淮河上一把能控制淮水流量的钥匙。它因为扼守淮、颍、淠三水之咽喉,对淮河水运的作用举足轻重。

因为水运便捷,早在南宋时期,正阳关已成为宋、金边界贸易口岸。民国时期,更是安徽八大城市之一,位居安庆、合肥之后,排在蚌埠、芜湖之前。因此,国共两党的核心人物——蒋介石、陈独秀,都途径正阳港而踏足正阳关。

资料显示,这里擅舟楫之便,水运技术领先。早在 1934 年,正阳关渡口就可以渡货车。有客货码头多处,仅码头搬运工人就近千人,所以商贩辐辏。当年,正阳关是鄂、豫、皖三省二十四县商品集散中心,全国有十五个省在正阳关设有会馆,英、苏、法等国派人在此传教行医。

中华人民共和国成立前夕,当地一些资本家和文化人,也是途径正阳港而远走他乡。人流中,裹着我的翩翩少年,还有他的行色匆匆……

为了一睹正阳港的芳容,我也是行色匆匆。出现在我眼前的淮河静静地流淌着,波澜不惊。河堤下的柳树枝干盘虬,老态龙钟。人口膨胀,寸土寸金,河岸边水鸟栖息的滩涂,也担当起耕地的使命。人类就这样轻易地席卷了小生灵的家园。

放眼望去,正阳港里还依次停靠着一些船舶。相比于繁华的过去,这里多少显得有些落寞。有人说,正阳关应水而生应水而落。我不这样认为。文化的积淀是一个漫长的过程。财富的创造，是靠一辈又一辈人倾尽一生。水运只是运输的一种方式。一处地方的兴衰，是综合因素作用的结果。如果把原因仅仅归结于一种运输方式，那是不具有反思精神的幼稚行为。

我们说，文化的传承并不是静态地固守传统，要与时俱变。经济的繁荣，在于脚踏实地。希望此次行政区划的调整，会给正阳关带来无限生机。

正阳关之行即将结束，我却久久不愿离去。飞鸟掠过我的身旁，带来记忆的芬芳。我的少年，还记得这里吗？这里是我们分手的地方，这里是云水苍茫的正阳港。我的少年，期盼你依然翩翩，因为等待，我有了不老的容颜。我知道，为了生活，我们都尝尽悲欢离合。每一年，我都虔诚地播种春风，希望它抚平你背井离乡的忧伤。

我的少年，回来吧。因为爆竹声声，已催开蜡梅飘香，我相信，七十二水路，条条通向我心中的正阳。

（写于 2016 年 1 月 23 日）

二

春日生暖阳

等待惊蛰

二月之末
我聆听一夜的细雨
追想起上古之年
你分裂了谁心中的磐石
从此以后
清水流成爱河
我想问一问
人情可有淡薄
为什么
真情一缕向寂寞？
疏梅朵朵
看暗香飘落

千年之日难敌夜间的一更
人睡醒了
怎么看梦？
梅花枝头空缺处
微雨纷纷
我在等待一场惊蛰
等待融融翠野启农耕……

（写于 2018 年 2 月 28 日）

数字有吉凶吗？

数字是一种客观存在的事物，有吉凶之别吗？

一段时间以来，我常常听到一些数字有吉有凶的观点，说"8"表示"发"，发财；"4"代表"死"，死难。果真如此吗？我现在就来谈一谈数字的所谓吉凶。

我们先从生日说起。每个人都有自己的生日，这可能是人来到世间接触到的第一组准确数字。请问有4月、4号、14号、24号出生的孩子吗？肯定有，而且成千上万，人员大军浩浩荡荡。这些人的出生给家庭带来欢乐，为社会和家庭财富的积累贡献着才智与汗水。对他们来说，每一次与"4"有关的日子都是吉祥喜庆的，都是接受感恩教育的好日子。

还有跳不过去的4年级，还有每年递增的财政数字。如果没有"4"的衔接，知识和财富的积累还能连续吗？春夏秋冬，一年有几季？东西南北，共有几个方向？每年国庆节期间的4号，哪家大酒店不是宾朋满座？那些处处以"8"为吉祥数字的人，请问他在买楼层的时候，想选择8层，还是7层？听说墓地的"18"号穴位通常要等到最后才能卖出去。

一次，我所在的群里拟组织一次活动，大家接力报名。等到报名序号排到"4"的时候，群里一片沉寂，很长时间没有人接龙。静静的群，不静的心，分明有一双双紧盯着群消息的眼睛。我决定接龙"4"，有趣的是，当我接龙"4"后，群里马上又热闹起来，群友们好似逃过一难，愉快地接着填报。其实"4"仅仅是个计数。因为4的衔接，计数工作被完成，相应的社会活动顺利开展。活动结束后，我平平安安、开开心心地回到家。数字有吉凶吗？

认为数字有吉凶的人，依据无非就是谐音。比如，"14"就是"要死"，"18"就是"要发"。如果询问一个危重病人，问他同意在14号那天接受痛苦的手术，还是在18号那天选择安然辞世？你猜他会怎么做？

如果"14"就是"要死"的话，为什么人们趋之若鹜地去过情人节？国耻日"九一八"到底发了什么呢？事实证明，把"8"与幸运相连，将"4"与灾祸并提的观点是滑稽的。

前两天，我去合肥校订书稿。返程的火车时刻是 17:54，我 17:40 才从 129 路公交车里下来。从胜利广场到火车站那么远的路程，我只有 14 分钟的时间，除去停止检票的 5 分钟，我的时间只有可怜的 9 分钟。我拼命地在路上奔跑，长期的伏案工作让我气喘吁吁。我的心脏快要蹦出胸膛，我很无奈，终于停止跑动。我的身边有摩托车驶过，我下意识地回头张望，发现身后还有一辆摩托车正向我驶过来。我慌忙招手，告诉这位陌生人我赶火车来不及了，请把我送到火车站的进站口。火车站广场有人在维持秩序，远远地就向摩托车摆手，示意不许靠近广场。这位大哥或者是弟弟的人，骑着摩托车绕到东面的路上，他在最近距离把我放到火车站的进站口，有限的 14 分钟里，我的火车票活了。

说到"4"，还有许多与"4"有关的情况，带"4"的门牌号，带"4"的证书编号。月工资数额里的"4"，你不喜欢吗？

我是事多的人，但事在人为。无论遇到大事小事还是难事，总会有贵人相助，化险为夷。是"4"的功劳吗？其实"4"无关好坏，仅仅是一个数字。若携带善意，凡事都是好事。

数字只是数字，没必要把主观世界的臆想带入客观世界。代表吉凶的数字分别是积极心理和消极心理的产物。你如果遇到所谓不吉利的数字，建议换个角度看。比如阳历 4 号出生的人，换作阴历可能就是初六，这下六六大顺了吧。

既然人们多认定某个数字代表吉祥或背霉，可能也有一定的道理。比如"8"，改革开放后，温州人率先富裕起来，那里的方言把"8"读成"发"。事实上，他们也发达了。现在是经济社会，谁不想追求财富呢？他们的"发"当然引起内地人羡慕。从那以后，数字"8"火了起来。可惜的是，有些人不去分析人家致富的根本原因，而是在数字发音上大做文章，温州人说了那么多年的"发"，如果没有遇到改革开放的好政策，没有辛苦工作，他们能发吗？唯心助长的无非就是迷信、盲从。

有一个寓言故事，说的是一个国王询问占卜的人自己会在哪一天驾崩。算命先生说，会在一个节日。果然，国王逝世那一天，丧事隆重，白事被办成了喜事，举国上下一派节日的景象。人们都说算命先生算得准。其实，不是他日期算得准，而是他形势判断得准。一国之君的离世定然是天下大事，国王在哪天去世,哪天就是节日。

　　数字只是一个客观的计数工具。如果有特殊含义,那是因为还有其他可以结合的元素。比如大家一直都认可的"6"。像结婚这样的大事,大家会尽量选择初六、十六、星期六。这个情况可以这样分析,数字是客观的,它被有感情的人使用着,自然就着上感情色彩。当某个数字出现时,某个人刚好获得利益。当这种偶然情况多次出现时,人们会将这种偶然的外在联系视作必然的内在联系,会产生相应的数字崇拜。当这种崇拜约定俗成的时候,它就会成为调整人们行动的习俗。现在是彰显人权的平等时代,如果有吉祥数字的话,每个人都有。你要相信自己,我就是我,是颜色不一样的烟火。

　　比如,我这篇文章的一个文意段落写成后,我会看看字数。如果字数的结尾不是"6",我会再次斟酌文字。如果偶成的数字是"6",我会获得信心,再欣赏性地审读文字。总之,人们趋近"6"的心理动因,一是获得信心,二是修正行为。这种习惯也挺好。

　　事物千差万别又相互联系。人们站在自己的立场,结合自己的经历,将正面影响自己利益的事物视为"吉",反之视为"凶",也可以理解。对于盛行一时的说法,我们要审慎吸收,不必全盘接纳。祥瑞是人们普遍追求的潜意识美好。那些约定俗成的做法,如果给你带来信心和愉快,也可以接纳。

　　希望大家还数字以计数的本来面目。你的成功来自于你的特质和埋头苦干,与数字无关。

（写于 2018 年 3 月 12 日）

今日春分

早晨
在我的电脑桌面上
系统自动挂出一件爱心衬衣
点开一看
桌面已被更换
出现一位姑娘在把春色亲吻
哦——
今日是春分
纷纷扬扬
太阳雨抛洒一阵
落进校园
润湿那一棵棵刚被修剪的大叶女贞

今日春分
我在穹夜之中聆听一首民谣
山河无风雨
民谣安宁
在淮南的田野里
青青的麦苗有没有悄悄起身
黑夜里
我的内心已经关门
有些话敲门而入
娓娓道来
总要说给灵魂

我困了

想打个盹

却又想起

今日已春分

春分日，公平天

正是晨昏蒙影醉诗韵

姹紫嫣红

柳梢一团过春风……

（写于 2018 年 3 月 21 日）

八公山的"升官石"

在绵延的八公山里,有一块神奇的"升官石"。我心向往之已久,今天总算如愿以偿。

春天的雨水是金贵的,淅淅沥沥从天而降,洒遍八公山脉。草还没有绿满山坡,山却已经活了。深山含笑完全绽开笑脸,硕大的洁白花团散发着馥郁的幽香。还有大片的粉白,漫山遍野。春风漫过来,花香便漫向四方。

升官石是一块规整的全石,形同棺材,二者的尺寸也相近。在八公山的密林深处,它聆听清风,仰视明月,一年又一年,在松林里静静地卧着。在春雨飘落之后的这天下午,我开始走进八公山,去寻找那块传说中的石头。

进山的皮条小路有些湿滑,在路边的草地上,枯黄的草丛已经泛青。山坡上的积水冲下来,形成潺潺的溪流。冬天水小,水流顺着山势缓缓而下,清澈见底,映照着天光和云影。似乎还有道情筒的清音。

八公山,一座道教名山。现在已经没有白云黄鹤道人家,没有一琴一剑,只剩下我的一杯茶。我走在八公山的林木之中,山体在缓缓地上升。松柏多起来,裸露的山石多起来,水声响起,淙淙声不绝于耳。感谢天公的美意,我的眼前出现一处缩略的山水图画。

八公山,是一片被水汽滋润的山脉。它常常会在大的山谷,小的凹处,或飞流直下,或静影沉璧。就在不经意之间,你的心会被水声和鸣。你的心思不染人间桃李,变得袅袅轻灵。

我在这处山水微缩景观面前停留许久,似乎忘记升官石之寻。我情不自禁地蹲下身子,从一方小小的石潭里掬起一捧清澈的溪水。神秀的八公山溪水甘洌。难怪在那么多年以前,道家思想在这里得到长足发展,道士羽衣常带烟与霞,远离争名和夺利,在这里安下无忧无虑的神仙家。

抬头向高处望去,还有一段不平坦的路需要我去攀爬。八公山,我的到来带着纯净,犹如蟠桃会上赴龙华。

离开这方山石小水潭,我继续前行。山坡逐渐抬升,并没有突然陡峭,只是乱石明显地有所增加。在大块的乱石底部，积水漫过山坡，轻轻地流下。在水道前方的山坡上，继续铺排着青黑色的乱石，像是刚刚过境的汉武帝派来的千军万马。在水道的东面，有偌大一片层层堆叠的白色巨石，像是莲花宝座在静观一场可能的杀伐。

在莲花宝座的旁边，独立着一块长方形的巨型石头，形同棺材，它就是升官石。从正面看这块石头，在"棺"的前面有一块略高于"棺"身的石头，把它当作是升官石的官帽是可以的，因为它戴在"棺材"的顶部。说它是避让风险的一块盾牌也可以，因为盾牌挡在前面，才能躲过那些杀气腾腾的兵马。

升官石掩映在一片松柏中，从前面看它，仅仅是一块不大的常态的石头。只有转到这块巨石的侧面，你才能够惊叹于它的体形。它的"棺"身是长长的。它的左、右、后三个面，如同外力介入一般比较陡直。"棺盖"却有弧度，简直是鬼斧神工的杰作。

"棺"尾也很奇特。这里本来也有一块石头，与"棺"头的那块石头一样，独立却紧紧依附。不知道是由于什么时候的地壳作用，这块石头轰然侧卧，离开"棺"身。出手利索，断尾断得非常彻底。

为官之道，必须要戴帽子。学会断尾当然也很重要。刘安王的断尾，用的是升天的形式。淮南王刘安的离去，标志着道家思想受到重创。后来的道教也受到影响，从此没落。

我见过一幅图片，图片上一位道教老者衣冠简朴。有人问他："你这道观人气不旺，怎么只有你一个人守护？"老者说，在他很小的时候，师父带着师兄们下山抗日去了，再也没有回来,让我在这里等着……

白云黄鹤道人家,清静无为一杯茶。羽衣常着烟霞色,不染人间桃李花。八公山,我的到来是虔诚的。是为官的虔诚吗?否。我只是想慢走山林,感受为官之道带来的一方福安。物我本虚幻,世事若俳谐。幸有清风知明月。

在那一片乱石之上,正绽放着几朵道家的紫花……

(写于 2018 年 3 月 24 日)

淮南：梧桐树影让时光斑斓

四月是梧桐树昂首挺胸的季节。

无论是热闹的白天，还是静谧的夜晚，梧桐树都在释放激情，然后又恶作剧地飘落一些毛絮，各种声音随之响起。于是，有了本篇文章。我想摇醒城市记忆，让梧桐树影去"斑斓"一段淮南的建设时光。

现代意义上的"淮南"一词始于 1930 年。国民政府建设委员会淮南煤矿局在九龙岗成立。从那个时候开始，淮南可能就有了零星的梧桐小树。淮南的梧桐树，学名二球悬铃木，就是常说的法国梧桐。

法国梧桐适应性很强，耐修剪，抗烟尘，忍污染。它的树干高耸，冠头如盖。叶片大，树荫浓，涵养水分能力较强。滞留灰尘和降低噪音的效果也很好。它是名贵的树种，却不娇气，且生长迅速，享有世界行道树之王的美誉。法梧的木材坚实，纹理美观，是很好的用材树种。

抗战胜利后，被光复的淮南煤矿生产得到恢复。每日采煤 1500 吨，矿木坑柱的需求量加大。铁路所需的枕木数量也与日俱增。1946 年 8 月 31 日，淮南矿路公司在四处收购木材不力的情况下，加之美化矿区的需要，"亟应于本年冬令起"利用矿区自有的"隙地"和周边荒山"分期大举植树"。

有了大举植树造林的想法之后，淮南矿路公司需要确定树木种类。经过专业人士的考察论证，公司决定在淮南引种法国梧桐等十余种树木。这些苗木种子又从何而来呢？

1946 年 11 月 21 日，淮南矿路公司与金陵大学农学院、北平农事试验场等多家单位联系，希望"洽购"苗木。与此同时，矿路公司开始普查空地和荒山面积，培养农林技术工人。这批技工来自于田家庵"电厂剩余工人"，这可能是淮南最早的转岗培训了。

这些转岗的林业技工还不能胜任造林指导工作，需要外援。1947 年 1 月 6 日，植树造林专员吴中量本来应该"率同技工来局报到"，因为有事不能按期到达，特电报联系淮南煤矿局的王局长，告知 9 日一定报到，足见其诚信守时，认真对待淮南矿区的绿化工作。

1947年1月17日，淮南矿路公司收到一个好消息：位于南京的国父陵园管理委员会园林处来电，赠送给淮南"二三尺法国梧桐5000株"。

1949年5月21日前后，淮南煤矿公司第一届生产委员会成立时的梧桐小树

亲爱的，如果你在九龙岗、大通或者是田家庵老街，看到一棵沧桑的梧桐巨盖，那说不定就是那次赠送的其中一株幼苗历经71年风雨长成的呢。淮南法梧栽种的历史之早、数量之多，在安徽省属于翘楚。

70多年的时间见证了城市沧桑巨变。在梧桐树影下发生的故事早已随了云烟，只有梧桐树影婆娑一片。这些树站在楼宇间迎接霞光，立在街角目送夕阳。淮南的法梧早已融入淮南人的生活。这种融合是持久的，特别是1949年以后，当法梧在国内大小城市陆续推广的时候，淮南的法梧栽种工作更是紧锣密鼓地进行。

1952年，市政府从九龙岗搬来田家庵后坐落在淮河路上。次年，淮河路上栽种204棵法国梧桐。这是有资料记载的1949年以后淮南第一次大批量栽种法梧。

直到今天，淮河路上的法梧依然枝干挺拔，树叶肥大，为寒暑中来往的人流遮蔽烈日。淮河路上幸存的这些法国梧桐，就像一位位耄耋之年的老人，尽心守护着淮南建市之初营造的淮河风情。

淮南是一座依靠煤矿而建设起来的城市。写作淮南地域的散文，通常绕不过矿务局。现在的淮南矿务局机关所在地是聚风拢水的宝地——有山可靠，又是合肥工业大学的前身所在地，附近还曾有一座洞山矿。

可能是为了莘莘学子的出行方便，同时为了煤炭外运，从现在的矿务局大院南门附近开始，向东经过老军分区，路过职业技术学院后，开始折向北通过洞山中学西侧，穿过洞山东路，就能到达洞山火车站旧址。这条道路呈"7"形，路两侧栽种了大量法国梧桐，直到今天依然浓荫覆盖。有不少法梧的直径已经超过一米。

淮南有句顺口溜——看见市委楼，想到丁老头。从西向东看，想起宋长汉。说的是站在洞山大道上，只要看到市委市政府的大楼，就会想到丁继哲。他1973年担任淮南市委书记。1976年，他在任内举力建造洞山路上的市委市政府大楼，结束了市委与矿务局同院办公、市政府在田家庵老街办公的历史。大楼周围，至今法梧挺立。

洞山路笔直宽阔，东西走向的路很长，好像走不到尽头。其实这条路直到1984年才从矿务局北门拓展至泉山。时任市长宋长汉拍板定下双向八车道的蓝图。为这幅蓝图描下动人一笔的是在沿途栽种的1152棵法国梧桐。1986年5月，法梧被定为淮南的"市树"。

凡事皆利弊一体，法国梧桐也不例外。它的果毛会在四月初的淮南到处飞散，给人带来不适，这是它被人诟病的地方。但瑕不掩瑜，它仍然被世界各地广泛栽种。

在冬天的梧桐树上，更容易找见淮南的生活——树干褪去陈皮，在阳光浴里变得光洁，缠绕着青白之气。那份干净变得温暖，让人想到清清白白。

找见的这种生活，还可以出现在梧桐树下。我看见一位老先生拎着海绵头大毛笔在路边书写崔护的《题都城南庄》——去年今日此门中，人面桃花相映红。人面不知何处去，桃花依旧笑春风。那种偶得的美好感受，在有意追寻的时候，却已经行走匆匆。

在淮南，只要有路就有一排排梧桐树。它们贯穿了淮南人的生活，这种生活实实在在，仿佛能淡化因果。

（写于 2018 年 4 月 5 日）

高语罕·正阳关

　　高语罕是谁?这是一位中共党史人物,寿县正阳关人氏。我第一次知道他的名字,是在正阳中学的官网里。两年前,我去正阳关采风,无意之间走进正阳中学。我在悄然的意境之中觉察到一种风骨,后来得知这是一所百年名校。在校方的官网里,我看到出自该校的许多知名校友,其中一个是高语罕。

　　我是一个孤陋寡闻的人,当时认为高语罕名不见经传,在援引资料的时候,就有意把他给舍弃了。现在想想,感觉自己真是有些无知。今天,为了高语罕,我再次走进正阳关。

　　高语罕1887年出生在正阳关的盐店巷。正阳关依傍淮水,加之淠水、颍水在此交汇,正阳关雄遏水路交通要塞,是官府设关收税的好地方。高语罕的祖父是税关的账房。在以小农经济为主导的封建社会里,盐税是税收的一项重要内容。正阳关的盐店巷,当年应该聚集了许多与食盐经销有关的店铺吧?

　　夏天到了,蝉鸣了没有?天刚刚发亮的时候,雷声隆隆,盐店巷里风儿吹过,雨丝飘下,一个叫作高超的男婴呱呱坠地。这个男孩长到22岁的时候,东渡日本留学,改名高语罕。他一生中的名字有许多,只有这个名字在官方和野史的引用中,使用频率最高。60岁的时候他在南京的中央医院里终老。

　　暮春时节,田野里青青的麦苗灌浆了,争分夺秒。盐店巷里的人家,门槛旁那绿绿的车前草舒展开叶片,在把时光拥抱。语罕,今天我来看你,陪伴我的是恼人的杨絮在正阳关里四处飞舞。我的思绪开始飞扬,飞到你童年生活的地方。正阳关的淮水逶迤,粼粼地泛着天光。千里长淮挂起风帆,一曲渔歌伴着水声吟唱千年。你每次坐着小划子去外婆家玩耍的时候,总爱随口背诵一句古诗——都道淮河风光好,凤城首镇正阳关。

正阳关作为凤阳府的第一大镇,人杰地灵。还记得戊戌六君子吗?其中的林旭就是正阳关的女婿。林旭是六君子里面年龄最小的一位。当年预知大事不妙的光绪皇帝让林旭通知康有为等火速离京。林旭完成任务后本来可以就此逃遁,躲过杀身之祸,他却临危返回京城……六君子被腰斩于北京菜市口后,他们生前的好友疏离了,亲眷们也噤若寒蝉,没有人替他们收尸。

林旭的妻子名叫沈鹊应,她的祖父是两江总督、官拜太子少保的沈葆桢。沈鹊应得知噩耗后,想进京为丈夫收遗骨。山高路远,世道不平,这个想法遭到家人劝阻。沈鹊应的父亲当时担任正阳关督销总办。他在正阳关的南堤搭设灵棚,让沈鹊应朝北望空遥祭。

这一天是 1898 年 9 月 30 日,12 岁的高语罕提着水壶上街泡开水。远远地,他看着五六顶轿子在密集的人流里前行。集市上人头攒动,路人纷纷指着第一顶轿子说:"看,这是沈家大小姐,去南堤祭祀她的丈夫,她的丈夫是革命党人,被慈禧太后杀掉了……"街头巷尾的闲言碎语在高语罕的脑海中刻下深深的印迹。自此以后,他与革命结下不解之缘。

少年高语罕禀赋聪颖。在他 17 岁那一年,正阳关的塾师们建议他外出求学。舅舅用小划子沿着水路把他送到凤阳府,进入官立的经世学堂读书。进入学堂后,他的名次总是倒数第一。为了奋起直追,他每天和衣而眠,在床前放置一盏小油灯,醒了就把文章拿出来读。不到一年时间,他的名次升到前三名。

1904 年,是科举制度终结的前一年,凤阳经世学堂改名凤阳府中学堂。这一年的冬天,家道中落的高家从房东那里借来三块大洋。18 岁的高语罕回到正阳关参加清朝最后一次科举考试,考中秀才。秀才是什么概念?秀才见到知县不用下跪,和知县谈话的时候,可以有座位。犯了事,衙役不能打秀才的屁股,只有老师才能打。

18 岁的高语罕喜中秀才的时候,陈独秀在芜湖创办《安徽俗话报》,这是《新青年》的雏形,是新文化运动的先声。语罕,请你告诉我,这个时候,你还不知道你会和陈独秀成为毕生知己吧?你当然也不会知道你们"身后萧条一样寒"。

科举制度废除后,高语罕回到凤阳府中学堂读书,因为英语出色被聘为新班的英文教员。新班学生是来自各县的秀才或老童生，年龄多在30岁上下，个个都比高语罕大。他们集体罢课，在罢课风潮中，领头的正是高语罕的结拜兄弟和其他几位最要好的同学……

19岁的高语罕在正阳关娶妻魏氏。语罕，资料显示你育有三儿两女，其中一名女儿唤作高曼云。我在你的故居里留步，你的侄儿说，你的女儿送女儿回来，前脚进门后脚坏人就到了。这里的坏人是个相对的概念。总之，那时你们身份敏感，属于被监控的对象。资料显示，你的小小的外孙女后来夭折在盐店巷。

今天的盐店巷里静悄悄的，一座砖砌的烟囱陡直地伸向天空，路边有一块大大的石磨盘，弃之不用已有多年。语罕，我来到你的故地。院子里碎砖铺地，苔藓青青。这里栽种着一畦畦的葱，一棵棵的菜。一根粗大的树干横放在那里，俨然成了篱笆。在那边的墙角里，有两只残损的石狮子东倒西歪。

一切是那么安谧，只有回忆才能打破宁静。高语罕的远祖曾捐三千石粮食放赈——先人助麦三千石，圣祖恩颁尚义门。曾祖时代，高家还有上千亩田地，同时是大盐商。祖母嫁到正阳关的时候，全镇百姓家家送礼。

语罕，你的侄儿说，你家房子原来有多大，从哪儿到哪儿。为此，我还专门

走出你家的小院，实际目测了一下从哪儿到哪儿有多远。我的数字概念自小以来都是模糊的，我不知道你家的房子有多大，只知道你被集体罢课之后，就离开凤阳府的中学堂，带着行李箱到安庆去了，你想投考省城的高等学堂。

五月的安庆夜色朦胧。远远地，你看见孤立而高耸的迎江寺宝塔。城外星星点点的灯火摇曳着江水，城墙垛子依稀可见。你进了安徽巡抚恩铭创办的陆军测绘学堂。你是爱学习的人，为了学好重要的测量学，你的好伙伴搞到一本线装的测量学书籍，但是他不肯外借。

语罕，我看到你在晚上九点钟点名熄灯之后，就悄悄地爬起来，到自修室里打开同学的书桌抽屉，把测量学书籍找出来，一页一页地抄写，整整10天，

你马不停蹄地抄完了书中要紧的东西。

语罕，当你还在科学书籍里畅游的时候，这一年，孙中山在日本的东京创立同盟会。陈独秀嘱咐在南京成立岳王会分会，吸收军人参加。柏文蔚带领陈独秀访问寿州名士孙毓筠。徐锡麟、熊成基等纷纷活动起来。动荡的时代，风云际会。所有这些只是背景，只是为了烘托你的登台，此时的你，还是一名不谙世事的学子。

1907年1月，清廷密令安徽巡抚恩铭严密搜捕革命党人。6月，安庆陆军测绘学堂毕业大考前，高语罕参加为期一个月的实地演习，结识了警察学堂总办徐锡麟。7月6日，安徽警察学堂举行毕业典礼，高语罕目睹了徐锡麟刺杀参加典礼的安徽巡抚恩铭的过程。

安庆起义失败后，35岁的徐锡麟被押到安庆东辕外凌迟处死，心肝被清兵炒菜吃了。说到徐锡麟，你可能不知道他是谁，若干年以后，蒋介石的孙子蒋孝文娶了他的孙女。他与蒋介石是孙子女亲家。

有时候，我也在思考什么叫作仁人志士。以面对死亡而言吧，血淋淋的死亡通常会吓退普通人，这是人之常情。但是吓不退仁人志士，或者说他们为了国计与民生而愿意主动舍生取义。真的是谋国不惜身。而他为之献身的苍生当时可能还视他为猛兽，比如林旭。当他的棺木运抵福建的时候，家乡百姓手持烧红的铁钳不允许停放，还把棺材捅得支离破碎。只有沈鹊应紧紧相随，后与之合葬。

现在有一种声音，这种声音还越来越大，说的是，一个人连自己的父母都不爱，还能去爱谁？真的是这样吗？爱父母子女的人是自我；爱天下苍生的人，是超我。中国汉字博大精深，有一个词语写作"超越"，是形容此种情况的吗？还有一个物理学词语叫作"升华"，可以用来形容人类社会的此种现象吗？

语罕，你是没有儿女情缘的人，我说得对吗？资料显示，你的长子高国玖是中共党员，在狱中疯了，出狱后回到正阳关，后不知所终；你的次子高金玖以教学为生，"文革"期间，在武汉东西湖农场劳改时去世，没有子女；你的三子高贵玖曾是黄埔军校的学生，在广州清党时被捕入狱，不知后文；你的次女高曼云，就是那个在盐店巷里夭折的小外孙女的妈妈，是中共党员，被捕入狱，不知下落；你的长女高曼丽，到苏联求学，后来一直没有回国，我真的希望她还能活着。道理很简单，正阳关得要有个女儿吧。

语罕，你的身影有些久远。久远得我无法把握，怎么办呢？我还是采用时间顺序吧，然后交替以时空转换。21岁的时候，你目睹徐锡麟的反清反封建行为。

22岁的时候，你经历熊成基的马炮营起义，这是辛亥革命的前奏。因为要绘制安徽城厢全图，你累得咯血了，卧床不起。一天夜里，有人把你喊醒，说炮兵营的熊成基革起命来了……当时是深秋，你作为一名青年官佐，听到"革命"一词，着实有点发抖，咯血病霍然一下，不知道哪里去了。

23岁的时候，你回到家乡正阳关教书。是的，就是我现在留步的正阳关。今天的正阳关清静得有些没落，远远没有你当年回来时的那份热闹。我有点好奇，在正阳关教书的日子里，你与魏氏是如何相处的呢？你说那是一段苦难的婚姻，因为兽性才有了这些子女。你说的兽性其实就是一个"性"字——后代是"性"的产物，与"爱"无关。无论爱与不爱，下辈子你们都不会相见。

我有点弄不明白，1938年，在你52岁的时候，你追随陈独秀迁徙到四川江津，资料说"曼云母女也来了"，此时的曼云变成侄女，这是怎么回事呢？是不是你已经和王丽立同居13年了，不好说曼云是你的女儿？战时凋敝，你们一家生活困顿。身为医生的王丽立通过坐诊，养活你的亲人们。语罕，你感激她吗？

语罕，通过查阅你的年谱和传记，有些事情我实在不忍心写下去。这里就采用略写的手法吧。你是新文化运动的先驱，是中共第一批党员，面对现在8844万名党员，你曾经排名第四。类比于高考，全国第四名是什么概念？你是中国社会主义青年团的筹建者。聂荣臻说，你是黄埔军校最受学生欢迎的政治部主任教官，你自豪吗？国民党二大的宣言，你是起草人之一。当时，你是意气风发的吧？

因为行文许继慎的需要，以前我查阅过朱蕴山的资料，他是民革的创始人之一。1949年后，他担任全国人大常委会副委员长，副国级。高语罕与叶挺、贺龙等策划南昌起义……

语罕，你在日本早稻田大学的时候，结识陈独秀。作为中共党史上两个举足轻重的人物，你们在历史长河中演绎了一段传奇的交往。你是陈独秀的代言人，是他的毕生知己，或者说互为知己。语罕，知道我为什么要写你吗？因为我在查阅陈独秀资料的时候，看到1932年10月15日，陈独秀被国民党当局逮捕押解去南京之后，他成为国、共两党都不欢迎的人。此时他托付的人只有你,不嫌弃他的人也只有你。你的名字继正阳中学官网之后,被我第二次看到。你们没有交换金兰贴,却毕生因信仰相随。写到这里,我要补充一句,有人喜欢把信仰狭隘成宗教信仰。语罕,我也希望有你这样一位海枯石不烂的知己。

后期的高语罕是萧索的,因老病而困苦不堪,是一位日暮途穷的读书人。他在生命的后期以著述卖文为生,扎实的国学功底以及在北京大学和上海大学任教的经历让他著有 20 多本书,可谓著作等身。其中的书籍连续反复出版 39 次之多,发行 10 万册。

陈独秀在四川病逝后,寂寞谢世可谓悲情。高语罕出面料理后事。他挽联曰"彗星既陨,再生已是百年迟"。对老友的深情厚谊,尽在其中。而此前,陈独秀受人挑唆要与他绝交。当高语罕约朋友一起去探望陈独秀的时候,陈独秀只与别人交谈,对他置之不理。

料理完陈独秀的后事,高语罕开始不断撰文评述陈独秀的一生,予以深切缅怀。这在当时仅他一人,这给后世学者研究陈独秀留下宝贵的史料。

语罕,你越来越老,连饭资都成了问题。《新民报》社长陈铭德为照顾你的生活,专门开辟《语罕近诗》栏,刊载你的旧体诗。语罕,你追随革命这么多年,回归的还是旧体诗。你为陈铭德做家教,他的儿子,如今著名的经济学家吴敬琏是你的关门弟子。

1946 年春,你随《新民报》编辑人员乘船回到南京,住在城南一处低矮的民宅中,此时的你已贫病交加。好在有你的学生予以接济,得以勉强度日。1947 年,你患病卧床,无钱医治。于贫病交加中谢世,终年 60 岁。你的学生王特华等人把你葬于南京南门外的花神庙旁,与吴敬梓做了天上的邻居。感恩一种情,叫作师生情。

梓木乃正统之

才,是"家乡"的代名词。在正阳中学的校园里,有一棵高大的百年梓木。今天,这里举办了"梓树花开"师生诵读活动。语罕,你听到了吗?台上的一位位少年在深情地呼唤,希望你能梦回故园。

(写于 2018 年 4 月 30 日)

从校长的错别字说起

前天，也就是五四青年节那天，在北大建校 120 周年纪念大会上，林建华校长致辞时把"鸿鹄"的"鹄"字读错了。当时，我在淮南作家群里看到有人在评说此事，没有多留意。

昨天，在微信朋友圈里，我看到有人在转发林校长的道歉信，当时完整地阅读一遍，也没有太在意。错别字事件后，毁誉美誉交杂在一起，网络即刻掀起"林校长旋风"。

今天，我看到一个点评林校长致歉信的帖子。点评得似乎处处有知识依据，但是掩卷遐思，感觉更多的是吹毛求疵。我如鲠在喉，不吐不快，打算从林校长的错别字说起，谈谈美文的标准。

在谈论美文的标准之前，我需要说说致歉信的内容。实不相瞒，我完全理解他的"文革"际遇。因为我有切身的体会，虽然这个体会与"文革"无关，但道理是相同的，那就是基本功不扎实。

那个点评的帖子，更多的是在抨击林校长致歉信的标点符号和语法错误。下面我就来谈一谈标点符号。标点符号是书面语的重要组成部分，意在辅助文字，以记录语言、诠释意思。

标点符号的产生和使用有个过程。古时候，先民写文章是没有标点符号的。到了汉朝，开始发明"句读"符号。语意完整的一小段为"句"，句中语意未完，语气可停顿的一段为"读"。宋朝的时候，开始使用"。""，"来表示句读。

1919 年，我国在原有标点符号的基础上，参考各国通用的标点符号，规定 12 种符号，由当时的教育部颁布于全国。1949 年后，出版总署进一步总结标点符号的用法规律。总之，标点符号产生于实际交际的需要。当约定俗成的时候，受一定规则调整。

标点符号的重要性毋庸置疑。首先是那些表示停顿的符号。如"中国队打败了美国队，获得冠军"如果换成"中国队打败了，美国队获得冠军"。虽然是相同的汉字,意思却背道而驰。

其次是表示语气的标点符号。在口语中,语气是用说话时的语调来表示的。在文章中,只能用标点符号来表示。如:他来了? 他来了。

第三是表示词语性质或作用的标点符号。比如:《几何》,几何?

以上三点足以说明标点符号很重要,是文字的重要辅助,类似于人的左膀右臂。

在简单介绍标点符号的来龙去脉之后,我们再回到林校长的致歉信上。因为阅读了点评致歉信的帖子,所以我要再次阅读一遍致歉信。请允许我仅仅从行文角度,以文字爱好者的身份来谈点体会。

我认为林校长的这篇文章是饱蘸着感触写的,没有任何后期的技巧处理,反思深刻,歉意真诚,属于奋笔疾书,火速发文。那些标点符号的瑕疵恰恰是他一气呵成的真情花蒂。这些真情之花开放在一盏台灯下,一位学术水平高点的文化人在直面惨淡的舆情,他的牺牲无所谓,他怕祸及北大。这个点评的帖子从标点符号等细枝末节去对全文内容吹毛求疵,有落井下石之嫌,有拔高自己的腐意。

前文说过,标点符号这样的形式,本来就是为文章内容服务的,我不赞成形式束缚内容的做法,那是舍本求末,属于一叶障目,是酸文人在卖弄,无异于你知道茴香豆的"茴"字有几种写法!

下面我来说说致歉信的所谓语病问题。语病当然是要摒除的。这就要提到现代汉语的语法规范。现代汉语的语法规范是从一些传播范围较广的白话文里概括出来的。白话文作品又来自语言交际的实际需要。

林校长的致歉信语意清晰,谁都能读懂他的意思。这样的语句是合格的,如果用语法框架去约束,让所有人的语言格式都雷同,那是僵硬的语言。有这种主张的人,通常只会去对别人的文章评头论足,自己绝对写不出来像样的文章。就算是写了,也是那种机器压膜出来的僵硬文字。

举个例子,小学文化的郑渊洁是大作家,复杂的语法概念于他而言估计是陌生的,不过,因为他的语言没有被套上语法的枷锁,所以他的表达是鲜活的。我阅读过他的作品,妙语连珠,思想深刻。我的意思是,林校长的语句不算语法错误,语法规范必须让步于生活交际。

写到这里,崔老师是不是要替林校长说话? 是,也不是。不过我肯定是在客观公平地说话。我只是想从他的错别字事件说起,来谈一谈美文的标准。

林校长的致歉信就是一篇文章，还是一篇美文。本文开门见山，直接进入话题。表达的内容是完整的，感情真挚而沉痛，思想深刻。阐述了对错别字事件的感悟，主题集中，语言耐读却不赘述，老成持重，篇章结构完整，采分点都被他把握了。文章的结尾再扣主题，卒章显志。说实话，诉真情，有现实警戒作用。

　　至于所谓的标点符号和瑕疵病句问题，于一篇即刻草就的文章来说，都不是问题，可以忽略不计，瑕不掩瑜的道理谁不懂？形式的东西永远要为内容服务。林校长的意思表达清楚，读者在阅读的时候，丝毫没有障碍，更不会产生歧义。倒是点评的文章专业得让老百姓丈二和尚摸不着头脑。

　　行文至此，我即将结束全文。这里补充几点我朋友阅读林校长致歉信的体会。她是这样发朋友圈的——概括一下林校长道歉信的中心思想：1.我念错了，那是时代造成的。2.我是念错了，你们为什么要质疑？又不能创造价值！3.我不能保证以后还不会念错。如果再念错，你们还是不能质疑，因为质疑也没什么用处。

　　她对致歉信的阅读体会，这里不做评价。林校长地位使然，身份使然。如果是普通人说了或是用了错别字，远不会受到如此瞩目。因为公众人物与社会公众利益密切相关。其行为与社会公共利益具有一定的相关性。

　　补充一点，上台发言的人多是他所在的那个圈子的公众人物。我希望那些登台发言的人们，无论多忙，在上台讲话之前，一定要把讲话稿顺一遍，拿捏不准的字，务必查阅字典。汉字博大精深，谁轻视它，它就让谁出丑。

（写于 2018 年 5 月 6 日）

三

夏花扑鼻香

立夏与蔷薇

风扬花
雨扬花
立夏节气在蔷薇的笑意里
无风自舞
落在墙角的谁家？
这个时候
蔷薇的香气乱了
我的情绪却伫立不动
风起了
风是轻的
在穿街走巷
感觉那么潇洒
诗不摇
花瓣轻盈
我在驻足观望
观望墙角的蔷薇
观望绿叶上的几度鲜花

话说：
有情芍药含春泪，
无力蔷薇卧晓枝。
一场立夏的凉雨
洗白了蔷薇的姿色
白云还未散去的时候
明月又簇拥起彩霞

雨丝千条

剪碎我的情思

我的世界没有佳色的渲染

为什么明月还能高挂？

雨停了

我心中未干的雨点

滋润着蔷薇的柔媚

傍晚时分

我的笑意就是一炷熏香

流淌在谁褶皱的面颊？

撒落在墙角的蔷薇

夜深深

漫天星为佳

（写于 2018 年 5 月 7 日）

蔡家岗不在蔡家岗

凤台县,东南乡,沿淮一溜十八岗……

这是一首曾经在淮南地区广为流传的民谣。本文所写的蔡家岗就属于这十八岗之一。你也许会问,崔老师,在文章的题目中有两个蔡家岗,请问哪个才是十八岗之一的蔡家岗?

为了回答你的问题,这里需要从头说起。这个头要追溯到2400多年前,那是春秋时期。蔡昭侯从河南新蔡迁都到今凤台县,改称下蔡。历经五世46年后,被楚惠王灭国。蔡家岗的蔡姓可能是蔡侯的后裔。

题目中的前一个家岗,指的是蔡姓居住地,是个地名。这个地名的取得,依据的是地理实体的形态特征,并结合以姓氏。通俗一点说,就是蔡姓人居住在一片高起的土坡上,这片高岗位于凤台县城的东南方,濒临淮河。

写蔡家岗这个话题,本来不在我的行文计划内。因为我对那里不太了解,属于管中窥豹,只知一点。我所知道的那一点还是关于民风剽悍方面的。我的一位朋友极力建议我写写蔡家岗,于是才有了这篇《蔡家岗不在蔡家岗》。

在解释文题里的后一个蔡家岗之前,我想问一问你有没有这样的经历:当你想去谢家集区逛街吃美食的时候,你心里会想,那就去蔡家岗溜达一圈吧。题目中后一个蔡家岗是谢家集区的代名词,是个行政区划。

为什么要把谢家集区说成蔡家岗?这个问题回答起来有点麻烦,需要先把蔡家岗的原始方位确定下来。它位于现在的谢家集区境内,在谢一矿东面约0.75公里处,谢二矿的北面,谢三矿的南面。与蔡家岗相邻的是较小的村落,名叫谢家集。

这里交代的是,很久以前的小村蔡家岗是寂静的。它年复一年地蛰伏在淮河岸边,农耕生活在这里世代相袭。到了清朝末年,蔡家岗逐渐成为乡民走集。民国时期,这里出现发展势头,集市约有 0.5 公里长,住户分前、中、后街,约有 1000 户。与它毗邻的谢家集自然村,约有 60 户。

1949 年 1 月,凤台县解放,县政府在淮河南设置蔡家岗区和八公山区。这是我所了解的"蔡家岗"一词最早出现在 1949 年后的淮南资料中的记录。这也是文章开篇的民谣为什么唱"凤台县,东南乡"的原因,因为蔡家岗原来隶属于凤台县。

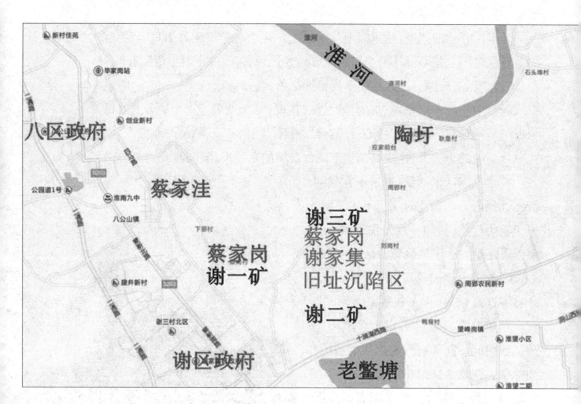

新设的蔡家岗区和八公山区,级别几经升降,归属多次分合。一度合为蔡家岗区,又换成八公山区,再就是花开两朵,又分别叫作蔡家岗区和八公山区。

现在人们把去谢家集区逛街说成是去蔡家岗溜达,与中华人民共和国成立后的那段行政区划变迁的历史有一定关系。因为那里既是蔡姓人聚集的街市,又是蔡家岗区。不说去蔡家岗玩,说去哪里玩呢?

蔡家岗真正为外界所了解与它地下蕴藏的乌金有关。1949年2月初,淮南煤矿接收队军代表正式接收蔡家岗矿筹备处等单位。从资料可以看出,蔡家岗矿是继1947年新庄孜煤矿开建之后,政府拟开采的又一煤矿。这个煤矿于1949年6月破土动工,取名蔡家岗矿,因为它紧邻蔡家岗。科学欣赏的是小地名。

时间到了1957年1月1日,蔡家岗矿改名换姓。换成什么?还记得前文介绍的那个小村庄谢家集吗?此时的蔡家岗矿改称为谢家集一矿,简称谢一矿。

为什么要换成这个名称?因为蔡家岗矿开工建设以后,该矿的2号竖井,还有3号井相继兴建并投产。由于小村庄谢家集正好位于这三座矿井的中间,所以仍然是依据小地名和就近原则,蔡家岗矿改名为谢一矿,其他的两个矿分别叫作谢二矿、谢三矿。

时间节点落到1961年10月1日,蔡家岗与八公山两个行政区划的名称再次发生变化,合在一起的八公山区又被分开。注意喽,这次的名称分别叫作谢家集区和八公山区。谢家集区取代了蔡家岗区,依据的是境内三座用"谢家集"冠名的大矿。行政钟爱的是经济。

在蔡家岗矿更名谢一矿之后,谢家集区成立之前的那段时间,再准确一点地说,也就是1960年前,蔡家岗和谢家集的旧址出现采煤区沉陷现象。这两个村落开始搬迁。

谢家集搬到距故地东北方向约1公里的陶圩,随了陶圩。"谢家集"这个具有特定方位、特定范围的地理实体的专有名称从此消失。谢家集的村名虽然湮灭近60年,但是它的村民还在谢家集区境内。

蔡家岗则迁到故地西北约2公里的地方,蔡家岗的名称沿用至今。不过那里目前是八公山区的辖区,隔着一条水泥路与谢家集区境内的谢三矿默默对视。

我正走在这条水泥路上，我发现这条用作区界的水泥路是不宽的，与沿矿路垂直，与大八铁路线交叉，在这里形成一个小型十字路口。

下午的太阳高高悬在天上，不大的铁路道口正在使用着，一辆火车从远方缓缓驶入。道口临时封闭，等待着几个行人和一辆货车。在路口东南的房屋上张贴着"谢家集区路东村"的红纸，路口东北的房屋上张贴着"八公山区蔡岗村"。

这时，410公交车徐徐到站路东村。它的下一站将是蔡岗，终点站是蔡洼。这里的蔡岗和蔡洼，就是蔡家岗和蔡家洼。口语交际讲究简洁实用，加上汉族追求成双成对。所以就把它们依照双音节改成两个字的词语。据说蔡岗和蔡洼是淮南市最早通公交车的村子。

我在蔡岗村委会的附近留步，遇见几位聊天的村民。我问蔡岗是不是地势高一些，蔡洼是不是地势低一些。他们说不是的，一样高。

村民说得也对，不过只对一半。因为蔡家岗地名最初取得的依据是客观的高岗地形。随着原来的高岗地形沉入水底，迁址后的蔡家岗地名属于沿用旧名称，已经是一种社会文化符号。

蔡岗村的谁家有一丛月季花正在绽放着水红的花朵；谁家的水泥墙上布满了绿绿的爬山虎；谁家的墙壁贴满了红色瓷砖，门旁还贴着一个共产党员户的标签。5月的下午，城市群里的乡村蔡家岗是静悄悄的。

有几位村民在这静静的巷道边坐着。我问其中一位老人蔡家岗故地离这里远不远。他说不远，用手指了一下，就在那边。我问那里还有什么东西吗，他说没什么东西，就是一片大塘。我问跟老鳖塘比，哪个更大一点。他说蔡家岗的塌陷区大，一眼望不到边。我问他是否可以跟我的车过去，我来拍摄一张那个大塘的图片。他说可以，不过话讲到前面，我得给他50块钱。此种情况我第一次遇到。

离开蔡岗村委会，我向蔡洼进发。车一拐，就进入村子。村子里面的沿路墙壁被粉刷了半面彩色，入眼的景象是洁净的，看来这里刚刚紧锣密鼓地开展完一场文明创建工作。

我之所以赶到蔡洼村，一是因为这里与蔡岗本来就是一家，既然要写蔡家岗就得来一趟蔡家洼；二是因为资料显示，这里曾诞生过一位抗美援朝烈士，英名蔡瑞玉。他 1944 年参加革命，1951 年在朝鲜牺牲，时年 23 岁。蔡家洼的下午是温暖的，阳光抛洒进村民的家中。哪一扇家门是蔡瑞玉烈士的？我轻轻地走在小巷里，我没有向任何人打听。我只需要漫步就可以了，也许那一缕迎面的轻风就是他回荡的英魂。也许村委会门楼上悬挂的那面鲜艳的国旗，就有过他的一滴热血。感恩烈士，致敬英雄。

蔡洼之行的第三个原因是，这里有一家两蔡实业有限公司。这家公司通过一步一步的发展，已经拥有润众、宾悦等多个汽车维修服务公司。你在泉山附近看到的，如果是蔡姓经营的汽车服务行业，大多都是从蔡家岗走出的人办的。

第四个原因是，这里有一所用"蔡家岗"命名的小学，任何一项文化的传承，尤其是地域文化，一定需要孩子们的参与。

蔡家岗，尽管你不在蔡家岗故地近 60 年时间，但是我发现你在八公山区的怀抱里成长也很茁壮。蔡家岗，崔老师希望你越来越好。

（写于 2018 年 5 月 16 日）

撞色

我呀
我是路边的一丛石榴花
每天上下班
我都与我谋面
我看着我站在芳草地上
绿叶托着红花

昨天
城市下起雷阵雨
雨幕里的石榴花
开到中期的石榴花
突然亮了
我呀
香气见老的我呀
居然显现出少女的芳华

后来
电闪雷鸣
我的身边挂起一帆劲风
石榴的枝条舞动起来
猩红与青绿无缝拼接
发生强烈的撞色
在鲜明的色彩差异中
撞出轻盈的个性和芳香的气魄
我呀

人到中年的我呀

是不是误饮了一杯浓茶？

我呀

正在撞色的我呀

上网搜索一下今年的流行语

那就是"撞色"吧

颜色将被天意运用得得心应手

让红与绿搭配

奔放到天涯

石榴叶既然绿了

那就让它绿到江南岸吧

石榴花既然红了

那就让五月火起来吧

（写于 2018 年 5 月 17 日）

生活笑起来很甜

今年
你没有发来邮件
我在回忆过去
回忆那些暖暖的字眼
春天来了
我的爱随季节升温
变得异常坚决
怀念你的离去
我用铁臂代替柔肩
不用与任何人说"再见"
一个人风雨兼程
也能够走得很远

梅雨的夜
我用高傲与天空对决
寒意四起
我的手脚冰凉
穿上你穿过的黑色棉袜
谁的脚步空了
越来越远

今天
雨水催开一朵朵合欢花
绒绒的花团激情四射
时间没有改变一切

我的思念却在雨幕里有增无减
楼前
暴风雪折断的香樟嫩枝新发
好像春风就吹在前面

我的爱意持续发酵
默念一个人
梦在划向身边
长诗变得风度翩翩
桑葚美酒已经泡好
畅饮一杯否？
我在向幸福出发
生活笑起来很甜

（写于 2018 年 5 月 27 日）

徽州的民歌

徽州令我魂牵梦绕,我常常设想它的烟雨朦胧穿梭于青石小巷,画里青山有民歌飘扬。徽州的美,美得让人掉眼泪。

老徽州落于青山绿水中,有久远的烟火所熏染的生活。我的徽州,青山环绕,六水微澜,满足了我对江南水乡的所有想象。来到徽州,我看到一块块砖雕,雕出彩凤珍禽,刻出游龙走兽。徽州的美,美在原物被时间淘洗后的纯粹。

在皖南歙县的徽州古城里有渺远的乡愁。所谓"前世不修,生在徽州;十三四岁,往外一丢"。行商坐贾,徽商最能体会别妻离子的忧愁。徽商挑着担子外出卖丝线,担子里鲜艳的丝线是屋里人养的蚕吐出的,屋里人染的色。徽州人,你在用汗水、泪水、血水打拼。当你返乡的时候,她有没有唱着民歌,伫立在苔衣青青的桥头?

我来到潜口民宅博物馆,行走在移建的山庄中,沉浸在嫁接的砖瓦和夹生的感觉里。此时,从民宅博物馆入口处的戏台里飘出的清亮的徽州民歌,正摇橹顺江而下。那原汁原味的曲调,是对徽州古韵的表达。

我靠近戏台,看到在"戏如人生"的匾额那边坐着一位女歌者,正对着话筒演唱《卖丝线》。她叫余立英,是徽州民歌的非物质文化传承人。民歌鲜活地应用在此处,让我夹生的感觉熟得通透。

徽州民歌是一门古老的声音艺术,记录了徽文化本真的一面。它超越物质又作用于物质。它像山花一样纤尘不染,抒发真挚的情感。山野的风轻轻吹过,徽州的地域特征被吹得越发明显,徽州民歌让我的情感变得熟稔。

因为民歌,我终于遇到梦里的徽州。

(写于 2018 年 6 月 2 日)

八公山里大崖壁

八公山里有一面大崖壁,长约 500 米,崖高近十层楼。在哪?我也不知道。今天,我决定前去寻找,你愿意同行吗?

我寻找的脚步随着山坡而缓缓抬升。树林里的羊肠小道被雨水冲得湿滑许多。这条小路循着山间小溪忽左忽右,像是水袖在群山里飘荡。越向上,山体浸出的水流越小,等到水迹消失的时候,再穿过一片油桐的幼林,就来到顶峰,我的眼前豁然开朗。

太阳高挂在天上,四下里一片光芒。一群徒步的老年人从大崖壁那边走过来,口里唱着"小燕子,穿花衣"。他们继续前行,朝着东面八公山森林公园的方向。歌声沙哑,却能带走惆怅。余音袅袅,缠绵了层峦叠嶂。

徒步者行走的这条小路是八公山区与寿县的分界线。路北是八区的管辖范围,那里栽种着偌大一片油桐树林,像是一支笔,勾画出妙山林场林业工人们流着汗水的脸庞。青山飞起,野水流来,也许就是他们梦里梦外希望的模样。

山体绿化是一项综合性工程体系。对减少自然灾害、保护生物多样性、维持生态平衡、美化环境、调节地区小气候、涵养水分等具有重大意义。油桐等乔灌木的地下根系盘根错节,能产生较好的力学护坡效果。地上茎叶截留雨水,抑制地表径流。所谓青山不老,绿水长存。

与那群徒步者前进的方向相反,大崖壁就在他们身后的地方,这需要向西边走去,走过那片裸露的石头。在这片石块的中间,有一道长长的缝隙,顽强的绿色生命便迫不及待地从里面蹦出来,带着盎然的生机。走过那几棵红红的蛇果球树,我还好奇地摘下一粒蛇果尝尝,酸酸的,甜甜的,已然复制了生活的味道。走过一丛丛的野花,白色的圆盘、紫色的花串、红色的球团,各式各样,一只只黑色的蝴蝶翻飞其间。如果是在夜晚,这里会不会浮现寒烟? 会不会天阶夜色凉如水,润湿大崖壁所在的那一片山梁?

说话之间,我们已经来到大崖壁的崖顶。大崖壁位于徒步者行走的那条小路的南面,也就是寿县境内。这里是人工开山采石形成的断崖。据路过的老农介绍,这个石料厂开采于 1949 年前后,绝采于 20 世纪 90 年代。那个时间段,淮南市西部的工农业建设如火如荼地开展着,需要大量石料。

后来,当有识之士意识到这种掠夺式开采必须禁止的时候,八公山里的这个大崖壁已经形成。开采行动越过行政区划的界限,辟向八公山区界,据说被当时的淮南市叫停。

站在崖壁下仰视,那堆叠的山体石层倾向八公山区的方向。毋庸置疑,这个山梁涵养的水分将流向乐涧套的方向。水,万物之本源。如果山体受损,甚至消失,不仅水源枯竭,还会发生地质灾害。在大崖壁的下面,有寿县国土资源局竖立的矿区指示牌,还有地质灾害预警牌。凡是机械可以进入采石区的道路,都被砌上石堆,再用红色的油漆写上"封山育林"。这里的封山育林工作,是国家长江防护林工程的组成之一。

在电视画面上,我们能看到山体和森林遭到破坏以及封山育林的消息,没想到这些行为距离我们如此之近。大家在享受工业进步带来便捷和舒适的同时, 也在面对它消极的副产品。我站在大崖壁下向着山梁呼喊 "八公山——"。亲,你知道这些吗?

站在崖顶放眼望去,八公山里群峰碧绿,一折青山就是一扇画屏。大自然是公允的,你有植树,它有绿荫;大自然是大度的,它给人类改正错误的机会,你有付出,它有回报。但是好事多磨,大规模的开山采石被禁止后,小规模的个人盗采紫金石的情况还有发生。在大崖壁的附近,可以看到一些被挖掘的土坑,那里面有一块块紫金石。

其中一处的土坑很深,里面卧着一块巨大的紫金石。它的颜色很美,像是腊月天里刚从地窖里取出来的红心山芋。红中有黄,黄中蕴紫,石质细腻。紫金石,是不是汉室皇家赐予你黄色?是不是刘安王的鲜血赋予你红色?是不是丹霞岭上飘来的云烟,镀给你一层神秘的紫色?这块巨石与山体连在一起,不法分子暂时还没有得手,但是它的表层被机械外力撬烂几块,有几分可惜。

可以原地设置栅栏保护这块巨大的紫金石,它是标本,是淮南的地理名片。保护环境是公德,是境界。个体好像没有直接获益。但是获益的恰恰又是一个个鲜活的个体。比如那些徒步的老人,他们是八公山里的小燕子,快乐地飞来,又快乐地飞走,挥一挥衣袖,不带走一片云彩。

我在八公山里,我在大崖壁旁,我在仰视高山上流云,我在俯视山林中的小溪。雨后的八公山里,楚水清空,那淙淙流动的桃花水啊,让你无法寻找仙源。一条小溪,就是一把素琴,泠泠七弦之上,可以听尽松风。

感谢被绿意覆盖的八公山,山光苍翠,水色澄澈见底。我的溪流在八公山里放纵不羁。我的紫金石响了,那种磬音,落满山林,能让万壑鸣琴。我的灵魂被带走,我感受到一种境界里的悠扬。细雨无痕,八公山里,树更绿了。

(写于 2018 年 6 月 5 日)

石门潭的山水

　　石门潭的山水，是从山坡上渗出来的野水。八公山里连绵的山峰云绕树巅，雾流谷底。水就这样慢慢地渗出山坡，然后与洗云泉的泉水一起层层下落，带着波纹缓缓前行。

　　水流有时是无声的，在桃林里风度翩翩地穿行，或者成群结队流过青青的草地。有时在高高低低的岩石之间一泻而下，水声便"哗——哗——"蹦跳着打着水花。

　　当水流快到石门潭的时候，急速与平缓结合起来，它们在巨大的一片片石坡上漫过去。白色的小瀑、白色的水流，都义无反顾地投入石门潭。水声变得清清凉凉，带着夏天水蜜桃的甜味，带着秋天的寒霜。

　　写石门潭的山水自然离不开石门潭的山。石门潭四周的山不高，颜色青黑，苍崖尽显风骨。高处的石壁干练地划过天空。路边的巨石遮挡着人们的视线，转过去之后，天那边依然是天。

　　石门潭的山是有故事的，这些故事带着淮南的烟火，刻着道家的印记。石门潭，你的山水是一幅画卷。这幅画卷有高处的山峰和杂树，有水底的青藻、小鱼儿和虾米……

　　散步的人们追寻清净而来。不论是迎着面，还是首尾相随，好似谁都没有看见谁，他们的眼里只有石门潭的山水。石门潭上闲云悠悠，物换星移之后，淮南人已安然度过几个秋。石门潭的山水画疏密有致，动静相宜。夕阳红起来，我留下笑意，作为这幅画的收笔。

（写于 2018 年 6 月 10 日）

那个时候

昨天
我遇到一件事情
头脑立刻快速运转
想一想有谁可以帮助我
华为手机很神奇
马上联系到水泊梁山的 108 条好汉
有智多星吴用
却没有黑旋风李逵

刚才
我在打字的时候
突然发现
居然没有联系那个常常挂念的人
这个人藏在灵魂深处
隐藏得很深
我为什么没有找他帮忙呢
甚至连想都没有想到他
这个人
被时间遗忘得自然而然
似乎从来不曾存在过

那个时候
他是我喜怒哀惧的镜子
镜子没有破
怎么就不圆了呢

我很诧异
也很开心
但是,我为什么流泪了?
两行泪水
就像荡起的双桨
这是喜极而泣
还是无声之悲?

原来,被别人麻烦
你就是那根金贵的稻草
能够及时回复的
不是亲人
就是挚友

(写于 2018 年 6 月 12 日)

淮南：晚霞落在仙女湖畔

　　淮南，一座美丽的山水之城。如果你有时间，请随我一起走进舜耕山，来到仙女湖畔。看岸边的细沙被踏浪的人们铺平，赏夕阳落山时湖水折射的晚霞一片通明。

　　夏至到来前的淮南，风是轻柔的。那风，吹啊吹，吹过田野，吹过城市的楼群，吹上舜耕山的树林，然后调皮地落在仙女湖面。风行水上，可以了无痕迹，可以让后浪簇拥前浪。夕阳开始落山了，慢慢地落下去。那暖暖的光芒被树梢分割成光束，再发散开去，霞光开始变红。舜耕山里升起淡淡的暮霭，山烟流动，远处有一些矮矮的青松。

　　晚霞里的仙女湖很美，吸引着游泳爱好者们，还有休闲散步的人。他们或独自信步，款款走来；或三五成群，说说笑笑。

　　仙女湖岸边的沙滩上人头攒动，大人和孩子有的蹲着做沙雕，有的走个不停。这边的一对年轻夫妻正在和孩子一起研究什么。他们的头上是夕阳映着晚霞，他们的身边是粼粼的波纹。面对这有情的湖水，清风便放低身段，轻轻荡漾在仙女湖畔。

　　淮南，你的舜耕山不高，但是苍翠。你的仙女湖透明，一切事物在这里

变得通透。是啊，要那些冗杂的隔阂干什么呢？请来到舜耕山里的仙女湖畔吧，这里有流水弄琴音。这儿的晚霞红了，暗了，此时让我们端起清风一樽。

淮南，我真的爱你。你会集体行动，却不盲从，不做伪合群；你标新立异，但不孤芳自赏，有一颗纯净的本心，在认真做自己。

淮南，我的卿，你用情专一。我相信，无论你远走何处，我都是你的那颗故人心。

（写于 2018 年 6 月 24 日）

淮南：没有河的洛河

　　淮南，顾名思义，位于淮河之南。它于1949年1月18日解放，你知道解放它的部队是从哪里进入淮南的吗？是从淮河北岸横渡到南岸的，登陆的地点就是本文的写作对象——洛河。

　　洛河，首先是一条河，它还有别称，比如洛水、洛涧、大涧沟等。洛河还是一个地名，时代不同，隶属地不同。本文所写的洛河，既是河流，也包括行政区划，确切一点，就是现在的淮南市大通区洛河镇。

　　有洛河镇就有洛河村，在目前的洛河镇政府东面不远处有一条水泥路，路上架起一座进村的大门，上面写着"洛河村欢迎您"。这条水泥路的路基，就是淮南煤矿局九龙岗至洛河并伸向淮河岸边的铁路路基。它于1931年9月竣工，是淮南最早的铁路，没有之一。如果你侧耳聆听，在这个夏日的午后，似乎还能捕捉到许多年前运送煤炭的车辆遗落的声音。

　　我走在这条水泥路上纯属偶然。我去某个地方采风，目标明确但路线含糊。明确的是，我的目标必须朝向那里，比如今天的洛河老街、洛河入淮口，但我又不知道去哪里寻找老街，寻找洛口，寻找那些历史上的浓墨重彩。于是天意使然，我的采风之旅总是鲜活的，总会有一些生成性的东西。

　　比如我正走在这条"洛河村欢迎您"的路上。在这条水泥路上，人来人不往，车去车不回。在这样安静的日光下，我正好可以慢走，可以与人攀谈。我发现在洛河小学的门口，坐着一位面容慈善的老人，我想从他那里打听一点消息，没想到的是，这位叫作宫传用的老人，竟然成为我的向导。用他的话说，

"我知道你想干什么,想了解洛河的历史。趁着我还能记得清楚,就帮你一下,历史总得要留给后人"。宫师傅,我们出发吧。

顺着"洛河村欢迎您"前行约 1 公里的距离,就来到淮河大堤。沿着河堤向田家庵渡口方向行走,会看到一处三个堤坝交会的地方,这个地方非同凡响,就是大名鼎鼎的洛河老街。

资料显示,洛河老街约有 1400 年的历史。雏形大约形成于隋朝时期。洛河几经改道,但一直以来水系发达,冲积的平原面积广阔,人们称之为洛川。早在东汉末年,曹操攻取寿春的时候,就曾经屯兵在洛川。这个地方因为屯过兵,便被人们称为屯头。直到今天,在洛河电厂的北面,还有一片水域,这是近代洛涧水系的遗迹,是淮河河道管理的屯头站,站名使用的是古地名"屯头"。

在曹操屯兵洛涧 100 多年后,也就是东晋时期。洛涧发生了一件载入史册的大事——洛涧之战。这是东晋与先秦淝水大战的序幕。

公元 383 年,先秦苻坚的 80 万大军压境东晋,东晋的谢玄仅有 8 万士兵可供调遣。谢玄经过再三思虑,派出了勇将刘牢之。11 月,刘牢之率领精兵 5 千奔袭洛涧,先秦将领梁成率部 5 万人马在洛涧边上列阵迎击。刘牢之兵分两路,一路迂回到秦军阵后,断其归路;一路由自己亲自率领,强渡洛水,猛攻秦军。秦军惊慌失措,主将梁成和其弟梁云战死,官兵慌不择路渡淮河逃命,1.5 万余人丧生,秦军土崩瓦解。洛涧大捷,极大鼓舞了晋军的士气,为后面淝水之战的以少胜多开个头彩。

屯头站标志牌立在淮河大堤上,在标志牌的对面,也就是淮河大堤的另一侧,有一个大涧沟闸,站在大堤上望去,可以看到水流从闸下滚滚而去。在水流的前方不远处,就是千里长淮,那是洛涧汇入淮河的洛口。

古代的洛口仅宽度就达到4公里。淮河涨水时，洛涧与淮水连成一体，波浪滔天。险要的地势，兵家必争，所以在洛口还发生过一件战事。

公元505年，南朝的梁军进驻洛河，与魏军交战，吃了败仗，退守怀远境内。越明年，梁武帝决定北伐，派肖宏为元帅，率领大军直抵洛口。杀回来的梁军兵强马壮，魏军见到后，个个提心吊胆，手里捏着一把冷汗。一天夜里，突降暴雨，电闪雷鸣，洛口波涛翻滚，淮河震天撼地。令人意想不到的是，肖宏是个胆小鬼，以为是魏军杀过来了，吓得惊魂失魄，连夜逃窜，军队不战而损失5万人马，成为发生在洛口的军事笑话。

在大涧沟闸的东面约1.5公里处，也就是我们需要沿着淮河大堤向回走1.5公里，回到那三个堤坝交汇的地方，那里是洛河老街的故地。

我说："老街在哪呀？除了芦苇青青，高粱丛丛，还有远处那波光粼粼的淮河，什么也看不到呀！"宫师傅说："你看到那条路了吧？那就是南北大街。你看到那棵树了吧？树下面有一片芦苇，芦苇北面就是钟北，南面就是钟南，姓宫的都住在钟南……"

宫师傅所指的那片河湾地，的确是洛河街的故地，只是连废墟都看不到了。目之所及，只有一片低洼，张张的荷叶，零散的耕地。在耕地里，曾经有一条洛河的支流缓缓穿过南北大街的中点，当年在这个中点之处建有一座石桥。正所谓"井上有桥，桥上有楼，楼上有瓦，瓦上有松"。因为楼里有钟，故而此楼叫作钟楼。居住在钟楼北面，临近淮河的那一边叫作钟北。钟楼的南面住宅区，就叫作钟南，多是宫姓人居住。

下面我要介绍两位洛河街的宫姓名人，一位是嘉庆皇帝的老师宫兆麟，另一位是为支持新四军而献出生命的宫少卿。

宫兆麟贡生出身，升至巡抚，官比现在的省长大一点，据说与上窑镇方楼村的进士方汉卿同朝为官。巧合的是，方汉卿与乾隆同年同月同日生。乾隆很好奇，想知道是不是同时生的。方汉卿为了避讳，就一再叩首，敬笑不答。和珅谗言道，方汉卿胆大妄为，藐视皇上，该当治罪。

在场的大臣都不敢发声，气氛骤然紧张起来。此时，宫兆麟献言道："我们淮南之人，以笑为尊，方汉卿忠心可鉴，请皇帝恕罪。"乾隆皇帝明白了，敬笑不语是淮南之地尊敬人的公序良俗……

宫兆麟得到乾隆皇帝赞誉，所谓君无戏言，宫兆麟便成为嘉庆皇帝名誉上的老师。为了核实，更为了补充宫兆麟的有关资料，我上网搜索"宫兆麟"，所获甚少……如果搜索"孙家鼐"的话，则会跳出来许多消息。光绪皇帝还有其他老师如翁同龢，翁同龢远比孙家鼐影响大，名望高。淮南人为什么大都知道孙家鼐呢？这是文化普及的力量。

我想到此前不久发生的一件事情。那天我去有关部门查阅资料，工作人员问我做什么用，我说用来宣传淮南。她笑道，淮南不用宣传，经济搞上去，自然就有名了；经济发展不好，再宣传都没有用。真的是这样的吗？如果李白不写"飞流直下三千尺，疑是银河落九天"，谁会知道庐山呢？那个时候，庐山还不存在经济搞上去这一说吧？

淮河之南的淮南，山川形胜，聚风拢水。这里不仅仅民风剽悍，这个地方在清朝还诞生过两位皇帝的老师，可谓翰墨飘香。可惜的是，因为他们所在的小区域，也就是他们的家乡，对他们的宣传工作做得有所不同，历史人物的现实境况就有了天壤之别。你说，文学宣传重要不？不论是人物、景物，还是事件，只有经过文学艺术的洗礼，才能够深入人心且流传久远。

走过了橛涧寺旧址，走到了梓潼宫故地。宫师傅显然记错了，他把梓潼宫说成童子宫。梓潼宫当年遇淮河大水倒塌后，1913年，在原址上建立怀远县洛河第一完全小学，这是淮南市最早的小学之一，就是前文提到的洛河小学的前身。

洛河老街濒临淮水，水路通畅，这里是正阳关和临淮关的中间站，那些南来北往探亲的、贩盐的、放排的都会在此处歇脚。所以这里的南北大街，尤其是沿淮的西小街，到了下午依然人来人往，热闹异常。

1919年，淮南近代邮政业的始祖在洛河老街诞生。是年夏天，洛河设立三等乙级邮政局。这个时候的邮政局租赁的是民房两间。首任局长李幼斋，有邮差、听差二人，开办平、挂邮件，汇兑，包裹三项业务。自办洛河自寿县旱班邮路一条。采用肩挑背负的运送方式，隔日往返。正所谓不比不知道，一比吓一跳。如果我告诉你，淮南近代的第二家邮局是1935年才在当时的经济重镇九龙岗开办，你一定能从侧面看出洛河老街的显赫。

我们很快走完约1公里长的南北大街，南北大街与东西流向的淮河相互垂直。在这个交点上，曾经有一座望淮楼，当年的区公所就在这附近。写到这里，我们需要请出宫少卿这位多次帮助新四军的历史人物。他本名宫传信，号少卿，出生于1881年。此人少时进入私塾，阅读圣贤之书。长大后经营家里的百亩田产，乐善好施，为人敦厚，曾担任洛河方、上窑方、官塘方、虞舜方、新城方的五方局董，是闻名遐迩的乡绅。

　　话说有一天，他的佃户前来报告，说一冲地的麦苗都被倪荣仙家养的35头牛给啃食光了，损失惨重，这可如何是好？宫少卿立即修书一封让佃户送给寿凤怀定四县联防团团长、诨号小狼的倪荣仙。

　　倪荣仙接到信后大吃一惊，只见寥寥数语——老郎小郎，你欠我钱还钱，欠我账还我账。要知道倪荣仙的父亲兄弟六人，他又兄弟六人，手里还有枪。倪荣仙连忙找到他的父亲。他的父亲问有没有为难送信的，倪小郎说没有。原来倪家曾受过宫少卿的恩惠。后来查明了情况，原来是他家放官牛，啃光宫少卿的麦苗。过去的人也是讲理的，倪荣仙赔偿了损失。

　　日寇侵华期间，兵荒马乱，土匪横行，宫少卿在各种势力之间周旋。1940年，藕塘新四军联系到宫少卿，请他帮助购买武器。之后又多次购买武器、食盐和药品，均被安全运送过淮河。由于第五次购买的武器太多，几个战士运不走，就假装攻打区公所，趁乱从宫家后门抬走武器。这事做得不严密，被汉奸知道了，马上报告给上司倪小秋。倪小秋要宫少卿到大通赴宴，宫少卿知道这是一场鸿门宴，还是坦然前往，被关进水牢。

　　无论倪小秋怎么威逼利诱，宫少卿都矢口否认购买枪支一事，拒绝把新四军引出来。倪小秋又游说宫少卿出来替日本人做事，宫少卿说年龄大了，只想颐养天年。倪小秋见宫少卿软硬不吃，就下令严刑拷打。

　　特别是被捕后的第三天，他被押回洛河老街，吊在西小街城隍庙东面的大柳树上受皮鞭抽打。现场围观的有数百人。堂堂的五方局局长，受此毒刑和凌辱，被折磨得死去活来，却一直守口如瓶。他在大通被关押8个月之后，在瘦得皮包骨头，奄奄一息后，才被放回洛河老街。

　　在生命垂危之际，他利用汉奸伪军之间的矛盾，巧设妙计。日本特务搜查了倪小秋的家，倪小秋被处以死刑。爪牙陆锦云闻风逃到高皇寺，被日军逮捕后就地枪决。1943年3月，在桃花飞红的季节里，62岁的宫少卿辞世，没等到淮南解放。

1949年1月17日下午4点左右，解放淮南的炮声率先在洛河老街打响。时值淮海战役结束，驻守蚌埠、水家湖防线的国民党刘汝明部队计划撤退，撤退前，在16日这一天炸毁了蚌埠铁路运输桥。当时在怀远县常家坟一代活动的解放军豫皖苏军区6分区12团，在没有接到上级指令的情况下，考虑到淮南电厂和煤矿的安全，在团长蒋翰卿、政委霍大儒的带领下，逼近洛河老街的淮河北岸，打算解放淮南。

此时，洛河老街的几十条船都集中到淮河南岸，解放军无法过河，便在淮河北岸炮轰南岸，对岸守军仓皇撤退，洛河群众便把船摇到北岸迎接解放军过河。18日，淮南解放。之后许多年，霍大儒都在感叹，到了淮南才知道淮南真大啊。

是啊，淮南真大！这个大是从小一点点聚集起来的。这里面当然包括小小的、历史久远的洛河老街。它生根于淮水与洛涧交汇的洛口。依托水运，一代代繁衍生息。这里的人们流过酸酸的泪，淌过咸咸的血，却大大咧咧地说，人间无苦海；这里的人们不论是戴着黄黄的金，还是穿着粗粗的麻，都明白头上有青天。

这里三年小涝，五年大水，他们的家园和财富一次次被清零，他们像平民化的吉祥鸟燕子一样，来年再垒窝。橛涧寺寄托了他们想治理水患的美好愿望，但是仅仅一个"橛子"能镇住滔滔淮河水吗？好像在1923年的时候，连橛涧寺自己都被一场淮水冲塌了。

1954年，淮河水位高达23米，淮河水把洛河老街夷为平地。那个让他们引以为豪的5米多高的四门阁，当然是要倒塌的。老街人去物非，连洛河也几乎被淤平。那吸引着船工的美酒老虎油被冲去了哪里？那让老街人惦记的一股烟包子，还香不香呀？

离开洛河老街故地，我们再次走上淮河大坝，它有一个好听的名字——幸福新堤。在幸福新堤的0千米处，也就是幸福大堤的原点，曾经有过一次闪烁了1400年的烟火，那人间的喧嚣带给淮南温暖的记忆。

返程的时候，我一再感谢宫传用老人，他今天还在输液，因为我的出现，耽误了他既定的计划。他却很抱歉地对我说，需要去医院了，不能再陪同我去洛河电厂找宫兆麟的墓地了。不过，他信心十足地说："你到了那里只要问，宫兆麟墓地在哪？人家都知道，一个土孤堆。"事实上，我问了一些人，谁都不知道。

那些镌刻在历史里的浓墨重彩，在当代人的眼里只是轻描淡写。人活着是为了什么？仅限于维持肉体生命的吃喝玩乐等需求吗？同为帝师，为什么孙家鼐能被许多人知道，宫兆麟却销声匿迹？这与物质方面的遗迹有无关系？在这一点上，洛河要不要向寿县学习？

（写于2018年6月30日）

李白邀月

李白邀月？是的。八公山里，李白在邀月。

李白邀月是一方小小的奇石，小到只有我拳头的一半大。它藏于淮南市首家民间博物馆——紫金石博物馆。这家博物馆位于谢家集区望峰岗镇。这方奇石属于共生石，就是两种材质不同的石头，被天力捏合在一起，成为一块独立的石头。当我第一眼看到它的时候，感觉像是李白走了1000多年的路程，终于来到我的面前。他飘逸的紫霞仙裳携带一丝苍凉，他正举头望星空，为我伸手邀明月。

这到底是怎样的一方奇石呢？我们一起走进紫金石博物馆，去看个究竟吧。3路车越过望峰岗镇的第二道铁路线，在路口的右侧，也就是从田家庵到蔡家岗方向的右侧，坐落着紫金石博物馆，每天免费向市民开放。如果你运气好的话，能够遇到馆长应先生。他会请你饮茶一盏，然后历数馆藏的奇石家珍，带着你逐一参观。

走进博物馆大厅，迎面摆放着一块体积硕大的石头。大到我在用手机拍摄的时候，无论如何都无法取其全貌。这也是一块产于八公山的共生石，由紫金石和龟纹石组成。紫金石晕红淡紫，沉于石块下方。龟纹石的岁月裂痕，道道钩沉，浮在石块的上面，可谓"浮沉共生"。人生浮沉，福祸共生。

从"浮沉共生"的右面进入大厅陈列室，周边墙壁站满博古架，上面陈列着一些小型奇石。那些体格较大的石头则摆放在中间的地面上。有一块石头底座大、山顶尖，有层层堆叠的岁月质感。它的石壁敦厚，里面开窍似的露出空间。万物有灵，真的是"内有乾坤"。

八公山位于淮南市、凤台县、寿县之间，面积约120平方公里，由40余座山峰连绵而成。这里的山体有许多是紫金石。苍翠丛中，流水静深，加上风化作用，为裸露的山石深刻留痕。

在紫金石博物馆，我有幸看到一块紫金原石。这块原石的青石空间犹如上苍，下面的一片片海藻图案，分明就是八公山脉的无尽森林。红褐色的是夕阳,还是朝晖?只要你有足够的想象,你就能够让光线交织,交织出《淮南子》的博大思想。《淮南子》中成语灿如繁星,名句排山倒海。其中的"白玉不雕,美珠不文"移到此处,用来形容拥有者对这块紫金原石的加工态度则恰到好处。大美八公山,这块紫金原石名曰"层林尽染"。

紫金石产于八公山,是历史名石,在唐宋时期已声名鹊起。它的颜色多样,以粉色的红黄石体,中间交织紫色和金色条纹者为上品。紫金石根据石材的不同分为观赏性石材、制砚性石材。无论哪一种,都有天然的纹路和斑块,于是紫金砚变得个性鲜明。匠师们端详着手中的石材,人的气息与石的纹脉融会贯通,心中便隆起丘壑。

紫金石博物馆既有体积硕大的石头,也有一些袖珍奇石。写到这里,"李白邀月"该登场了。这块来自八公山的奇石太小了,意境却又太大了。在一些粗糙的石粒上,站着一颗材质精密的石头。远看好似一把小小的火炬,正在熊熊地燃烧着。如果换个角度看,就是浪漫的李白在仰天长啸——明月出天山,苍茫云海间。长风几万里,吹度玉门关。

他长袖飘逸,毫不掩饰地表达着对功名事业的向往。李白是豪放的,又在豪放之间糅入孑然特立。他举杯邀明月,对影成三人。他是洒脱的,但在日月流逝中,又四顾茫然徒生浩大的感慨——今人不见古时月,今月曾经照古人。李白,你玲珑望秋月,笔落惊风雨。我要不要学你,只寻天上一轮月,水里万千何足论?

紫金石博物馆,淮南市第一家民间博物馆。在这里徜徉,可以让你生出许多遐想……

（写于 2018 年 8 月 2 日）

我与淮化集团

我与淮化集团,这是一个忧伤又充满希望的话题。这个话题一直在我心里徘徊,许多次我想写它,又有许多次我摆摆手让它走了。那是我心灵深处的风雨,既毫不留情地侵蚀我,又柔情万种地滋养我。那是我文字的禁地和净空,是我的一丛郁郁苍苍的窝边草。

2018年7月27日,这个时间距离1958年6月9日正好甲子一轮回。这一天的中午12点59分,一直辉煌的国有大型企业——淮南化工集团,全部停产。朋友圈里连续发布着一些消息,不仅仅是怀念,还有伤感和埋怨。我想,既然是淮化哺育成长的女儿,我应该写一写我与淮化集团。

这篇纪念性文章的起笔时间要落在我的初中阶段,那是我与淮化接触的最早时间。当时厂名叫作淮南化肥厂。在淮南的若干个化肥企业里,它的规模最大,俗称"大化"。现在的6、9、34、122、127、628等路公交车经过淮化生活区的时候,会有一个站点"兴化公司"。那是20世纪80年代为解决大化子女待业问题而设置的三产公司,意为淮化兴旺发达。现在公交车语音报站的时候,总是报成"兴华公司"。

这个站点的南面就是街心小公园,旧址是大化的行政科浴池,我母亲在那里面工作。我刚来淮化的时候,她把我带去洗澡。池子里面的水太干净了,蓝莹莹的,通透得可以直视池底。池水满满的,水面齐平着池畔,在轻轻地荡漾着。我母亲把我一个人放进去,我小小的心儿在这个热气腾腾的空间里忐忑不安,像池水一样起伏不定,我恐惧起来,连声呼唤我的母亲。那个时候,我已经读初中了,头上不再有虱子,还能找到一些死虮子。

很快,我的母亲就不见了,我的父亲也不见了。他们偶尔也会回来,后来又不见了。认识我的朋友有许多之所以认为我是家里的老大,是因为这段生活经历。因为我和我的妹妹弟弟三个人一起生活。老大不就是这样吗?当家做主,关心柴米油盐。文韬武略,独当一面的。如果站在房门前,就叫独立门户。

我记得房产科的一位叔叔到我家里来，要收取房租、水电气费。说是叔叔，其实他的年龄也不大，刚刚从部队转业，20岁出头的小伙子，姓萧，还不谙世事。也对，了解情况的人，谁又会到我家来收取房租、水电气费呢？那时还没有搞房改，大家住的房子都是单位分的，需要交房租和水电气的费用。电是5分钱一度，煤气是多少钱一个月，我已忘记了。那么苦难的日子，理应刻骨铭心才对，我居然忘记了。总之，钱很少。但是集腋成裘的道理，大家都懂，最后钱不算少，有100多元了吧？要不，人家房产科也不会派专人来收。我哭了，我们没有钱付给人家。那个人就走了。我与淮化是以泪水结交的。

初中阶段结束了，我进入待业行列。因为学习成绩还可以的缘故吧，待业的时候我被安排进淮化中学，在教导处刻钢板印刷试卷。时间不长，仅仅半个多月，暑假就开始了。放假前，教导处的吴友兰主任对我说："你去报考职业高中吧，今年淮化的职业高中招收2个班的学生。"我说，怕考不上，怕不包分配，怕没有钱读下去……她说："不要怕这怕那，你记住，路是人走的，读书可以改变命运。"吴主任是一位皮肤白皙细腻的知识分子，中等身材，体态匀称，是知性感很强的美人。她的鼓励为我的人生转机埋下伏笔。

考试是在淮师附小进行的，那天我去得比较早，天上有太阳，淮师附小的校园很干净，爬山虎绿绿的，植满了一面墙。我在操场上等待很长时间，在跑道上，我捡到一把圆规。学校发榜的时候，我被录取了。300多名应试的学生，我总分排第6名，或是第2名。开学后，我领到了待业工资，2个月的，或是几个月的。淮化运作的是制度，童叟无欺。

写到这里补充一个信息，在考试前需要报名，报名地点是在淮化技校的大院里，我没有想到报名还需要交报名费，交2元或是1元。我记得交过报名费后，我口袋里只剩下1元钱。这1元钱不是我一个人的，是我和妹妹弟弟三个人的，我们需要吃饭。我的一名和我一样家庭困难的同学，因为不想交报名费，就放弃考试。也是，1元钱可以买来热气腾腾的包子，可以让肚子当时就不饿，交给别人去换取一次不知道能否成功的考试，说不好哪里有了毛病。

在淮化技校的3年时间很漫长，每一次交书本学杂费的经历都拉长了我的痛苦。班主任戴老师对我说："按照厂里的规定，你妈妈被开除了，你不是本厂子弟，我还是给你按照本厂子弟的待遇收费。"我一直有一种紧迫感，因为我们的毕业去向是"不包分配，择优录用"。为此，我的学习成绩一直优秀。

刻苦学习的3年，恍恍惚惚的3年，我记得琼瑶小说在此期间比较流行，谈恋爱像流行感冒一样四处蔓延。那个时候，我迷上中央人民广播电台的节目，每天中午按时开播《午间半小时》，后面跟的是"青春"什么。这个《午间半小时》走的是高端文化百姓普及路线，做客的嘉宾多来自社科院。

许多年以后，我已经淡忘饥饿带来的痛苦，我也忘记了因为营养不良而十指开裂的模样，但我还能清楚地记得这个关乎思想纯净和灵魂塑造的精神类节目，可见它的营养价值有多高，对我的影响有多么深远。我仰慕有文化的人，我要向有文化的人学习。见贤思齐，我的春天就会很长，我会送你一枝春的。

这个阶段，我的爱美之心萌动了。偷偷地，我用写对联的红纸涂抹一次嘴唇。我的头发乌黑浓密，扎头发用的是一根红色的塑料包装绳。我的春天步伐沉沉，我的淮化车水马龙，每天都人声鼎沸。

我的父亲和母亲某一天回来的时候，发现我上班了，成为一名令许多人羡慕的淮化集团的职工。感谢淮化，感谢国有大型企业的制度化运作，我成为一名产业工人。

我到房产科去了一趟，把欠单位的房租、水电气费用给交齐。我去东城市场，给我的妹妹买来一件黄色的棉袄，给我的弟弟配上一副近视眼镜。我去看望一位阿姨。在催要房租的同时，我妈妈的几个同事到我家来讨账，她们在门口大声吵闹着，羞辱着我，有一些人围观。我把家里的豆腐干票、粮票等等可以换做钱的票都给了她们。我哭了。此后的许多天，我们是饥饿的。

有一位阿姨曾经是医生，退休后到行政科浴池临时上班，在我母亲的班组工作。她也是来要钱的，她默默地看着眼前这三个小孩，看了一会就走了。我知道她家住在哪里，上班后，我买了罐头去看她，把我妈妈欠她的钱还给她。她很感激，这本应该是我感激她的。

我在淮化集团的造气车间倒班。那高耸的烟囱，那炭火炽烈的煤气发生炉，那嗒嗒响的自动机，那灯光闪烁的仪表盘，那一切的事物清晰又模糊。

上下班的车流大军波涛滚滚，在那一棵棵壮硕的法国梧桐架起的道路上向前奔涌。大修已开始，厂里一片繁忙的景象，宣传部的高音喇叭连续播送检修战况。排水沟还在冒出腾腾热气的时候，塔罐管线需要打开的时候，也就是各种突击队迅速集结的时候。这个时候，你不经意地抬头，可能会看到一台相机正在为你摄影。后勤保障绝对跟得上，各种肉食堆放在餐台上。这个时候，唯有大口吃肉才能释放热烈的情感。

淮化,你的大厂气象万千,你的企业文化深厚,经过你熏陶的人员自信满满,有一种与生俱来的优越感。我站在三楼的废热锅炉旁,常常会有一番畅想,我的心里一直有一颗小小的火种,在等待着什么降临。

化肥越来越供不应求,长长的由各种类型的车辆组成的队伍从厂的东门排到南门,排到路上,蜗牛一样缓缓地移动着。淮化远见卓越,没有满足于眼前的产品畅销,也不再满足于小打小敲似的技改技措,果断上马 18 万吨合成氨工程。当后来又上马什么工程的时候,我已经离开生产一线。这个离开是一个渐进的过程。

我先是离开造气车间,被调到热电车间。这是一个很重要的阶段,我的大专和第一个本科文凭是在这里取得的。当时的车间主任是王万柱先生,身材中等,严肃的时候很严肃,笑起来的时候暖暖的。我是车间的报道组长,宣传稿件于我而言不是任务,而是发自内心的热爱。有一段时间,宣传部明显少用我的稿件,我依然写着,还专门请同事用楷书誊抄。许多年以后我才知道,我的母亲去北京上访,把上访材料寄到淮化宣传部,还是别人把材料转到宣传部?直到现在我也没搞清楚,我也不想搞清楚。

例行的交接班检查之后,大家各归其位。巡检翻牌,在监视仪表盘的同时,便开始眉飞色舞地吹牛。絮絮叨叨拉了许多遍的家常,然后再发展剧情,跟进式拉呱。我跟你讲,昨天买的那只鸡,今天我给它杀掉了,你猜你看到了什么?有的躲进仪表柜里织毛衣或者打瞌睡。胆子大的干脆脱岗,跑去洗澡。回来的时候说,今天洗澡吃亏了,水太浑,这淮河水这么搞的……

所以查岗是必需的。这边的岗位发现查岗的人来了,马上抓起电话:"喂喂——注意注意——去了去了——"所以查岗越来越神不知鬼不觉,如果被碰上,不是扣发奖金就是下岗。

更多的时候,操作室里是安静的。我坐在一边看书,心思一片安宁。头顶的日光灯泻下一片光芒,我的前途仿佛被它照亮。控制室的外面,汽轮发电机轰鸣着。操作室的门被打开,进来一群人,查岗的。领队直接把我的书本拿过去,翻看了几下说,是自学考试的书,然后对我说,岗位生产不能耽误。感谢淮化,让学习的人有了一丝喘息的机会。

我的母亲还在上访,车间书记找到我,让我劝阻她,否则影响我的工作,可能会被连累下岗。我怎么劝呢?她是神龙见首不见尾,我给她看病的钱,她不看病,买车票了。我回到家发现已人去屋空。我有考勤制度管着,总不能寸步不离地跟着她吧？总不能把她带到岗位上吧？

有几次我很是恼火。不过我发现，无论我如何与她划清界限，都划不清界限。别人会说我是谁的女儿。最后，遇到任何困难，上来帮我一把的还是这个屡次给我添麻烦的妈妈。

所以面对书记的话，我也有几分恼火：这事与我有什么关系？我勤勤勉勉地工作，遵纪守法，都什么年代了还搞株连？她如果犯法，你就走司法程序，你来要挟我干吗？

淮化厂门口的布告栏，常常张贴着一幅幅红纸，发布着集团公司各部门招聘工作人员的消息。淮化中学在公司组织部、监察处、人劳处的监管下面向厂区招考老师。我把这个消息告诉我的母亲，她极力支持我去报考。我没有想过要当老师，只想过要当大作家。她说改变目前的生存状况最重要。

我学的是新闻专业，人劳处不让报名。我找到宣传部的李艳华部长，在她的斡旋下，在报名结束的最后时刻，我报名了，又担心中学不同意报名。我找到原来的邻居，就是有人来向我们讨账的时候的邻居朱洪俊叔叔。他又电话联系中学校长王克诚，说推荐一名优秀的人才。后来的笔试、试教、面试三关我都以第一名的成绩过关。但是，好事永远多磨，有人说我是离婚的人，怎么能担任光荣的教师一职呢？

后来我还是被录取了。据说是当时的中学教导处主任杜和深老师争取的。他说，中学招考的是能够站到讲台上就会授课的老师。那个时候，我不认识杜主任。感谢淮化，大厂制度，大厂人才。感谢上面的人们，没有一个人喝过我的一口水。

我是淮化的女儿，一直以来，我都想写写淮化。去年11月的一个周末，我去到热电车间，因为有一件事情需要处理。我的电动车沿着中央大道向前行进。看着我工作了10年的厂区，我的眼睛模糊了。这无关感情，又满带着感情；谈不上感谢，也是感谢。这是我10年青春写意的空间，无论酸楚还是甜蜜，我的10年青春是在这里度过的。

高高的塔架，长长的皮带机。扑哧扑哧响的蒸汽机，还有迎面走过的那个人。我茫然了，我原来工作的造气车间，这个原市长杨爱光当过车间主任的车间，已经被完全拆除，夷为平地。我的热电车间，我用大专和本科文凭获得的车间在哪里？这才发现，我属于淮化，我又凤凰涅槃，不再属于淮化。我停下车，去目测距离，我找到了我工作的热电车间。

60年过去了，淮化的生产工艺没变。高科技日益发达，淮化，请告诉我，您还能撑多久？历久弥香的，只是你的企业文化。

淮化，我因为泪水而与你结交。今天，我已不再苦难，为什么写到你的时候，一番行文下来我又哭了？当年我拿到你发给我的工资，我去给我的弟弟买了一副眼镜，那个小男孩因为不能享受淮化子弟的待遇进厂工作，后来考取中国纺织大学，现在在广州安家了。那个穿着用你发的工资买的黄棉袄的小女孩，因为不是本厂子弟不能进厂工作，后来通过考试，取得了执业医师资格证书，现在是一名医生。

淮化，我在心里为你哭了许多次。那不是憎恨，只是感慨。我母亲的决策是对的，她始终支持我读书。知识改变命运。当时有一些人根本不看好知识，只依仗关系，我坚持下来了。当时有一些人不相信公平，不相信天道酬勤，我坚持下来了。淮化，我的收获与你预设的制度关系很大。制度公平是最大的公平。

淮化，你不要怕，你只是停产。我们的国家会预设制度，公平地对待你和你的其他孩子。

（写于 2018 年 8 月 3 日）

老家

8月酷暑,骄阳难耐,在这样的天气状况下,我回了一趟老家。我的老家在怀远县鲍集镇。那里的人们发音重,第一声会被读作第二声,甚至第四声。记忆中,我的父亲和乡邻们都称那儿为包集。轻轻地发出一声"包"音,而不是重重的"鲍"音,这个发音有异常态,显得特别,所以我记忆深刻。

至于现在为什么会使用"鲍集"一词,我就不得而知了。问一问同行的母亲,她也说不出个所以然。她不仅说不出来使用"鲍"字的原因,甚至于连她生活10年的包集的归途都不认得了。时间无脚,却行走匆匆。

从淮南到怀远路线不止一条,走哪条路线呢?我的母亲说,就从平圩大桥走,上大河湾的坝子,那里车少。车过平圩大桥,当导航的语音提醒向西开往煤化工园区的时候,我的妹妹毫不犹豫地把车开向东面的坝顶。她是一个心底柔软的女子。

大河湾的大坝依然青草漫坡,只是低矮了许多。每次经过坝顶的时候,我的母亲都会说,当年打这大坝的时候,累死一些人。这个大坝是一锹一锹一点点挖土,一肩一筐一步步抬出来的。

我说:"你讲的可是真的该?"我的母亲马上神情凝重起来:"怎么不是真的该?我亲眼看见的,那个时候,我都10岁了。"毛泽东时代兴修水利是动真格的,一定要把淮河修好。当年的汗水还荡漾在如今的一道道河床上。

大坝的东面是一望无垠的绿色,大坝的西面是一排接一排、一栋挨着一栋的两层以上的楼房。楼房像巴根草一样紧紧贴着大坝,和大坝一样绵长。王巷村到了,我的外外家就在这里。鳗鲡池也到了,我的母亲情不自禁地喟然感叹,这鳗鲡池真大,水波浪涌到了坝底。其实,鳗鲡池萎缩得已经有点猥琐了,水波浪一样涌到坝底的是鳞次栉比的楼房。人口像爆米花一样,在急速膨胀。

我的母亲念念叨叨,她选择的这条路线是她记忆的丝线,串起了大坝、青草、鳗鲡、荷花,还有饥荒和笑容,还有她母亲的墓地。她说:"小红你看,那边水波浪围着的就是你外外的坟,水真大啊!"我的脑际闪现出一位银发的老人，微笑着，面容慈祥。活在脑海里的人，才是亲人。

怀远县城到了，我的母亲说："赶紧用导航，我记不得路了。"我说不用导航，车一直向前开就可以了，开过密集的高楼，开过老西门的十字路口。在这个路口，我曾经喝过一碗冷到心里的冰水，那种香精的味道，就是童年的光的味道。在这个路口，我帮我的父亲运送过一些自行车的零配件。回忆是需要场景激活的，所以怀旧离不开物质。

走过这个路口，老家就不远了。我母亲给我的堂姐桂兰打电话，告诉了我们的行程踪迹。我的母亲说："哎哟——"她说"哎哟"的时候用的是升调，家里的人都坐满了，给我们专门留的桌子。显然，这种升调是受到优待后的欣慰。

车子继续在公路上跑着，我的外甥小福娃在吃小包装的火鸡面。"哎哟——"他也说了一声，"这火鸡面真辣！真辣！我再忍耐一下。"说完，他又吃了几口，然后拧开纯净水瓶的盖子，仰起头畅饮起来。车窗外，杨树的绿叶迎风抖动，路面是清凉的。那边的玉米连天接地，宽宽的叶片反射着 8 月火一样的日光。

我的堂姐桂兰遮着一把芭蕉扇，正站在路边等我们。我的母亲很是心疼，她说，还是远了论尺，近了论寸吧。要是别人谁会站在大太阳下面等呀。我的堂哥排行家的小楼前异常热闹，这里停满了一辆辆三轮车，波浪一样，典型的农村式塞车。红红的三轮车的背景是绿油油的田野，红绿撞色，撞得轰轰烈烈。

我们到了楼前，马上有人上来迎接，把我妹妹的车引到东面哪位邻居家的门口停放好。亲帮亲，邻居自然帮着邻居。我的堂哥排行今天很开心。当然，平时他也是开心的。这位早年担任过大队书记的人，身材高挑，面容方正，眉清目朗。他的孙子，也就是我的侄孙金榜题名。一条长长的红色条幅横挂在门楣上，雄赳赳地傲视着前来祝贺的亲友乡邻。

他家的门口搭起凉棚，摆放着一张张桌子，男人们坐在那里打牌、抽烟。巨大的风扇曛曛地吹来田野的暑气。那边有人排起队伍，是等着上账的人。

走进排行哥哥的小楼，我看到每个房间都摆上两张大桌，一直摆到三楼，然后又摆到邻居家的一座座小楼，张张桌子早已坐满亲友。推开其中的一个房门，里面有许多妇人和孩子在吹空调。她们喊我的母亲老太太、老姥娘，喊我姑奶奶、姨奶奶。我侄孙女的宝宝光着屁股抬头看着我，用水汪汪的大眼睛懵懂地看着。她还太小，不会说话。亲人，是从小就能亲眼看到的人。如果见面的时候，形同陌路，那就不再是亲人。

她们和我的母亲说着话,说到过去的亲人,便会潸然泪下。亲人,就是会让你无声落泪的人。酒席即将开始,大家纷纷落座。我们被安排到厨房。厨房有两间,里面有一个柜式空调。

　　这里坐的都是我的亲人,我们却相互不认识。我的母亲一一介绍,有一些亲人她也不认识。当知道是谁的孩子之后,她总是恍然大悟又惊喜地说:"噢——"

　　菜肴端上来,一盘盘地连续端上来:大片的凉拌牛肉、红红的基围虾、整块的红烧蹄髈。连续28道菜品,只有最后一道甜汤不是荤菜。

　　我的亲人们从上菜那一刻开始,就站起身来,给她们的孩子夹菜,自己吃,也不忘给我夹菜。我说不用了,谢谢。她们继续站着吃,继续给我夹菜,孩子们也站起来。一张桌子的菜显然是吃不完的,她们不由自主地站起来,这都是我的亲人。

　　我的亲人们面容端正,常年的风吹日晒只是让她们的肤色红润了。她们身材高挑,因为体力劳动而健硕。我在想,如果她们是我,这个世界就多了真正的美女作家;如果我是她们,这个人间就多了一个名副其实的乡野村妇。

　　我的侄孙女抱着孩子在吃菜,她问我妹妹上次抱回去的小狗可养活了。我的妹妹说送给别人了,养活了。才出生几天的小狗怎么可能养活?我本想这样插话,可话到嘴边又咽了回去。"活着"的概念永远都是相对的。有些事情可以含糊,给人留下一点念想又未尝不可呢?

　　我的小嫂走过来,她是今天金榜题名的崔征的奶奶。我小嫂说,她前些天做梦,梦到我的父亲,我的父亲带着晓霞,来找我小哥排行,说晓霞到现在还没有户口,给她上个户口吧。我小嫂说:"真奇怪,怎么做到这个梦了呢?"大家都沉默不语,我的父亲去世已有10年,我的胞姐晓霞6岁早殇,至今已有40多年了。亲人,就是做梦会梦到你的人。

　　甜汤上来了,甜甜的,大家都喝一碗吧。上来的这个大碗甜汤显然不够分。我的堂姐桂兰去把盛甜汤的桶给拎来了,是一个装乳胶漆的塑料桶。我的外甥小福娃看了一眼,"哎呀——"说了一句之后,就嫌弃地跑到那边玩去了,他在那里找到一把斧头,好奇地舞起来。其他孩子趁机去玩福娃的独角仙。

　　福娃的这只独角仙是花39元从网上买来的。福娃对我说:"姨妈,这只独角仙是公的,不是母的。"我问怎么判断的。他说公的头顶有长长的角。也是,有角才算个男人。崔征的妈妈说,这里的房前屋后有独角仙,没人去捉着玩。福娃听到了这句话,开始缠着我的妹妹去捉独角仙。同桌的其他孩子说,去捉知了吧。他们跑了出去。

我们需要离开我小哥的家,去我大哥家里看看。我小哥拖出来一个大绞丝口袋,里面是刚刚拔的花生。我的小嫂顺手摘下一颗葫芦,又觉得不过意,马上跑进秧秧地里,又摘了两个嫩葫芦。农村富足了,连葫芦都长得大大的,白白嫩嫩。

我的大哥一个人鳏居在他的老屋里。那是一排六间红砖红瓦的高屋大堂,现在看去显得窘迫许多。他的儿子我的侄子的三层楼房就在他的屋前。楼房的院子里晒着苋菜,晒着花椒。

楼房的空调已经打开,我大哥还是觉得不过意,抱出来一个落地扇,这个风扇缺少半面安全网罩。通电后,叶片不转。我的大哥便伸手去拨拉叶片,辅助它转起来。我的妹妹笑了:"还带这样用手去辅助它转的吗?管用吗?"说话之间,我的大哥依然用手去拨拉,一圈,两圈……风扇居然真的转起来了。我大哥似乎又想到什么,转身走进骄阳里,去那边的厨房搬过来一个更大的风扇。我和我妹妹连忙说:"不用不用,这个太大了……"

在离我大哥家不远处,有一处快要被淤平的水塘。我的母亲说,这个水塘原来有多深多深,是为了防止土匪抢劫,全村人一起挖掘的。20世纪60年代初期,她嫁到这里的时候,这个水塘还如何如何深。没想到这么深的水塘被时间填平了。

我们要告别老家了,我的母亲还有我的大哥我的桂兰姐相互给钱。他们把钱塞进车窗,我把车窗打开一条缝,把钱抛出去。车开出20米后才停下来,我说,我们走了。我的大哥说滚吧——亲人,就是说话无忌的那个人。

老家石原是我的出生地,尽管我没有在那里长大,但是想到那里有一群做梦会梦到我们的亲人,心灵便有了皈依。老家是远方游子的梦境基础,是曾经流过汗水和泪水的地方,这无关乎幸福与快乐,又紧密连接着幸福。

(写于2018年8月10日)

三和镇：和谐化解纷争

三和镇隶属于淮南市田家庵区，目前由高新区代管。在进入本文的正题之前，我们的头脑中需要建立起一个概念——地名是一张法治与文化的名片。地名的取得，有许多种方法，其中一种是依据一定的历史事件并结合当时的时代背景。"三和"地名的取得，就属于此种类型。

我国地域辽阔，一个个鲜活的地名帮助我们展开了本土文化的画卷。下面请随我一起走近三和，去了解一段陈年旧事。这件事情发生的时代背景有点久远，大约在太平天国末期，也就是1864年左右。由于晚清社会政治腐败，1851年爆发了中国历史上最大的农民起义——太平天国运动。它斗争的锋芒直指清王朝，同时打击外国侵略者。

在皖北地区，几乎与太平天国同时期，出现捻军势力。捻军鼎盛时期可以调动几十万人马。太平军和捻军所到之处，清朝地方政权完全瘫痪，社会处于无政府状态，动荡不安。那时，个人安全和家庭利益的维护多依靠宗族抱团，所以常常出现大规模的族斗。"三和"地名就是平息一场族斗的产物。

那次族斗，相互对抗的是三方力量，他们分别是邻村而居的吴、邹、徐三大姓。你可以初步想象一下抗衡场面的混乱和损伤结果的惨烈。这也是时间选择集体忘记那个事件的原因。当我探寻那次族斗的原因时，我始终没有找到答案。估计是田边地头的毫厘之争，或者是房前屋后的相邻权纠纷，也可能是婚恋等原因吧，甚至仅仅是一句挑衅的话语……总之是源于鸡毛蒜皮的一场乌龙案。

当年的三和地区有一句顺口溜——益城寺的蜜花嘴，邹大郢孜出土匪。说的是益城寺地区集市喧闹，住在集头上的人见多识广，个个能说会道。邹大郢孜民风剽悍，专出土匪。

与邹姓发生械斗需要有足够的人手。

某一天，徐家洼作为械斗的参与方，派人到位于金家岭北面的徐家圩搬救兵，徐家圩的青壮年悉数飞奔到徐家洼，如此一来徐家圩的圩寨便空了。毗邻徐家圩的是下陈村,陈姓与徐家圩也发生过几次大规模的族斗。当陈姓觉察到徐家圩无人守寨的时候,马上集结人员准备偷袭。劫寨的事情又被徐家圩得知。此时的徐家圩只有老弱病残,其中有一位正在坐月子的产妇,头脑比较冷静,一面派人火速跑到徐家洼通知消息,一面叫人关紧寨门,全躲在屋子里不准出来。她自己猫着腰登上寨墙,跑到这边晃晃旗杆,跑到那边动动苗枪,采用空城计。来劫寨的下陈村人狐疑起来,担心有埋伏,不敢强攻,拎着家伙迅速撤去。外援的徐家圩人不仅火速赶回,还带来徐家洼的增援人手。因为下陈村人员已撤回,所以一场流血事件避免了。

在中国有两种心理因子非常强大,一是向师性,二是向官性。吴、邹、徐三大姓之间的族斗还在变换着形式进行,这显然不利于睦邻友好。官府出面召集各姓族长,让他们各陈其情,寻根究底,解决问题。官府一面好言相劝,冤家宜解不宜结;一面暗示会以暴易暴,以前的翻篇,从即日起,谁先闹事,就赤谁族——灭他全姓。

睦邻友好和安宁的生产生活,自然也是吴、邹、徐三大姓所希望的,于是各方偃旗息鼓,握手言和。为纪念这次调停的结果,更是为了持久地和谐相处,基层官府所在地就被命名为“三和”。这个地点的原始位置在三和镇的三和村,过去是乡民走集,叫作三和集。

1949年以前,三和集曾是国民政府的乡公所驻地。1949年后,人民政府的三和乡也于这里驻地。大概到了1962年,三和公社的驻地搬迁到四十店。四十店因为距离寿州城40里而得名,与当年的益城寺、横塘集、史院集等地都是比较大的集市。

三和公社驻在四十店的时间不长,大约三年,随后又搬迁到现在的五叉路。因为镇政府名曰三和,慢慢地,人们就把五叉路当作三和了。五叉路,就是有五条道路在此处汇合。那道路宽吗?我站在益城寺的原址,询问路过的村民,他们摇摇头,说不大更不宽,然后指向旁边的田埂——跟这田埂差不多。

当年的五叉路距离益城寺不远。还记得前文提过的“益城寺的蜜花嘴”吗?益城寺首先是一座寺庙,建于清道光丙申年的菊月,也就是1836年的9月,横塘集的史俊题写的寺名。那时还没有爆发太平天国运动,但清朝的颓败迹象已愈发明显。

俗话说成由勤俭败由奢,据说道光皇帝崇尚节俭,他经常穿着打补丁的衣服上朝。大臣们纷纷效仿,把新衣服收起来,专门找旧衣服穿,实在找不到

就到街面上去买。一时之间，京城的旧衣服价格飙升，比新衣服还贵。朝堂之上，君臣们都穿着破衣烂衫，被蒙蔽的道光皇帝与臣子们面面相觑，一派叔季之世的萧索景象。

形式主义让清王朝日薄西山。百姓们太困苦了，宗法势力在民间更加抬头，在一座座民房坍塌的同时，麻痹人思想的寺庙，还有家族祠堂一座座建起。我现在所处的益城小学，就是在当年益城寺的旧址上建起的。

这个益城寺为什么这样取名呢？农民说这谁知道呢，都是过去的事了，又没有记载。另一位农民说应该有记载，《寿州志》上估计有，那谁家就有一本。上次我要看，他还说管我吃管我住，但只能在他家里看，不给拿走。

据说益城寺有南北两间大殿，东西两间副殿。民国时期，四间大殿里有600多名学生。我说四间大殿不就是四间屋子吗？能装下600多学生？！他说那大殿大呀……就算能装下，能有那么多学生吗？有啊，当时附近多少里就这一所学校……

如此构筑的寺庙，法事活动自然常年举行。每年的农历二月十九，益城寺逢会。益城寺做的面圆子很有名，直到今天都为三和镇居民所啧啧称赞，成为除夕餐桌上的必有美味。这吸引了四面八方的人们，一时间寺里人头攒动。慢慢地，益城寺周边区域都被人们称为益城寺。它由寺庙名扩大成集市名。益城寺街，东西长约一里。街两头设有栅栏门，白天开门，商户经营，夜晚关门，以防盗匪。

孙中山领导的辛亥革命推翻了2000多年的封建制度，建立起共和政体，但胜利的果实被袁世凯窃取。袁世凯为稳固北洋军阀的独裁统治，开始疯狂捕杀革命党人。他的爪牙倪嗣冲助纣为虐，大量残害光复寿州的淮上军。淮上军司令王龙亭决定护法讨倪。寿州讨伐倪嗣冲的地方有五个，其中一处在益城寺，周云甫、张少山聚集数百人枪，发起暴动。

抗日战争爆发后，全民皆兵。据说有日军在益城寺附近被乡民击毙。日军反扑，焚烧了这座存世100余年的益城寺。

今天，如果你乘坐23、24以及刚开通不久的703路公交车，会发现在金山花园和三和镇镇政府之间有一个站点——益城寺。路边有一块益城寺的石碑，那是益城寺硕果仅存的原物，是从寺庙原址移过来的。益城寺已被定格成地名，立在这里代表益城村也合适。

在这块石碑的旁边，立着一块文明创建的宣传牌，上面写着两行宣传语——美好淮南是我家，文明创建靠大家。沿着这块石碑向南走，就是三和镇政府驻地。傍晚时分的三和，晚立秋的暑气钻进人们的每一个毛囊。

我走到街道东面，那里正锣鼓喧天。在路边的空地里，围着一圈某个办学

机构的小学员。他们身上穿着火红色的T恤，蹲在那里观看场地中间师生们的表演。教育是一个大的概念——家庭教育、社会教育、学校教育。眼前的兴趣班显然是教育的组成部分。

教育要从孩子抓起，必须用社会主义核心价值观去净化社会环境。大社会、高密集的人口现状要求人们完善自身行为，遵守公序良俗，用和谐化解纷争。

夕阳火了，忙碌一天的三和即将迎来恬静的夜晚。对于普通人而言，活的只是肉体年龄，那就让我们用和谐去化解我们有生之年的所有纷争吧。

（写于 2018 年 8 月 16 日）

丰峡村印象

丰峡村位于长丰县水湖镇，它取名用的是起讫撷字法。"丰"是长丰县的简称，"峡"是巫山县的小三峡地区。该村是三峡水利工程在安徽省实施后的第一个移民村。这个村庄于2000年凌空降落，亦如我今天的凌空而降。

连日来，淮南及其周边地区雨水连绵，根本没有"旦为朝云，暮为行雨"的酝酿过程。在这样的天气状况下，我想去穿越一场巫山云雨，于是来到丰峡村。

丰峡村的村口，路面被施工车辆碾压得坑坑洼洼，积满一摊又一摊的泥水。因为村旁商杭高铁线下面的桥洞积水，车辆暂时无法通过，所以有几辆办喜事的轿车正在村口的泥水里调整方向。短时间内，这里塞车了。

丰峡村的布局是呈"井"字形。"井"字的竖笔画代表村内的主干道，一辆汽车足以通过。路两旁栽满香樟树，树梢被雨水浸得葱葱茏茏，油光发亮。村子里静悄悄的，一个妇女穿着鲜艳地走过。她的孩子们在远处呼喊她并向她跑来，她用四川口音答应着，迎着孩子们走去。

这时，又一名妇女也抱着孩子走来。她籍贯长丰，嫁给四川人，她怀里抱的是丰峡娃。有四川姑娘嫁给安徽小伙吗？有，还很多呢。我们在谈话的时候，她的女儿像一只玫红色的蝴蝶飞过来。这只"小蝴蝶"大大方方，笑脸面对外来的客人。我说："你抱着弟弟，阿姨给你拍摄一张图片。""小蝴蝶"开心地说："好啊，谢谢阿姨。"她的背景是一棵花椒树。

皖川的融合，有血脉的融合，也有生活习俗的融合。在丰峡村的房前屋

后,有一垛垛川式劈材,有一棵棵花椒树,那麻辣的气味在清新的空气里到处游走。这是当年从巫山带来的花椒树苗,一粒花椒就是一夜思乡梦。

2000年8月,为配合三峡库区建设,重庆市巫山县的巫峡、南陵、大溪3个乡镇的三峡移民合计151户625人迁移到水湖镇,独立建制设立丰峡村。如果你上网搜集丰峡村的资料,会发现这个独立建制的村子有农田625亩。他们是按照一人一亩地的标准自费购买的。这个行政村的村主任是从四川原配过来的,川人治川村。

在丰峡村里,我看见一个中年人拎着出诊箱迎面走来。这是一种久违的安全感。记得小时候,赤脚医生就是这样拎着出诊箱,走村串户给群众治病的。原来村里有人腿受伤了,打电话请他上门包扎。我想跟过去看看他如何包扎,李医生说已经治疗好,正在回医疗室。丰峡村的医疗室紧邻着村委会,这是财政出资建造的。他刚才的出诊属于家庭医生签约活动,这项活动目前正在全国开展。只要村民打请求电话,医生就会上门服务。村医如果无法治疗,就会指导病人选择适合的医疗机构,对症性大大增强。

我和医生说话的时候,有一个村民抱着丰峡娃过来串门,医生马上接过孩子抱抱,孩子笑了,大人也笑了。一辆轿车开到医疗室门口,一位发迹模样的男人下车来询问做胃镜去哪里做呢;紧接着一个地道的农民进来交付上次看病的费用。我举起手机对着他拍照,他马上挺直脊梁,因为态度认真而动作僵硬起来。医生态度和蔼地接待着每一位来访者。我发现基层医疗人员在脚踏实地地工作着,村医疗室在发挥基础作用。

离开村医疗室,我继续在丰峡村里走动。随处可见的花椒树已籽粒饱满,红黄的色泽晕开在一粒粒果实上,我含了一粒在嘴里,那种家乡的感觉麻麻的。有的人家门口栽种着莜麦菜一样的植物,高高的苔有点像莴笋,秆很细。这是四川特有的一种蔬菜,叶子可以摘下来烧汤,下面条,或是素炒。

路边一家的房门大开着,一个6岁左右的小女孩带着一个大约2岁的男孩在玩。小男孩光着屁股坐在席子上，看见有人从门口经过，仰起头突然对外面说："你滚蛋！"乖乖，我回头看看这个小毛头，忍不住笑了。

8月的丰峡村颜色鲜艳。花椒树籽粒饱满，石榴火了，柿子青青地藏在树叶间，辣椒红了。村内小广场上有人在锻炼身体。一座楼房的墙上贴着售房启事，原来房主人已返回原籍。

有道是穷家难舍，故土难离，更多的人选择留下来。

丰峡村的旁边是新建的商杭高铁线。修建路基需要拆迁的消息曾经让这里兴奋一阵子。那些加盖的楼房摩肩接踵，距离近得可以握手。在握手楼的窄巷里，大人在择菜准备晚餐，孩子在自己和自己玩。进村的道路上，走过一群男人，他们谈笑着，那是务工下班的人。

采风丰峡村之后，我发一条朋友圈，看见那位村医也在微信朋友圈里发了一条消息——温馨提示：丰峡这边高铁桥下的积水被抽干了，现在可以正常通车……

（写于 2018 年 8 月 19 日）

草章

春天到了，小草嫩汪汪的。

春雨洒落，铺天盖地的草色都被洗了一遍，绿得发亮。

校园的人工草坪一片葱茏。园林工人在浇水、施肥、拔除野草，悉心呵护着。一阵风吹来，草叶齐刷刷倒向一边，在楼前和墙角起起伏伏。草叶的颜色变化起来，深深浅浅，光感明灭。那种飘忽不定的迷离与得意被景致表达了出来。

夏天如约而至，草坪上的嫩绿变成墨绿，茂盛成一番喜报的景象。某一天，人工草坪仿佛在刹那之间被青苔挤占得无影无踪。园林工人再次忙活起来，把农事活动的铁耙带来，一点点搂去那些贴在地皮上的青苔。青苔很多，堆成一堆又一堆。清理干净的草地被仔细撒上一层草末，据说这样养护草坪比较好。

处暑节气到了，仅仅是节气到了，气温、降水、风力等与此前相比没有什么变化。一天早晨，我来到校园后眼前一亮，发现光秃秃的人工草坪上到处是野草的身影——接天草叶无穷碧。它们见缝插针，嫩汪汪的，绿得好认真。它们闻到这里有空地的信息，为了生命而突然降临，齐头并进，密密麻麻，在阳光下摇头晃脑，天性十足。

草木有本心，天意怜幽草。草坪属于小草，不只属于那些集中优势条件去维护的草。

（写于 2018 年 8 月 24 日）

寿州·古井·女人

寿州是一座用水酿造的古城。小城不大，犹如置放在古井旁边的一张精致的棋盘。风起了，风是轻的；云散了，云掠过了女人的鬓发。在三街六巷七十二拐头的纵横阡陌中，质朴的寿州古城戴着一叶银杏，鲜活了面容。寿州，我是爱你的。

在古城寿州，马路的边缘石是一块块青石。在青石之上，雕刻着回形图案，冰冷的石头此时有了温度，它告诉你，寿州是源远流长的，在这里生生不息地漫步着一代又一代的寿州女人。

我爱寿州，因为我是女人吗？我想写一写寿州的古井，因为古井映照过女人的面容吗？寿州，当我的键盘触摸到你的时候，我的心思像寿州的古井一样内心澄澈，我的眼睛开始波光粼粼。

我要寻找寿州的古井，也许在那古井的沿畔，我能遇到寿州女人，她的鬓发像我一样斑白了吗？她的汗水像我一样浸润着 8 月末的体香吗？寿州女人，我是多么希望你能留步，回头看一看我，顾盼秋波兮。

寿州女人，可否与我一起留步柏家巷？我知道你的家里有大事小情，我知道你的孩子可能嗷嗷待哺，我的脚步于是匆匆了，我要给你节省一盏茶的时间。我款款地走过那丛青青的金钱草，我嗅到寿县麻油的馥香，我的头顶悬着暗哑的骄阳，寿县博物馆就在不远处，就在我的身旁。

柏家巷里的古井是精致的，完好的井圈石，圆圆的，道道绳索的勒痕，深深的。井座的圈石雕刻着海水的图案，尽管没有姜芽，但是

会让人自然联想起海水姜芽的联合寓意。曾经四次为都、十次为郡的寿州，我相信，吉祥的初心将永远被挽留在这里。

寿州，我是爱你的。我爱你南过驿巷里的三眼井。三眼哎！我凑近一看，井圈石下面的井身是阔绰的。那就直接呈现一口大井，不行吗？大大的井口，可以同时滋润一颗颗南来北往的心。建井成本低，使用效率高，感觉似乎也挺好，是吧？如果真的那样，那还是寿州吗？寿州古井不仅用料考究，还注重视觉美观，使用安全，以上元素的保障，是富庶的经济基础。

今天的寿州有点热，空气里弥漫着火的感觉。寿州，你的三眼井被卖鱼的商贩堆满塑料桶，旁边摆放着杀鱼的砧板，你的这边有广告站牌，你的顶上有遮阳的棚架，你的全身由不得你，你被进行了一番不伦不类的披挂。寿州，你能火起来吗？

慢走寿州，我真的希望身畔能够摇曳一位寿州女人。总是感觉有了女人的寿州，才会有一丝灵气，犹如空山新雨后。寿州是诗意的，在天气晚来秋的

季节里，底蕴变得凉爽。于是，寿州的文脉在大街小巷的名字里贯穿，水袖一样抛向白帝巷。

寿州的白帝巷，你是因为寿州女人诵读"朝辞白帝彩云间"才有了这个名字吗？白帝巷里的水井，方方的井圈曾经烘托过多少张圆圆的脸庞？寿州啊，那些圆圆的脸庞上曾经写意的阳光，今天又洒在我的脸上。因为我是女人，所以我更爱寿州女人。

寿州、古井、女人，这三者之间有联系吗？答案是肯定的。否则，我还用再次来到寿州吗？寿州，我要悄悄地告诉你一个秘密，我在留步每一口古井的时候，都会目测一下井圈石的直径，都要伸头瞅一瞅井身的体量。寿州，你知道我为什么要这样做吗？这与《寿州志》的记载有关。

晚清年间,时局动荡。咸丰七年(1857年),在江淮之间,太平军和捻军势力一波波席卷。清廷官军、绅练、团练等各种武装力量因为利害而拉锯冲撞着。寿州的巨大威胁是风台的团练苗沛霖。此人豺狼一样凶残,东风向东,西风向西,被历史学家定性为"史上最没有原则的卑鄙军阀"。

咸丰七年的大年初一,也就是1857年的2月10日,苗沛霖开始围困寿州城。9月26日这一天,秋雨淅淅沥沥,苍天垂泪。被围困7个多月的寿州城被攻陷。苗匪开始第一次屠城寿州。他的手段极其残忍,对无辜的百姓刀刮火焚,大肆奸淫柔弱的女人。第一次屠城,死难者1200多人,完全是禽兽所为。

在《寿州志》里,我看到一串挨着一串的女人名字。确切一点说,我看到的是一个连着一个的没有完整姓名的女人的名字。

比如,合肥县教谕孙传铭的女儿六姑和八姑。她们是待字闺中的姑娘,和嫂子一起居住。六姑听说寿州城即将被苗匪攻破,为保全纯洁之身,她悲壮地纵身一跃,投入井中。始料未及的是,井里已塞满投井的遗体,她淹没不到水里去,无法溺亡。急忙呼叫她的嫂子把她拉出井口,"投缳死"。

八姑一直在伺候祖母,寿州城从年初一开始被围困到9月底,守城兵勇到每家每户去搜粮,以统一管理调配。八姑就把粮食缝在衣服里,夜间煮一点给祖母吃。城陷后,八姑面向祖母磕头:"从今以后,我再也不能侍奉您老人家了。""急趋投井死"。"趋"是快步小跑的意思。如果跑慢了,连干干净净的死都不能如愿。这是怎样的社会现状啊!

有烈女就有节妇。廪生薛景宣的妻子顾氏,已守节30多年,恐被污,"城破,投井死"。

隗熙照的妻子薛氏,24岁,丈夫亡故后,安于清贫,固守节操,依靠给别人做针线活来养育儿子小石头。"苗贼陷城,同子投井死"。

张尽美的妻子张氏,守节多年,城陷后,带着女儿任姐、侄女从姐投水而死。

六品军功叶家良的妻子严氏,年仅20岁,年轻守节,独自抚育孤儿。孤儿寡母,连守着贞操艰难度日的机会都没有了,"城破,投井死"。

苗沛霖围城期间,寿州城内的食物开始断绝。朱宝玒的儿子太平被活活饿死了。城破后,妻子杨氏抱着5岁的女儿投井而死……

这些女人也许不是生在寿州,但是因为殉节于寿州,就当之无愧地成为寿州女人。寿州，古井，女人哪！寿州城老了，却只有东门的基石还能略见沧桑，一块块砖石镌刻着泛黄的时光。寿州的古井少了，我决定去北门寻找两眼井。

两眼井也叫黄家井，一个井身，两个井圈，井圈中间隔着一堵墙。墙内的井圈供主人使用。为了睦邻，黄家专门在墙外设置一个井圈，供邻居们使用。这样一来，寿州就变得大方了，寿州不做为富不仁的事情，富家有水穷人吃。

两眼井在哪呢？寿州老妇说，修内环路的时候，被几锤子锤掉了。旁边的人说，修路当然要锤喽。老妇说，井在那里又不碍事，锤坏22年了……一个老妇能够马上说出一件与她没有关系的事情的发生时间，这件事情就与她有了关系。公共决策，与所有人有关。

寿州，1911年辛亥革命成功后，你改名为寿县。你是健忘的吗？你有多少口古井，还记得吗？月儿升高了，古城一片静谧，你的古井波平如镜，寿州女人的梦慢慢变成柠檬色。寿州，我说得对吗？

嘘——你不用回答。请听，有一个女孩子在诵读"空山新雨后，天气晚来秋。明月松间照，清泉石上流……"寿州，你用古井的清水涤心，你让时间不老。寿州啊，我的止于至善的寿州。

（写于2018年8月28日）

四

秋色在守望

焦岗湖里有朵花

焦岗湖里
我在找一朵花
是年轻的睡莲吗
不是
睡莲的皮肤紧致
我皱纹密生的双手
怎敢去触摸呀
我甚至
不敢去听莲的絮语

我想找的是一朵什么花呢
这是一朵
曾经轰轰烈烈绽放过
无怨无悔深爱过
如今老态已显
却又雍容泰然的荷花
它老了
依然拥抱花心
有黄黄的蕊
嫩嫩的蓬

在焦岗湖的秋热里
鱼戏莲叶间

还有白鹭

站在菱角上面

那一池圆叶静静伫立

黄色卷了荷边

在千折百回之后

你说

我能找到那朵荷花吗

找到那朵丰腴的微笑

……

（写于 2018 年 8 月 30 日）

黄柏郢：石头老寨一言难尽

黄柏郢是一座石头老寨,位于淮南市上窑山的北麓,目前隶属于蚌埠市禹会区。我是在微信朋友圈里知道它的。春暖花开的一天,我的歌唱家朋友王老师采风到那里。她晒出若干张图片,其中的两个提示牌分别写着"黄柏郢围寨东入口""围寨西大门遗址"。当时,我凭借直觉跟了一句话:如果我没有判断错误的话,提示牌上"围寨"的"围"应该是这个"圩"字。

圩寨又被称作江淮圩寨。在清朝咸丰年间的江淮地区,大村小寨开始采用圩寨的建筑模式,就是高筑墙、深挖沟。水沟上架起吊桥,白天放下,供人们出入劳动。傍晚到来时,外出劳动的村民返回,还有邻村的妇女儿童和牛羊也进入圩寨栖身,然后把吊桥拉起,隔绝圩寨内外的交通,以结寨自保,避免兵燹匪患。

黄柏郢在上窑山的北麓,圩寨的护寨河依据天然地形而成,一部分是山涧沟,一部分是寨主带着村民挖出来的人造壕沟。老寨的村民居住的房屋都是石头砌就的,圩寨的城墙自然也是用石头筑成的。

老寨原来的城墙底部跨度6至7米,墙顶宽约2米。寨墙的外壁陡直,高约4米。在圩寨城墙的内部,是一段缓缓的坡面,塞满石头和泥土,便于守寨的人们上上下下。

今年的9月之初,我作为不速之客悄然来到黄柏郢。汽车导航显示的是黄白郢,导航的用字错误了。黄柏郢旧称黄伯营。明朝初年,黄、柏等姓奉命移民到此,分别形成小黄庄、小柏庄。两个村庄比邻而居,鸡犬相闻。明末的时候,时局动荡,这里山匪流窜。获封"靖南伯"爵位的总兵黄得功,率领军队驻扎这里,捕杀山贼盗匪,各村落重获安宁。人们为了纪念这位将军,就敬称黄得功为"伯",把部队驻扎过营房的小黄庄、小柏庄并称为黄伯营。

因为有黄姓和柏姓人居住在此,所以黄伯营后来被误写成黄柏郢。黄柏郢老寨的具体位置在哪里?我们沿着村内水泥路在慢慢找寻。水泥路的旁边,芋头花开了,花团硕大,颜色紫红。鸡冠花也开得正浓,扁扁的花冠像是褶皱在一起的紫红色绸缎。太阳花金光灿烂,在太阳光下闪闪烁烁。在新建的三层楼房前,晾晒着成捆成捆的芝麻、成片成片的花生,还有一堆一堆的玉米。时间啊,你在让当年的悲怆愈合在鲜花和硕果的面前。

9月,黄柏郢里跑动着汽车、电动车、三轮车。三两个村民不急不慢地走过。谁家的三层楼房雄起起地站在路旁,炫耀着那些面对路面的窗户们?这些窗户有的呈正方形,有的呈长方形,有的又呈三角形,还有一扇窗户在眉骨处弯起呈拱形。农民富了,富得不知如何是好。他们要用自己的眼光为心灵塑窗,塑得千形百状……

我们在黄柏郢里走着,老寨遗址在哪呢? 虎哥和丁老师下车向一位少妇问路。当我们行至一条巷道的时候,虎哥说遇到好人了。我没有听懂他的意思,正在诧异之间,才发现刚才指路的少妇骑在电动车上,正停在路中间等着我们。她看到我们后,用手指向那边的一条巷子,然后才骑车离开。那条被指的巷子就是1938年2月,侵华日军瞬间射杀黄柏郢村民100多人的北大巷。

北大巷是老寨黄柏郢的一条重要街巷。寨堡的东西长约198米,其中北大巷占了115米。也许你会说,一座老寨东西总长还不足200米,真小哎! 我告诉你,它的规模大小和坚固程度在清朝末期的上窑山区里是令人不敢小瞧的。

1937年,日军全面发动侵华战争,南京沦陷。1938年2月,蚌埠、怀远沦陷。日军铁蹄沿着怀远县的上洪、马头城南下至上窑,遇到窑河和高塘湖天险,更有国民党军队的抵抗,便在上窑山上修建据点。

日军在所到之处烧杀抢淫,激起中国民众的抵抗。当时在怀远县常家坟和新城口一带活动着民间抗日武装——红枪会,他们集合一批青壮年,手持红缨枪做武器,口念咒语——天皇皇,地皇皇,太上老君炼我赛金刚,刀枪不入,水火能当……他们相信刀枪不入。

1938年时期的黄柏郢临近交通要道。从老寨的南大门出去,可到上窑、田家庵、寿县;从北大门出去,可到马头城、上洪、怀远、蚌埠。

2月17日这一天是农历正月十八,没敢回家过年的村民们这个时候悄悄潜回家。一群日本兵从马头城出发,向上窑的据点进发。在途经黄柏郪附近的凤凰岭时,遇到红枪会袭击。日军不知道红枪会的实力,掉头就跑。红枪会成员紧紧追赶,首领刘兆亭被日军的枪弹击中腰部,不能继续战斗,需要救治。刘兆亭的外公家住在黄柏郪,红枪会成员扛着刘兆亭向黄柏郪跑来。刘兆亭不同意到他外公家,一群人又折向新城口跑去。这都被山上的日军看到了,日军认定这里就是红枪会那群"猫猴子"的大本营。

2月18日,天刚蒙蒙亮,上窑据点的日军巡河大队特务班班长宗岛茂带领50多名全副武装的日军绕道杨拐坟鬼鬼祟祟地向黄柏郪进发,他们准备偷袭。这被早起拾粪的村民发现了,他慌忙跑回老寨报信。

老寨有四个大门。东门和西门是偏门,比较小,仅供村民和牲畜行走;南门和北门比较大。其中南门最大,可以进出太平大车,一般的婚丧大事也是从南门出入。得知鬼子来了,刘兆亭的外公、叔外公等三人与寨主一起,挑起日本的太阳旗,拎着酒肉和活鸡走出南大门去向日本人解释,希望撇清黄柏郪与红枪会的关系。

此时,日军的侦察兵已先行到达黄柏郪。这是一名朝鲜人,会写汉字,他递给四人一张纸条,大意是:我是朝鲜人,后面是日本人,他们是来杀人的,赶紧跑吧,不跑就没命了。刘兆亭的两个叔外公撒腿就跑。他的外公和寨主还等在那里,想给日本人解释一番。没想到,日军到达后根本不听解释,拔枪就射,两人当场毙命。他们是日军在黄柏郪屠杀的307名无辜者中最初被杀害的两个人。

枪声告诉村民"日本鬼子杀人啦,鬼子进村啦"。

老寨如雷轰顶,瞬间大乱,鸡飞狗跳。因为是在南大门杀的人,村民们争相逃往北面的大门。他们不知道东南西北四个大门都被日军士兵把守住了,为防止村民翻墙逃命,每隔50米远的距离,还有一名士兵持枪把守着,虎视眈眈。

鬼子进村后见人就射杀,或者用刺刀劈。手无寸铁的男人们无计可施,想拼命都无法近身,只能没命地夺路而逃,跳圩寨城墙,摔死,射死,鲜血染红护寨河的水,几十具遗体脸朝下漂在河里。

老寨在设计的时候,一条南北大路把古寨分成东西两个大区,又分别有两条东西巷道把东西大区分成六个小区。这两条东西巷道不是与南北大街呈十字形连接的,而是路口各有错开。这有一点像寿县东门的瓮城,外城门打开后,不是直接对着内城门,避免盗匪或者洪水进入后一览无余。黄柏郢的街道设计在危机时刻救了一些村民的命。

日军进村后,首先搜查的是紧邻南北大街的房舍。有几十名妇女抱着孩子躲进西南片区的一家房子里,这户居民的房屋紧靠着寨墙,距离南北大街有一定距离,比较僻静,门口堵着一些高粱的秸秆,伪装得比较好。但是由于躲进来的人太多,一些妇女抱着孩子只能站着,所有的人都惊恐万状,为了不让孩子发出声音,大人们紧紧地捂住孩子的嘴巴。这个屋子的村民保住了性命。

不幸的是那些逃往东北片区的人。那些人也是妇女和孩子,还有襁褓里的婴儿。日本人的铁蹄声咔咔地近了,枪声近了,凄厉的呼号声也近了。

在北大巷里,有一户人家有三间草房和一个院子。因为跑鬼子反不在家,就用块石把草房的前后门砌起来,仅仅留了一道缝,供应急时钻出钻入。这道缝隙平时用几捆高粱秸秆堵住,外人很少能察觉。

女人和孩子都躲进草屋,那雪亮的威胁似乎远了,那冰冷的枪声好像会绕过他们。所有人都屏住呼吸,人们恐惧的思维凝滞了,又飞速捕捉着外面的信息。突然,一个小女孩吓得哇哇大哭起来,这哭声会引来鬼子,会让满屋子的人灾难临头。在这千钧一发之际,孩子的母亲慌忙用衣服紧紧捂住小女孩的嘴巴,活活闷死了亲生女儿。在日军屠杀黄柏郢的 307 名村民中,没有计算这个小女孩。

黄柏郢圩寨高,地处僻静的山区,又有古道连接寿县、凤阳、怀远,进退有据。由于上窑山上有缸场,需要用工,一些混穷的难民,还有临时投亲的人们,也来到黄柏郢。

圩寨里一户人家的姑奶奶家境较好,有大型牲畜骡子,为了躲避土匪就把骡子牵来黄柏郢饲养。骡子拴在巷道里。因为村民跑反不在家,骡子已经饿了几天。鬼子看见骡子后就解开绳索准备抢走。骡子被解开绳索后马上奔到东北片区妇女孩子们躲藏的那个草屋旁边。那里有堵门的几捆高粱秸秆,骡子见到秸秆就吃起来,吃着拱着,堵门的高粱秸秆被它拱倒,骡子跑进院子,日本鬼子追骡子追到院里。

鬼子看见了一双双惊恐的眼睛,就"嗯嗯"两声又跑了出去,随即招来更多的鬼子。人们绝望了,几个男人本能地拔腿就跑,几个十来岁的男孩也跟着跑出去,他们的身后枪声大作。更多的妇女和孩子被赶出屋子,加上从其他巷道集中过来的村民,有170多人,村民一排排站着,一名较胖的妇女吓得瘫软在地。她的弟媳妇带着儿子蹲下去扶她。这时,"哒哒哒——"日军射杀村民的机关枪响了……

抗日战争胜利已有73年,现在的神州大地国泰民安。"哒哒哒"的机关枪声还会响吗?今天,我不请自来就是想进行一次自我教育,教育自己要热爱祖国,要为祖国建设献出忠诚、才智。因为和平要依仗实力。

(写于 2018 年 9 月 9 日)

我很无奈

真的
我有点无奈
或者说，我很无奈
无奈的时候
我在轻轻地自语：
空山新雨后，
天气晚来秋。
我啊
反复地吟诵这两句诗
不想仰视明月松间照
没有俯耳清泉石上流
唉——
我很无奈

这些天
我到底怎么了
是不是因为工作繁忙
是不是因为我的孩子
小小的翅膀
在某一天的早晨硬了
她在努力地挣扎着飞翔
显然
飞的不是我所期盼的方向……
当你守望的麦田
可能无法归仓的时候

你会无奈吗

无奈的我啊
去和谁倾诉呢
与竹喧归浣女吗
她们可开心了
我们的情绪类型是不搭的
和微信朋友圈吗
大家都在忙着发布心灵鸡汤
可是,又有几碗是原汁原味的呢
缺少真情和实意做底料
再勾兑又能怎样呢
势必会余味不足

对了
那就和我的王孙倾诉吧
深情的
我希望
在我春芳消逝的过程中
在皎皎的月明之夜
我的王孙啊
你能够在我的身畔
做到自可留

（写于 2018 年 9 月 12 日）

寺中有寺的青龙寺

　　青龙寺是凤台县的一座寺院，普通之中又有几分神秘和独特之处。

　　它位于县城东南约 3 公里处，坐落于八公山的余脉华山的北坡。乘坐 20 路公交车到西魏社区下车，沿着村内的水泥路向南走不多远，就可以到达山脚下，那里有一带长长的石阶，登上阶顶，就是寺庙的东大门。

　　我喜欢慢走于淮南的山山水水，去过许多普通的村落。记得每次到凤台县采风，路过这里的时候，公交车都会报站"青龙寺"。于是，好奇的我就于 2017 年的 5 月到过青龙寺。那个时候，田野里的麦穗趋向小满，麦芒热情四射，油菜的豆荚鼓鼓饱满，石榴的火红色花朵正开放得异常绚烂。远远地，青龙寺禅院的黄墙红瓦映入眼帘。我没有想到的是，在那座禅院之中居然还有一间寺中小寺。时隔一年之后，我决定第二次慢走青龙寺。

　　通向青龙寺的道路不止一条。今天我们选择的是华山北坡山脚下的一条道路。没想到这条路正在拓宽，不给通行。我们只好在村里迂回的小路上摸索着前行。我看到一户人家的院子里摆满许多大红灯笼。在路边的一片空地上，还幸存着一口古井，这口水井的井圈是外方内圆的一块巨大的青石，与我在寿县白帝巷里见到的那块青石井圈极为相似。清朝时期，凤台与寿县同属于凤阳府，它们在物资产销、生活习俗等方面彼此影响。

　　我们的车辆小心翼翼地在村中小路上前行，哪里才是出口呢？正好有一位老妇站在路旁，她说什么，青龙寺？你们去的是殷家小庙。殷家小庙就是青龙寺的旧称，它曾经是殷姓人家的祠堂。

　　今天，我带着初秋的暮气来到青龙寺。登上连续 108 级的台阶之后，走进青龙寺大门。抢先入镜的依然是那座令人魂牵梦绕的小寺。这座小寺其实是一座小小的石砌的门楼。它被南面的观音殿、西面的地藏殿，还有北面的建筑物簇拥在场地的中间。与去年相比，它面容依旧，似乎没有增加丝毫的皱纹。只是在迎着香客的东面墙壁上，多了一面介绍青龙寺的广告牌，像是一位沧桑的老人在面颊上粘了一块创可贴。

石砌小寺的门楣之上嵌着一块石头，镌刻着"青龙寺"三个大字。它是青龙寺的镇寺宝物之一。石刻上的款识字迹清晰——"大清咸丰七年冬月吉""重修"。也就是在 1857 年的农历十一月，这座寺中有寺的青龙寺得以重修。这是该寺有据可查的珍贵史料，在淮南市六区两县的范围内，与其他庙宇的存世资料相比，青龙寺是较早的。

在生活中，出于各种需要，我们常常在强调一种资历。能够有力证明自己资历的只有史料。史料有实物史料、口述史料、文字史料等。实物史料是时间、时局的客观见证，是历史知识的可靠来源，既能相对真实地反映历史，又直观可感，是证明资历的首要选择。

至于口述史料和文字史料也可以适当用来佐证历史。不过，它们的操作者受时代性、阶级性、个人见解、学识程度等因素的制约，可能会带有不同程度的片面性，证明力相对薄弱。比如青龙寺的建寺时间，有人说建于唐末后周时期，当时的后周大将赵匡胤兵困南唐的时候，曾与青龙寺有过交集。赵匡胤在这里梦见过青龙一条，所以这里叫作青龙寺。这些传说当作趣闻听听也可以，因为这里的佛教最早能搭上线的历史人物只有赵匡胤。

青龙寺的名字是怎么来的呢？"龙"是中华民族的象征，中国人在命名事物的时候，总喜欢沾上祥瑞之气。在距离此处约 3 公里的淮河岸边，有名胜黑龙潭。青龙寺又坐落于八公山的余脉，这里当年也可能是青山逶迤、姿态匍匐的青龙。

关于青龙寺名字的来历，还有一条重要线索。在石砌小寺的南面有几间平房，其中的一间平房别有洞天，里面保护着一片大约 10 平方米的山坡。驻寺的比丘尼打开房门，我走进去端详的时候，屋内的光线已经很暗，只能看到一片石质斜坡，落满厚厚的灰尘，至于比丘尼说的仙女之类的奇妙端倪，根本无法看清。

她们拿来手电筒，提醒看光束照射到的那一条条凸起的线条，说是很久

之前山体上的化石。是青龙吗？我马上联想到八公山里的淮南虫化石，便用手轻轻触摸一下，仿佛触摸到实实在在的时间。这是青龙寺得名的实物原因吗？它是青龙寺的第二件镇寺之宝吧？

以前，这片化石一直裸露在野地里，眼看着被风吹日晒得越来越模糊不清。若干年前，凤台县有关部门拨出资金建起这几间平房予以保护。

写到这里，我想起前几天在一个文化群里，一位和我一样热爱淮南地域文化的老师，曾经深情地叙述了他与一位现在已经身陷囹圄的某领导的交往。当年，那位领导非常支持他的一项与八公山地域文化有关的工作。那位领导失去权职以后，失去了朋友圈。但这位文化人冒着大不韪的风险，公开赞扬那位领导对文化工作的支持。文化工作者只认文化，敢为文化说几句公道话。明白吧，对文化工作的支持永远都是值得的。

青龙寺的观音大殿台阶高耸，站在这里向北观看石砌小寺，小小的寺庙站在那里。近些年国泰民安，物质财富增长迅速，人们开始到处大拆大建，拆旧建新，拆真建假，拆小建大，许多复古建筑一夜之间冒出来。这座陈旧的寺中之寺怎么得以保存了呢？

比丘尼说怎么不拆呀，拆了，就是拆不掉。拆了怎么会拆不掉呢？她们说，拆除的工钱都给了人家，结果谁拿到这个钱，谁就得病而卧床不起，后来就没有人再提拆除石砌小寺的事了。于是青龙寺就有了寺中之寺，就有了自己的珍贵特质，保存了货真价实的实物史料。

巧合与错过，世间总会有一些意外。我倒希望这是有眼界的人决策的结果。因为巧合的机率太低，那些经年风雨都没有侵蚀掉的珍贵记忆，实在需要我们主动地保护，而不是慑于迷信才不敢轻举妄动。有时候，我们一方面搜肠刮肚去杜撰故事证明自己的资历，另一方面又在毫不手软地破坏掉已经占有的宝贵遗存。

青龙寺的这座寺中之寺，麻雀虽小却五脏俱全：硬山的墙、圆圆的石鼓、砌墙的方正石头。这座 1857 年重修庙宇时修建的建筑，集中了当时当地的智力和财力,在那年应该算是颇具规模的吧?

今天,它在水泥混凝土的宏伟建筑面前显得寒酸,它与复古建筑的华彩相比并不显得黯然。奇妙吗?人的肉体要居住在建筑里,灵魂要安放在对先人智慧的虔诚里。超越是对的,僭越就错了。

在比丘尼的指点下,我们来到化石平房南面观音大殿的背后,就是青龙寺的院南山坡,那里有一座土地庙。土地庙是中国民间供奉土地神的庙宇,是分布范围最广的祭祀建筑。土地庙多是自发建立的小型建筑,小到两块砖一片瓦,大到皇皇的高堂。此处的土地庙比较简陋。沿着荒草丛中的尺宽小路,我走到它的近前,那里有燃烧的红烛、供奉的苹果。

暮色四合,土地庙的洞穴里一片黑暗。幸好比丘尼让我们带着手电筒,还交代我们要说"土地爷爷、土地奶奶,今天我们来看看你,打扰你了"。于是,同行的朋友拿出手电筒,口中念念有词,一副虔诚的表情。

洞穴里摆放着一块雕刻着人形的石头,那就是土地爷爷和土地奶奶。他们天天守在这里,看着天天守着这片土地的农民。土地神源于远古时期人们对土地权属的崇拜。土地能生五谷,是人类的衣食父母。中国人敬奉土地神,就是渴望每个人在出生之后都能拥有自己的土地,以确保衣食无忧。这种设想只有在1949年之后才成为现实。当衣食无忧已经成为有目共睹的现实时,显然还有更长的路要走。

时间很快过去了,我们要告别寺中有寺的青龙寺。比丘尼客气地挽留大家吃顿斋饭,我们连道感谢,不便打扰。其中一位比丘尼请我们留步,她取来一些苹果和橘子请我们带上,我们空手而来,怎么好带走别人的东西?她说,这是经过中秋佳节供奉的佳果,吃过之后,吉祥如意,百毒不侵。我们更加诚惶诚恐,不敢轻易收下。她们说,这些水果,四方来,四方去……同行的朋友又解释一下,就是取之于民,用之于民的意思。

我们带着感谢,收下这份暖暖的心意。我喜欢在清晨或傍晚的时候,慢走于这种清净的庙宇间。不是为了迷信,而是为了观瞻社会发展的步伐,体会心灵的虔诚。看到今昔之对比,你才会更加珍惜今天。

（写于 2019 年 10 月 1 日）

写诗的人常常掉眼泪

假如

我是一片广袤的土地

我一定会珍惜

这份可以操控的肥沃

用你的精气丹成

去孕育一颗神奇的种子

这颗种子颗粒饱满

雄性十足

到了秋收季节

也就是当我俩的皱纹

像密林一样丛生的时候

看吧

遍野都是金色的稻谷

丰腴的豆荚

所有的籽实都精神抖擞

草根里的虫子啾啾地鸣叫

惊天动地

一片喧哗

那个时候

我俩苍老得连眼皮都无力抬起

定格成了

墙上那幅流光溢彩的油画

假如我是一名诗人

我的文章将不使用句读

像古代那样

我让文字的籽实首尾相连

任你阅读时去自由裁剪

如果开心了

你就用目光在我的文字里许愿

我回应你的表情是短暂的

却瞬息万变

寒露节气到了

遥遥群山远

思念飞不去我的大雁

我用时间唱歌

风儿轻轻吹

为什么

写诗的人常常会掉眼泪

（写于 2018 年 10 月 5 日）

稻田的守望

稻田会有守望吗
答案是肯定的
如果你不相信
就请走近稻田吧
去看那湖色山光
去看那金秋之稻浪
层层叠叠
一片金黄
你会浮想联翩
自然吟诵起《诗经》里的叠句重章
即便此刻
心是忧伤的
也要忧伤得秋高气爽

毫无疑问
九龙岗丰收在望的稻田
是我感情的背景
我心中的爱意啊
成群结队
辉映着晚霞
在稻田里徜徉
真想与你视频通话
还想穿针引线
做一件针脚细密的红装
让我回归我的性别吧

我会像水一样温柔
稻菽千层浪
我在等待
你的一场酒酿

俗话说
世事无常
这铺天盖地的稻香
到了明天
可能会变成稻茬的沮丧
其实
不必慌张
这恰恰就是稻田的守望
你看
它们承前启后
环节过渡得如此自然
简直就是用性情书就的文章

对了
我俩合作一篇美文好不好
我相信
真情出精品
倾情结华章
我用深情与你对视
希望在字里行间
遇见你醇熟的目光

（写于 2018 年 10 月 15 日）

心殇

近来人事半消磨

在秋丛绕舍的季节

我的心境隐隐悲凉

异常怀念春风

怀念春风抚摸过的桑果

我想饮尽三杯桑葚酒

和姹紫嫣红醉一场

用醉眼荡漾

春风不改的旧时波

我啊

依旧是我

为什么情绪会挤到一起

紧紧地蜷缩

为什么把窗帘密实地合上

怕见到温暖的阳光那么多

那一天

我用喜悦逛街

买来许多帽子和鲜花

为什么不戴上帽子

再插上娇艳一朵

长风浩荡几万里

吹不度玉门关的是空旷的寂寞

我啊

永远是真实的我

当我被铸成文化符号一个

我希望

在一个似陶家的陌生地方

遇见久违的你

那个时候

矢车菊开了

为我俩以景结情

四周是漫无边际的辽阔

安详地

有一位老妇人坐在子孙丛中

把曾经的心殇和难过

微笑着娓娓述说

（写于 2018 年 10 月 31 日）

掠影凤台：那棵千年银杏

古城凤台，依傍烟墩山，濒临淮河水，犹如一颗硕大的明珠，在璀璨的光辉中闪烁着筑城史的悠久。今天，我要走进凤台，去触摸那一束束五彩的光芒，去把那棵见证历史风云变幻的千年银杏久久地仰望。

这棵盘虬卧龙的银杏树，有着1800年的沧桑树龄。它苍老得似乎连自己的枝干都无力托起，但是又深深地扎根于凤台一中的老校园里。它迎来三国秋月，送走北宋春风，独领风骚，在淮南市六区两县的古树档案中，当之无愧地雄踞第一。

如果回溯历史长河，用1800年时间去摆渡的话，那个迎候我们的渡口应该叫作三国时期。当时，各方对峙，英雄群起。凤台人周泰曾两次冒死救主孙权，辅佐孙权攻城略地。

在周泰还没有完成思想觉醒之前，尤其是童年时期，他只是凤台县里的一个饥肠辘辘的顽劣少年。动荡的时局严重破坏了生产，物资匮乏，百姓生活艰辛，饿殍遍野，"吃"成了迫在眉睫的刚性需求。

话说有一天，小周泰和一群衣衫褴褛的孩子四处撒野觅食。他看见一颗白色、带棱、长圆形的坚果，饥不择食地慌忙一口吞下。没想到的是，不多时，他的肚子就开始疼痛难忍，以至于让他疼死过去。

迷迷糊糊之间，他看见一个须发全白的老人，拄着手杖站在他的面前说话。老人说："我跋山涉水，已经用了几百年的时间在皇天下后土上一路走来，寻找心中的世外桃源。今天到达凤台境内，看见这里山峰笼翠，淮水逶迤，缭绕着祥瑞之气，便停下休息。刚打了一个盹，就被你小周泰给吃了。明天早晨,你赶紧把我放出来。放出来的话,我保你荣华富贵;如果不放我出来,你一条小命不保也就算了,怕只怕……"

就在周泰半梦半醒之间,雄鸡开始报晓,他的肚子猛然咕噜噜乱叫,他便翻身从草垫上爬起来,捂着肚子跑去茅房,连拉带泻,那颗坚果终于被拉出来。联想到梦里的情景,周泰感觉蹊跷,连忙抓一把泥土盖住白果。没想到,被这把泥土盖住的白果,马上冒出芽来,见风见长。周泰惊异极了,张大嘴巴……

斗转星移,这棵小树苗早已成长为今天的千年银杏。此时此刻,深秋的夕阳洒下金黄色的暖意。银杏正张开华冠,在无痕的轻风里静默着。

长大后,周泰沿淮水进入长江,成为江洋大盗,曾与孙坚交战。遇见蒋钦后,逐步完成思想的觉醒,跟随孙权驰骋沙场,打拼天下。在与孙权一起守宣城的时候,四面遭遇山贼。几十名山贼持刀围住他俩砍杀。周泰面不改色,把孙权抱上战马,自己赤裸上身,手提大刀疾步前行,瞬间刀光剑影……护主突围后的周泰身中十二枪,金疮发胀,命在须臾之间。幸亏请到神医华佗,终于化险为夷。

周泰的救主行为让他成为历史上与典韦、赵云、许褚齐名的四大护主名将。一个曾经卑微的人在获得成功之后,会产生相应的精神需求。他希望那些见过他苦难的人再见识一下他的荣华。他会怀念自己的根,会升华家族荣誉感,会荡漾起层层叠叠的乡愁。而荣归故里的举动,会最大限度地实现这种功成名就的满足。毫无疑问,周泰成为东吴大将之后,做的大事之一就是衣锦还乡。

时隔多年,他家里的草棚早已颓败腐朽,留下的是兵荒马乱的荒凉。只有那棵银杏树越长越壮,日复一日,树影婆娑着日光。周泰先礼待乡邻,再以银杏为参照点,在原址上修建院落华堂,我正站在原址处。

我眼前的银杏树老态尽显,树干心空。树皮上千沟万壑写满了岁月。树干异常粗大, 感觉需要三到四名成年人伸开手臂才能合抱住。树干半边枯半边荣,"生"与"死"两个概念在这里奇妙地结合了,让你见识到什么叫生死与共。

这棵银杏带着烽烟从三国走来,走到北宋时期。北宋宰相司马光也为古城凤台留下了一笔人文财富。这个一生都与力主改革的政治家兼文学家王安石为敌的人,与王安石都在幼年时期以神童著称。关于他俩的耳熟能详的童年故事有:王安石智胜厨师,司马光砸缸。

你知道司马光砸缸的地点在哪里吗?如果我告诉你是在我们凤台县砸的缸,你会相信吗?如果我再进一步说,极有可能是在这棵千年银杏树附近砸的缸,你会瞠目结舌吗?不过,你也有可能在顷刻之间,鼓起满满的好奇,产生令人自豪的地缘优势感。因为人杰出自地灵,而你正生活在这片热土上。

司马光出生于宋真宗天禧三年(1019 年)。当时,他的父亲正在光山担任县令,因此他名中取有"光"字。后来,他的父亲调任淮南西路寿州,他随家人来到凤台古城。那时,尽管时过又境迁,在周泰家的院落原址上,可能又坐落了新的建筑,但银杏岿然不动,它正在用簌簌响的叶片目睹 7 岁的司马光那急中生智的砸缸。

为此,2004 年 6 月,国家邮票发行部门发行"司马光砸缸"邮票的时候,专门在安徽省凤台县城举行了首发式。

我所知道的现状是,河南省光山县教育局在努力主张司马光砸缸的地点是光州。他们想盘活"司马光砸缸"这个妇孺皆知的故事,去做一张光山县的文化名片,让光山在全国妇孺皆知,甚至蜚声海外。

这也无可厚非,谁不热爱自己的家乡呢?家乡既是文人骚客的至诚抒怀点,又是普通民众维系情感的纽带。为什么要衣锦还乡?还不是因为心里满怀着那份对成功的渴望?促进自己成功,是热爱家乡的一项内容。在家乡这篇大文章里,现实的物体和抽象的情感水乳交融。

换言之,爱家乡的情感既要落实到个体行动上,又要固定在家乡那一个个实物上。比如我眼前的这棵千年银杏树,就饱含了奋力拼搏、渴望成功的凤台人的缕缕乡愁。

这棵千年银杏树老了,是风骨老成的"老",老得挺拔,老得遗世,因为阅尽人间沧桑,所以有足够的资历傲视八方,蔑视侵华日军的野蛮行径。

1938 年,正是全民抗战的战略防御阶段。6 月 3 日,侵华日军近千人在飞机大炮的掩护下,由北向南攻打凤台城。时任县长马馨亭率众利用城北大坝(农水路)上的工事,进行反抗,激战一天后向寿县撤退。凤台县城第一次沦陷。日军进城进行了疯狂的掠夺和屠杀,犯下滔天罪行后,于 7 月 4 日撤退。为什么在电闪雷鸣多发的 7 月撤退呢?是不是与这棵千年银杏有关呀?

据凤台人口耳相传,日军在侵占凤台县城期间,曾经在这棵高大的银杏树上搭建一个木屋,留作军事瞭望使用。入夏后,凤台多雷阵雨天气。在某一次电闪雷鸣中，日军搭建的树上木屋遭到雷劈，轰然间火光冲天。今天，那焚烧后干枯的树干已经炭化，它用黑色锁定了曾经的黑暗。

在凤台县的近代史上，县城曾经三次沦陷于日军之手，那次之后又有两回。1945年8月20日，在凤台县城猖獗一时的日军挑出白旗投降。9月1日，17个日本兵被允许离开凤台，他们搭乘小火轮，顺淮河去往蚌埠。

1945年，光复后的凤台县城被国民政府接管。同年，凤台一中始建。校址选在周泰家宅的原址上，这棵千年银杏树下。

我初次来到这里，是受凤台县书法家魏魁先生邀请的。那是2016年11月，这棵银杏树已经半身卸下黄金甲，地面铺满厚厚的落叶。那次在银杏树下驻足，我被一种旷世的坦荡震撼了。我发现只有银杏树，特别是这棵从三国时期走来，穿过抗战硝烟的千年银杏之树，会把撒手表现得荡气回肠，会用蔚为壮观去演绎死亡。

在这棵银杏树下，魏魁先生送给我一幅小尺书法作品，那是瓦素老人郝玉超先生的真迹。写的是"真水无香"。写的是谁呢？我吗？我的心为什么瞬间融化了？

事过两年，又是11月的金色晚秋，县文联的史方鹏先生诚意邀请我聚首于这棵银杏树下。同行的还有黄育红老师等朋友们，他们在久久地仰望银杏，在指点某些方位，在轻声絮语1984年的一些建筑。

我在想，为什么凤台人会自发地把这里定为目的地？因为这里是凤台的地标。这棵银杏树是时间，是情感，是具象又抽象的综合。它的每一片叶子都闪烁着古城的光芒。站在这里，心会安宁，风里好像都弥漫了花香。

请时光驻足吧，请我曾经真心爱慕的人也驻足吧。来，我先痛饮这三杯桑葚酒，在梦里与你话衷肠。当岁月已变成满地金黄，希望在这棵银杏树下会有一次遇见。遇见你，与你笑一场。

（写于2018年11月7日）

古镇瓦埠：水的女儿孟庆树

无尽的远方和无数的人们都与我有关。

这是鲁迅先生的话，我非常喜欢。在我的文章里，很少有雷同的句子或词汇，但一代文豪鲁迅先生的这句话，我爱不忍释，在我的文章里出现过三次，每次都是开门见山。

行文至此，一时之间，我奔涌的文采突然堰塞，不知道如何书写下文。怎样去写那厚重的瓦埠，怎样去写那客老远方的瓦埠湖的女儿孟庆树？

这时我们需要把镜头摇向 1911 年 12 月 2 日的瓦埠，聚焦到过去被称为"寿县田家集孟家老圩子"的地方。在这个以孟姓冠名的村子里，有一位名叫孟募周的地主，他的第一个孩子孟庆树这天降生，这个女婴后来成为中国妇女解放运动的领导人之一。她的出生地，现在叫作瓦埠镇上奠行政村孟东组。

我到达上奠村的时候，天上刚好飘过冬雨，带着寒意。上奠街道被合瓦公路横穿而过。初冬的雨点扫过天空，淋着沿街的居民。在模糊的雨幕中，他们站在自家的门口，无意识地张望着远处的公路。就像当年的人们在张望着坐在滑竿上的孟庆树。

1926 年 3 月，正值国共两党合作的大革命时期，孟庆树成为中央军校武汉分校第五期女生队学员。1927 年 7 月，汪精卫宣布与共产党决裂，许多共产党员和革命群众被杀害。11 月，也就是我今天采风的这个月，孟庆树动身前往苏联留学。

16 岁的孟庆树已出落得身材窈窕。因为有殷实的家庭物质基础，她吃面包，住洋房，留学生活相对富足。加上聪慧和落落大方，自然成为男生们的注目对象。

莫斯科中山大学是一所革命的熔炉，中共早期一大批重要的领导人物多在这里完成过思想的熏陶。这其中包括孟庆树的安徽老乡，曾经影响中共达 14 年之久的王明。此人出生贫苦家庭，尽管破蒙早，国学功底深，但受制于物质条件的贫乏，身材比较矮小。

眉清目秀的孟庆树也是王明心中的女神。他比她年长 7 岁,他知道她有男朋友,但仍然发起猛烈的追求。

那个时候,王明是学校"学生公社"的主席。孟庆树对他充满敬意,但没有产生爱恋。1928 年 6 月,中共六大在莫斯科召开。在校长米夫的安排下,王明担任"六大"秘书处翻译科主任。王明利用米夫要他挑选几名中山大学学生担任工作人员的机会,指名只是团员的孟庆树参加大会工作,成为中共六大代表,这引起一些党员同学的不满,却赢得了孟庆树的好感。

1929 年 3 月,王明回国。中共中央把王明安排到中共上海沪东区委做宣传工作。第二年初夏,孟庆树从莫斯科中山大学第三期毕业。她回国后被分配到沪东区委从事妇女工作。王明抓住这个机会向孟庆树发动爱情攻势。这引起孟庆树的反感,她便退掉住房搬到别处。他再次来访的时候已人去屋空。后来他发现地板上遗落几个她用过的发卡,便弯腰捡起收藏。

孟庆树一方面驻守机关,一方面经常到纱厂劳动,了解工人状况。1930 年 7 月,她被国民党逮捕入狱。1930 年的时代背景是"立三路线"开始盛行,中共早期青年运动领导人之一恽代英被捕入狱,国共两党斗争日趋激烈。

1930 年 6 月,以李立三为代表的"左倾"冒险主义错误在中共中央占据统治地位。7 月,中央机关人员政治讨论会召开。李立三主持会议,王明发言,当场掏出马列著作和共产国际决议展开争论。李立三十分恼火,给王明扣上"右派"帽子,下放到江苏省委宣传部当一名小小的干事。

孟庆树此时已被捕入狱,王明得知消息后积极想办法营救,并写下一首首表达牵挂的诗。孟庆树的不利消息也传到她的家乡寿县瓦埠,她的二叔孟涵之从寿县赶到上海积极活动,请官员疏通关系。羁押期间,王明多次陪孟涵之去龙华监狱探视孟庆树。这种陪同是冒着生命危险的,极可能有去无回。

1930 年 11 月 22 日,经过营救,孟庆树终于带着疲惫的身心走出龙华监狱。23 日,她在二叔的操持下,与王明结为伴侣。直到 1974 年王明病逝于莫斯科,两人朝夕相处达 44 年之久。

古镇瓦埠不仅历史悠久,还是皖西北革命斗争的发源地。1931 年 3 月,这里爆发了震惊江淮的瓦埠暴动。据说此次暴动的指挥者是孟庆树的弟弟孟侃。

瓦埠暴动是江淮革命风云的一个组成部分。同时期,在鄂豫皖大别山地区,许继慎领导的苏区红军也在积极活动。4 月,中央特科负责人顾顺章护送张国焘等人去鄂豫皖苏区工作。

返程途中,顾顺章被捕叛变。前文述及的恽代英通过营救,只差几天就可以出狱,却因为顾顺章的指认而被杀害于南京雨花台。中共又一领导人蔡和森被捕,被敌人活活钉死在墙上。6月,中共领袖向忠发被捕,第三天遭枪杀。在血雨腥风中,王明接替向忠发的工作。10月,孟庆树随王明离开上海,秘密赴苏联。抗日战争爆发后,两人把女儿留在苏联回国参战。12月,中共中央政治局会议决定成立长江局,王明任书记,周恩来任副书记。孟庆树负责妇女委员会的工作,邓颖超是妇女委员会的成员。

1938年3月,筹备和成立战时儿童保育会,孟庆树以公开的共产党员身份参与。8月,武汉抗战形势紧张,保育会发起抢救难童运动,她带领人员上街宣传,及时收容出征军人子女、流浪儿童一千余名。

孟庆树啊,我筛选粘贴不完你的故事。可是,当我来到你的家乡,向人们打听"你知道孟庆树吗"时,他们都纷纷摇头。在瓦埠街上,一个饭店老板很认真地说,他在这里土生土长60年,像孟庆树这样的年轻人,他怎么会认识呢?我走进上奠村的街道,那边的两名中年妇女说,没听说过这个人。

孟庆树啊,为了走进古镇瓦埠,为了找寻你这个水的女儿,我事先也做了一些功课。我通过张女士找到吕女士,又找到你家原来的佃户——已经80多岁的朱传贵老人,看他能不能让时光鲜活,告诉我一些他亲身经历过的与你家有关的事情。老人已经等在上奠粮站的路口。他身材挺拔,走在我的前面,要带我去看你的出生地,去看孟家老圩子。我的步伐哪里跟得上他?很快地,他就把我甩得很远很远。他走在田埂上,走在寿县那典型的岗地上。

路边是一条瘦弱的沟渠,近日的冬雨让它丰盈起来。一水护田将绿绕,绕住的是田边青翠的葱秧,绕住的是田里的麦苗,已经浅鬣寸许。

朱传贵老人不停地说着大老板,二老板。后来我才明白,大老板是你父亲孟募周,二老板是你二叔孟涵之。我问:"还有三老板吗?"他说有,并且还有四老板。也就是说,你的父亲兄弟四人。你有姑姑吗?你当然是回答不了的,朱传贵老人也回答不了,他不停地重复着:"这个地方的人不知道,你到北京去问,人家都知道孟府,她家就住在那里。"

孟庆树,你的家乡人不记得你。人来人往、大拆大建的北京还会知道你吗?你和王明1937年底回国抗战。到延安后,就把父母接去共同生活。1949年后,又把他们带到北京同住在孟公府胡同2号的四合院里。家乡人不知道近处的你,却了解远处的你,了解得仔细而模糊,这能让人理解吗?

自古以来,不论是杜十娘,还是王宝钏,只要对待爱情忠贞不贰,就会令人敬佩。孟庆树,我之所以要写你,是因为你对待爱情的态度。你用爱去对待爱你的人。一次,他生病不能动弹,而你又刚刚做完手术才三天,你跪过去护理他。我记得你是大家闺秀,是中国妇女解放运动的领导人之一,你更是思想先进、不失贤良的妻子。

孟庆树,中国有句古话:"夫妻本是同林鸟,大难临头各自飞。"资料显示,1941年后王明因病长期休息。1942年延安整风运动他受到严厉批评,你为什么不离去?

1946年,中央成立法制问题研究委员会,王明担任委员会主任,完成制定《陕甘宁边区宪法草案》、全国性宪法草案等工作。毛泽东又把《婚姻法》的起草工作交给王明来抓。那天,王明口述,秘书记录。17个小时一气呵成2.3万字的初稿。历经41稿后,中华人民共和国第一部《婚姻法》从1950年5月1日起在全国实行,连续使用30年,直到1980年才修改。

1950年,孟庆树随王明赴苏联治病。1956年,王明病情再度严重,经中央同意,再次飞抵莫斯科。

孟庆树啊,我正站在你的出生地,朱传贵老人正在指着这边,这边是大寨门;指着那边,那边也是寨门。辛亥革命只是推翻了封建帝制,社会矛盾依然尖锐,军阀混战,土匪四起,孟家地主也得筑起圩寨。那浅浅的低洼处曾经是护寨的沟,现在已经栽上油菜,叶子被冬雨滋润得绿油油一片。这一圈是寨墙,寨墙是土坯垒成的,经年的风雨早已使它们返回泥土的原形。多年来的耕作,让它们平如砥石,连高耸的模样都没有了。

传说中的孟家老圩子只是一个空壳名字。那孟家四户地主、那些和地主们一起住进圩寨的佃农、那青涩的孟庆树,还有那渺远的鸡鸣,都已风烟散去。那里是空寂的一片耕田,是寿县典型的岗地。

你到北京问孟府，大家都知道，老人絮絮叨叨重复着相同的话语。没有起风，天上忽然飘下一阵冬雨，哗——哗——没有风声的雨声原来可以这么大。水塘里的鸭子被惊得游动起来。天空是蓝色的，远处传来飞机的轰鸣声，飞机转眼就掠过那边基督教堂的楼顶。

1974年，王明在写完回忆录后的第四天，病逝于莫斯科，葬于莫斯科郊外的新圣女公墓。1983年，孟庆树病逝，她与他相隔一条墓区小路，可以随时对视。

斯人已去，纷争已远。瓦埠湖已雾散，还有没有千帆？一场梦醒，能不能望见真实后的沉静？孟庆树啊，你追求的妇女解放运动的烛火，依然亮在我们的前方。你客居的莫斯科的白雪，有没有染上瓦埠湖的稻香？在一个个无法倾诉的晚上，你失眠了吗？有些情节需要时间收藏。水的女儿呀，独立苍茫情为柱，我想为你写一篇文章，让你的脸庞在瓦埠湖湖心轻轻荡漾。

（写于 2018 年 11 月 25 日）

有了鲁迅

　　鲁迅是一代文豪，有了鲁迅，我们的文学创作就有了犀利的人性之光。我们有必要谈一谈他的文学创作对当代作家的影响。我认为鲁迅先生的文学创作有四个特点值得当今文学工作者们学习。

　　勤奋笔耕是鲁迅先生文学创作的第一个特点。1918年5月，他首次用"鲁迅"的笔名，发表中国现代文学史上第一篇白话小说《狂人日记》，从而奠定新文学运动的基石。1936年10月，先生病逝于上海。他在55年的有生之涯中，给中国的文化宝库留下丰富的文学遗产。

　　他用勤奋的笔耕证明时间就是海绵里的水，只要你用心去挤，就会诞生水一样纯净的文章。这些作品直触人心，成为中华文化浩瀚星空里的一颗熠熠生辉的硕大星辰。鲁迅如此勤奋创作，不苦吗？答案是肯定苦的。不过那份苦，正是迷人之处。

　　鲁迅是文学巨匠，这还体现在他文学创作的体裁比较广泛。他给我们留下蕴含哲理的诗歌，留下散发着时局气息的散文，留下冷寂的散文诗，留下揭示人性的杂文，留下人物形象丰满的小说，留下见解深刻的艺术评论；可谓体裁广泛。多种体裁在鲁迅先生手中并驾齐驱。

　　真情写作，这是鲁迅先生值得我们学习的第三个特点。自古以来，文学创作都在强调要投入真情。所谓"夫缀文者，情动而辞发"。鲁迅先生的文章真的是笔性墨情，他的真性情与外物结合，化成一段段经典的文字。

　　鲁迅先生如果开心了，就写出喜悦；忧愁了，就写出悲伤；愤怒了，就写出火冒三丈。不矫揉造作，不无病呻吟。他的文章之所以能够穿越历史时空，是因为文章洋溢着真情，洋溢得比较酣畅。他饱含真情地写个人的家庭变故，触碰的却是社会的世态百相。

　　现在有一种否定鲁迅的声音，这也不值得大惊小怪。因为开放的社会，允许百家争鸣。这种声音也从反面证明鲁迅先生的影响大，影响深远。鲁迅不在文海，文海还有鲁迅的余波。

我是一名普通的作家,鲁迅是我学习的榜样。我学习他的第四个原因是文学创作必须要有思想,文字要有灵魂。

判断文学工作者是不是已经成为真正的作家,就是看他的作品是否具备思想性。好的作家,他的作品必定是有思想的。正确的思想,可以引导人们找到境界的源泉、快乐的源泉。清泉永远比淤泥更值得拥有,光明永远比黑暗更值得歌颂。

鲁迅先生有过许多名言,这些名言,大家耳熟能详。我喜欢先生的一句话是"无尽的远方和无数的人们都与我有关"。这句话,只有经历的人,才会深情又淡然地说出口,说得深刻、诗意、隽永而绵长。这是对中华的眷恋,对民众的爱意。

无尽的远方和无数的人们都与我有关。鲁迅正是有了这种文学服务于大众的精神,才勤奋地写出了洋洋洒洒的近1000万字的作品。他才被毛泽东同志誉为伟大的思想家、革命家、文学家。

目前,他的作品在中学课本中被不同程度地撤下,这应该是鲁迅先生所希望的吧?他希望我们伟大的民族实现复兴;他希望我们的社会欣欣向荣;他希望他刻画的那些或悲惨,或麻木的面孔变得温暖、鲜活;他希望文学青年们茁壮成长。江山代有才人出,各领风骚数百年。他希望长江后浪推前浪,就像他当年和旗手们一起引领新文化运动一样。

今天,当我安静地伏在书案前敲击键盘的时候,窗外金黄的银杏树叶正在簌簌地落下,青翠的香樟树挂满一粒粒黑色的圆形小果实。在这个初冬的季节,黄花犹带露,红叶已随风。风物们好像寂寥了。可我分明感觉到鲁迅先生的面容越来越清晰,这是什么原因呢?是因为淮南市文艺评论家协会在淮南师范学院举办了"纪念鲁迅先生文学精神和百年影响学术研讨会"吗?是因为孙仁歌教授、孙晓文博士给我安排了一次发言的机会吗?是与不是好像都不准确。原来,复活的是鲁迅先生的文学精神。

鲁迅用他的写作创造了一个时代。过去,中华民族的千年沉重和百年沧桑使鲁迅置身于那个特殊的精神环境中。鲁迅致力于文学对社会现实的担当。他用历史责任感忧患他所处的那个时代的文学主题。他的文字是批判的,但内涵显示的是对积极人生态度的张扬。他正视现实、直面人生,深情地用文字表现民族走出困境时的举步艰辛。

鲁迅文学创作的特点很多,这里再补充一点其他方面的特点。鲁迅的作品含蓄、简约、凝练、犀利,有哲学内涵。他根据表情达意的需要,大胆创设独特的文体——杂文。鲁迅的文学作品影响巨大。他的作品数量多,内容丰富而深邃。推开鲁迅的文字之窗,那浊浪滔滔的时局大江便被放了进来。鲁迅属于他那个时代,更属于所有的时代。

综上,我想借本篇文字发出一声倡议:我们要学习鲁迅先生,用历史责任感来书写壮美的当今时代,综合运用多种文体,勤奋地进行文学创作,带着真情写出一篇篇思想深刻的精品力作。创新是文学的生命,要把创新精神贯穿文艺创作全过程,为我们火热的生活提供大量的非转基因的精神食粮。

（写于 2018 年 11 月 29 日）

此情叫师生

今日有感言,是关于真情的,此情叫师生。

今天是 2018 年 12 月 1 日,周六。所谓情由事发,我的感触与今日经历的事情有关。多日来淮南城乡连续浮荡着雾霾,今天浓雾淡化许多。远处的树木、近处的人影依稀进入眼底。车辆在公路上不紧不慢地行驶着,我们一行四人谈着无关紧要的话语,说着雾气笼罩中的凤台淮河大桥的美丽。车过大桥,我给魏魁先生打电话,告诉他我们到凤台了,要不要先去郝老师家问声好。

郝老师是凤台县著名的书法家,全名郝玉超,寓意为冰清玉洁,超然物外。老先生现年 83 周岁。后来,当我给同行的朋友们介绍郝老师今年虚岁 84 的时候,魏魁先生使了一个眼色给我,说虚岁 85 了。我笑了,我明白他的意思,中国有句古话,叫作七十三,八十四,阎王不请自己去。魏魁先生的心细得很呢。

魏老师接到电话后,让我们先到书画店里。他说的书画店,是郝老师工作的地方,那里的工作台大,郝老师挥舞狼毫的时候,能够耍得开。在书画店的大门上,悬挂着一联郝老师的书法作品,我记得其中的下联是"欲倾东海洗乾坤",这是杜甫的诗句。据说,徐悲鸿给这句诗加了上联"直上青天揽日月"。

联意是:我将直上青天摘取日月,我想倾倒出东海的水流,去洗净尘世。此联激情澎湃,气魄雄大,表现出追求光明和济世利民的豪迈。洗净污秽,留住纯净,这也是郝老师的自我写照。我们在店里端详欣赏着一幅幅书画作品,魏老师和店主开车去接郝老师。

我认识郝玉超老先生已有两年多时间,是他的学生魏魁介绍我们认识的。魏老师 50 岁左右,身材高挑,肤色油桐,精神矍铄,不像是舞文弄墨的文化人。但人不可貌相,他在书法和绘画上都有一定造诣。

魏老师不仅深深热爱书画艺术,还积极向外界推介凤台的书画作品。他是我的粉丝,阅读过我的一些作品。他希望我为凤台文化呐喊,这是在利用我吗？如果是的话，这种利用太有情怀了，我喜欢被这种高尚的利用所利用。

郝老师在搀扶下走进书画店，我们都上前去迎接他。郝老师这次和以前的样子相比，变化不大。83岁的老人，头发依然浓密，找不到几根白发，腿脚仍旧不灵便。保姆阿姨说，他这是从下往上老，如果是从上往下老就好了。就是头发先白，脸上长皱纹，腿脚没事，行动是方便的。听阿姨这么一说，我想到自己的一根根令人沮丧的白发，居然欣慰起来。谁不热爱自己的生命呢？

郝老师坐下休息。店主在那边裁纸。这时，魏魁先生送给我一把折扇，扇页的一面用毛笔写上"问道"，另一面画着牡丹图。这书法与绘画都是魏老师亲手而为，每一面都有他的署名。我仔细看一下他的署名，比较有趣，是"魏"姓的左边笔画与名"魁"的右边笔画重新组合成的。"破"是"立"的前提，艺术如此，那做人呢？

宣纸已裁好，郝老师拿起毛笔，蘸了蘸墨汁准备书写。他发现什么异样，说这毛笔不好用，影响我心情不好。说着说着，眉头一皱，撇了撇嘴，眼睛居然有点湿润，郝老先生的牙齿脱落许多，想哭的时候，腮帮子被吸进去。

以前，我见过郝老师想哭的样子，就像是一个大孩子，很委屈。时间不久，他就忘记想哭的事，然后合上眼睛坐在那里打盹，安详的样子，没有人敢打扰他。

有一次，郝老师坐在那里对店主说，不要更换他的毛笔，旧的用起来顺手。要及时清洗毛笔，正确清洗，这样的话，毛笔的寿命长，要节约。今天，等郝老师书写完毕的时候，我拿起那支毛笔看看，笔头有些晃动，难怪他说不好用。这是他一直使用的毛笔，应该是顺手的呀。原来他有一段时间没来书画店了，因为腿脚不便。

午餐时间已到，大伙一起吃顿简餐显然是待客之道。心细的魏老师专门找到一家小饭店，那里面有郝老师爱吃的瓦块鱼，还有嫩豆腐，这是为老先生量身订制的。郝老师心情不错，看着他们饮酒，也想尝一尝。魏老师不想给他，但是又不忍心违背老先生的意愿，就给他倒了一小口。

菜上来了，大盘的凤台土菜，大度的凤台人情怀。用餐时间，就是进行艺术交流的时间。我们谈论凤台的书画，话题触及凤台画家聂宁德。聂先生已驾鹤西去。我在郝老师家的墙上，见过聂先生的绘画作品，画风别具一格，辨识度很高。

与我同行的一位朋友说，聂宁德的一幅群狗图，画有39只小狗，只只神态迥异,要价 39 万,没有卖出去。魏魁老师说,就艺术价值而言,39 万不贵。聂宁德实力雄厚,只是没有炒名而已。

我突然想起来,魏老师的群名称叫作"宁德丹青"。原来他是在纪念因为成分不好而屡遭苦难的画家聂宁德。当时,我还以为他像现在的一些家长给孩子取名字那样,在东拼西凑一些汉字,便退群了。现在想来,有些惭愧。

魏老师手里好像没有聂宁德的作品,他每次热情欢迎我去风台采风,无非就是想请我宣传风台,宣传风台的文化,细之为书画。你能理解这样的平民魏魁吗?

大家谈兴正浓,魏老师住口不言,又向我使了一个眼色,示意我看看郝老师。老人家与我坐在一起,此时,他已用餐完毕,坐在那里又开始打盹,面色滋润,因为牙齿脱落,腮帮子缩进去一些。能看出魏老师很高兴,他在为郝老师的安详而高兴。我在想,瓦素老人郝玉超是幸福的,这份幸福来自于他的学生们,来自于真实的师生情。

我们需要启程返回淮南,他们依次走出餐间。保姆阿姨在喊郝老师,我们要回家了。郝老师坐在那里一动不动。餐间外的服务员在忙来忙去收拾碗筷。保姆阿姨牵起郝老师的手,说我们要回家了,他依然一动不动。我站起来架住老人的胳膊,担心他摔倒。魏老师见我们没有出去,又折回头来。他说:"郝老师,我们要回家了。"郝老师依然闻所未闻,一动不动。

"坏了!"魏老师一边说着,一边抽起纸巾过来给郝老师擦嘴。不知何时,老先生的口水淌下来。我架住胳膊,阿姨扶住他的头,让他呼吸畅通。"郝老师——郝老师——"无论魏老师怎么呼喊,老人家都不予理会。阿姨说,感觉不到呼吸了。魏老师连忙掐住老人的人中。与我同行的红姐热爱国学,懂一些急救知识,她说掐虎口。我不知道虎口在哪里,红姐赶紧过来抓起老人的手。魏老师在大声呼唤着:"郝老师,郝老师,我是魏魁,我是魏魁,杰民来了——杰民来了——郝黎来了——郝黎来了——"

杰民和魏魁一样,也是郝老师的学生,郝黎是郝老师的女儿。保姆阿姨说,郝老师爱叹气,阿姨问他叹什么气呀,他说想女儿。昨天早上,郝老师说他心里难受,难受什么呢? 难受压力太大,什么压力呢? 压力多……郝玉超一生与书法结缘,他是不是想在有生之年举办一次书法作品展览? 也许他根本就没有此种想法,因为他冰清玉洁,超然物外。

郝老师双目合闭,紧闭的腮帮深深地缩进去,上面甚至可以放置一枚小鸡蛋。魏老师一边掐人中,一边喊着郝老师其他学生的名字,说郝老师,谁谁来了。红姐在掐老人的左手虎口,老人的左手抽动一下,终于有了知觉。

郝老师的头顶沁出汗水,一颗颗晶莹;魏老师的脸上沁出汗水,一颗颗晶莹。我依然架着老人的胳膊,阿姨依然托着老人的头,来来去去的服务员不再走动,她们站在那里围观。魏老师拨打手机给他在县医院工作的同学金医生,说与郝老师一起在什么地点吃饭,老人吃好后,打了一会盹,现在叫不醒了,让他赶紧下楼。书画店的老板开车去接。十万火急的时候,时间通常是凝固的,又是飞速的。金医生在病人急需要他的时候,脚踩风火轮及时赶到。他是当之无愧的现代版风台籍白求恩。

金医生说先送县医院,他马上联系到县医院的急救车。急救医生赶到后,魏老师过来托起郝老师。魏老师不愧是个男人,不一定孔武有力,但一定用足了力气。急救医生过来协助,两人一起把老人托坐着架出餐间。救护车即刻开走,魏老师和书画店的老板要跟去,我对同行的三位朋友说:"你们先回去吧,我也要到县医院看看去。"

我们三个赶到县医院后,竟然不知道郝老师被送到哪里去了。书画店的老板说,就是这辆救护车,我看到郝老师被抬下来。很快的,我们找到郝老师,金医生一直在跟着郝老师的手推车。今天,我对医生肃然起敬,见识了真正的朴实无华的救死扶伤者。

血压正常,心电图正常,血糖正常。郝老师闭着眼问:"我在哪里?"魏老师说:"郝黎马上就到。"原来答非所问也可以是最符合情境的正确答案。

住院,还是不住院?要不要等郝黎到了再决定?万一发生的是急性脑梗怎么办?当时看不出来,会贻误救治时机。魏老师说:"住院。"说得斩钉截铁。要马上去交3000元住院押金。魏老师毫不迟疑地去交钱,魏老师有法律义务吗?疾风知劲草,我感觉有一种情叫作师生情。

书画店的老板说,魏老师和金医生也曾经多次救过聂宁德的命。每到危机时刻,他们就会赶到,不怕是非缠身吗?日久见人心,尤其是热爱艺术的男人们。郝老师被推进去做头颅和胸部的CT,我和金医生在这边等着,可以排除脑部出血。郝黎终于赶到。郝老师立刻哭了,在急切地呼喊外孙女的名字。郝黎说:"等出院后,就给你装一副假牙。"郝老师说:"不装,戴假牙吃饭不香。"

我搭乘20路公交车返回淮南。透过车窗,那边的远处就是风台一中的原校址。几天前,我还和魏老师一起在树下留影。他当年好像是凤台一中的学生。他对母校感情很深,知道眷恋感恩母校的人,有几个不是善良之辈?

到家的时候天色已晚,我油然而生一些感触,急切地想把它写出来,转念一想,还是先休息吧。我所尊敬的作家路遥先生因为写作《平凡的世界》累得英年早逝。我的创作之路才刚刚起步,还有许多文字要写。肉体之于人们而言是精神的依附。生命是宝贵而脆弱的,该珍惜的时候必须珍惜。拥有健康的身体之后,该奋斗,还要奋斗。因为艺术有巅峰,生命有壮年,谁都没有理由不去珍惜创作的高峰期。我还有长长的写作之路需要走,需要写人生,写真情,其中有一种情叫作师生情。

(写于 2018 年 12 月 1 日)

临淮关：水边的一座旷世楼兰

临淮关，是千里长淮上的第三个重要关口。在淮河这条流动的文明线上，临淮关是弯而不屈的淮水孕育的一颗硕大珍珠，闪烁着"安徽四大古镇"之一的熠熠光辉。

11月份，秋风跨过淮河两岸。我无法感知骏马塞北，也不愿领略秋雨江南，只想信马由缰，踏步濒临淮河的临淮关。这里有青砖，这里有汉瓦，这里有一串红在把迎接宾客的热情肆意抛洒。

临淮关，位于滁州市凤阳县，在蚌埠市东23公里处。京沪铁路，省道307和310穿境而过。因为同为商品流通的水上枢纽，所以与在淮河上游遥遥相对的正阳关并称"淮上双关"。

临淮关距今已有近3000年的辉煌历史，这就注定她有许多别称。早在春秋时期，这里初建钟离城。不知道我探访的脚步，与钟离国的国君柏有部分重叠否？

时光流转到推行郡县制的秦朝，在这里设置钟离县。那个时候，临淮关已成为盐官道，而远在西北的楼兰国好像还没有诞生。

东晋时设置钟离郡，如果我们再把眼光横向着看，从无到有的楼兰国，经过几百年的兴隆，此时已人去城空，湮没于沙尘。而水边的临淮关正如东升旭日。

地名几经变化过后，因为濠水由此入淮，这里又称濠梁。直到清乾隆十九年，此地方才称临淮关。

初到临淮关，我顺利地来到广运桥。这是一座断桥，淮水正在冲刷着它的东、西桥头，拍打着它残留的桥墩。站在断桥的东面向西望去，可以清楚地看到临淮关西大街的房屋树木。据说在那里还有一座白衣古庵。不知道曾经的青灯，现在还亮着几盏？

广运桥把临淮关的东、西大街连接起来，濠水穿桥而过，直接汇入淮河。现在的濠河入淮口还停泊着几条木船。残旧的小舟从战国时期顺流而下，带来庄子惠子濠梁观鱼的故事：

庄子站在濠河岸边说："小鱼游来游去从容快乐。"惠子争辩道："你又不是鱼，怎么知道鱼的快乐？"庄子反驳道："你不是我，怎么知道我不知道鱼的快乐？"惠子再次争辩说："我不是你，所以不知道你的快乐。你不是鱼，当然也不知道鱼的快乐。"就这样，濠梁观鱼的故事从此丰富着中华人文宝库。

濠水与淮河把临淮关一分为三。现在淮河北岸的五河县过去那是北临淮关。如果不是临淮关命运多舛，那么以她的地形她必然是淮河岸边的"小武汉"。

1949年元月，临淮关解放，不久就设置临淮市。1950年撤市，1952年又恢复为市，数月后又撤市。如此频繁的变动估计与临淮关所在的地理位置紧密相关——临淮关扼淮河咽喉。1950年淮河流域洪水泛滥，毛泽东主席挥笔书就"一定要把淮河修好"。

我漫步临淮关东大街的时候，还在一处青砖碎瓦的老屋山墙上，看到一面"伟大的领袖"宣传栏。这个宣传栏已经青黑斑驳，它书写的内容可能会有许多，但我认为大部分可能会与兴修水利有关。

1950年，淮河流域洪水泛滥。8月，治淮会议在北京举行，周恩来总理亲自主持。11月，国家治淮委员会在蚌埠成立。随后，苏豫皖三省有近260万人参加治淮工程。1951年7月，治淮第一期工程全面完成。1951年冬，淮河两岸人民又紧锣密鼓投入治淮二期工程之中。1952年7月，二期工程结束。1953年的治淮工程又马不停蹄拉开战幕。

注意到没有？治理淮河的节奏与临淮关建制变更的节奏是相同的。任何时候，地方都要服从全局。

治理淮河，为什么要降低临淮关的建制呢？如果你来到这里，慢走一次老街的石板，凭临一下东大街的石岸，相信你会豁然开朗，找到解开谜底的答案。

临淮关的东大街，长600多米。顾名思义应当是当年的通衢大道。店铺林立，车水马龙。达官贵人，坐贾行商，大家闺秀，村夫乡姑。酒肆的琴声，引车卖浆者的吆喝，应该是人头攒动，摩肩接踵。

依仗淮河便捷的水运，这里商业繁华。先不论明清时期坐拥古盐道的天险关隘，就是到了民国时期，这里依然南北杂货、百业俱全，不愧是曾经的州、府、县驻地。

这里曾经诞生滁州地区的第一家工业企业。这里有最早设立的中华银行、交通银行，最早的津浦铁路开通后在这里停靠载客。就是1949年以后，这里也是凤阳县火车站所在地。水路和铁路并举，临淮关迎来发展的辉煌时期。

临淮关既然文运贯通，商脉发达，在当年的安徽省实属翘楚，为什么要降低临淮关的建制呢？结合前面的阐述，愚见以为，当年的临淮关寸土寸金，土地经济促使当地居民和商户把扩张地盘的算盘打向了淮河。

行走在东大街上，你会发现，几乎所有的房屋都紧邻着淮河，或者说无边的欲望，都伸向淮河河床。说那些房屋壁立于淮河之上又未尝不可。区别在于，基础牢固的房屋至今还在经历秋霜。而那些质量不够牢固的建筑已被淮水淘空基础，正伴着曾经的故事四处飘荡。

1950年开始的治理淮河行动，有1.6万名水利专家和工程技术人员直接参与。他们应当会充分论证这里的河道疏浚问题，领导也会考虑这里低洼的地势常被洪水淹没的现实。当年的朱元璋要大建中都凤阳，却因为那里地势低洼，担心多年积累的财富会被一场洪水卷走，最终还是放弃对他家乡的偏爱。

亲爱的，我常有一番感叹，来自于你——我朝思暮想的临淮关。今天，我漫步于你的石板，驻足于你的石岸，聆听你千百年来的风声，我发现你的东、西大街几乎人去街空，插进墙垣的居然是碗口粗的树干。我在揣测你心中可能会有哪些遗憾。我猜想，那莫过于因为繁华消逝而带来的落寞和伤感。

我走在你静悄悄的东大街上，看见颓败的房里绿草萋萋，还有一些被丢弃的生活杂物凌乱无比。有什么紧急的状况发生，以至于人们来不及搬走细软，抛下那些鞋子或者瓶瓶罐罐。我想到那座神秘失踪的古城楼兰。据说，它的消失是因为战事频繁，作战双方常常采用火攻，大片森林被毁，气候变异，严重缺水加瘟疫，也就是人们在自食违背自然规律、破坏环境种下的恶果。

临淮关，你的老街住户匆匆离去是为了哪般？我正驻足你的门前。我看见你的门楣上还清晰地标注着门牌——东大街119。不知道发生了什么十万火急的事情，你就墙倒顶塌。为什么不能因为我的到来而等一等？看着你空空的框门，我努力想象着你离开此地时的眼神……

临淮关，你在我的心中就是水边的一座旷世楼兰。你的东大街看上去素颜清寒，似乎渐渐地显现鬓角凋残。其实不然，新旧交替必然推陈出新，你曾经的繁华谁敢否定？你现在新区扩大，谁又敢否认这是你的儿女在创造新的繁华？你的淮水依然长流，那一艘艘钢铁巨舸在搬运着新的财富。

临淮关，看到你老街的残垣断壁，我也有伤感；看到你新区千篇一律的两层水泥楼，我也有审美疲劳的遗憾。但更多的是我对你复兴的深情呼唤。如果做到爱惜环境、呵护自然、兴修水利的意识没有减弱，再抓住国家给予的发展契机，我相信，繁华会再次来到临淮关。

临淮关，在我挥手与你告别的时候，在你寂寥的街巷里，我突然发现一个个蒙尘的瑰宝——许多复制了过去场景的地名。比如：胡府村、府城镇、惠子窑、大关、小城头、县衙大街、南关、西关、小东关、大东关、城里南关、淮宁桥、浮桥等。

地名是一个地方的称谓。尤其是小地名，它与本地居民的生活息息相关。虽然只是一个符号，却包含着人们的乡土情怀，也蕴含着地方特有的历史文化元素，比如临淮关的"古城村"，就是春秋时期钟离国故城所在地。

谁不热爱自己的故乡？尤其是海外游子们，正所谓"浮云游子意，落日故人情"，濒临淮河的临淮关，曾经有多少儿女随淮河波流而远走他乡？故乡是他们心中最柔软的地方，小地名为海外游子回家指明方向。神州儿女的诸多情感，因为地名而滋生，从而构成中华民族的文化自尊。

传统地名可以准确地勾起人们对过去时光的理解，复原事件与风物，唤醒人们的记忆。在中华五千年璀璨的历史长河中，谁敢说，那些大大小小的地方发生过的许许多多的故事不是她的朵朵浪花？

地名是一种社会文化形态，它与长城故宫那些实体文物，与《庄子》《史记》那些典籍文物，与银杏古木那些鲜活的文物相比，是以另一种形式存在的文物。它的根扎在芸芸众生的心坎里。

要实现中华民族的伟大复兴，仅有物质的富强是远远不够的，还需要精神文化的博大。保护好地名，就是保护了精神文化的一部分。

那些传统的地名让古诗词熠熠生辉。我们可以举起"兰陵美酒夜光杯"畅饮豪情，或者遗憾地低吟"此生痴绝处，无梦到徽州"；我们可以欣赏"凤凰台上凤凰游"；我们可以与古人同感时光流逝，叹"此地空余黄鹤楼"。

还有一些地名会让历史事件鲜活。比如提到临淮关的曾用名"濠梁"，我们会想到庄子与惠子的"濠梁观鱼"，由衷地向往那种别有会心、自得其乐的境地；提到临淮关的别名"霸王城"，我们脑际会浮现霸王项羽仰天长啸《垓下歌》的情景。

令人扼腕叹息的是，一些有着历史内涵，能让中华儿女肃然起敬的地名正在逐渐消失。消失的是地名，缺失的可能是中华民族的文化责任感。因为古人留给我们的不仅仅是一个个小小的地名，更是一则则的故事，更是贯通的文化气脉。

如果有价值的地名被更改，就会造成历史文化的断裂，让远方的游子情感无可依托,乡愁没有了梦境基础。因此,我要感谢临淮关,尽管她的古城不在,但是从她保留使用的小地名里,我看到了她城头变换的大王旗!

也许故园空有遗墟在;也许你想涉足此处来一次旧游;也许霞起霞落容颜被无情地吹走;也许你看到的仅仅是临淮关千载悠悠淮水长流……在太多的也许里,我可以肯定地告诉你,如果保护好地名,就多少维系了一些对家乡的爱。

因为总有一个地方,会让你魂牵梦绕;总有一个地名,会让你刻骨铭心。比如临淮关,这座水边的旷世楼兰。

(写于 2016 年 12 月 7 日)

五

冬寒白雪扬

今日飘雪

淮南
在连续几日的雾霭之后
迎来大雪节气
人们都在盼雪
雪,却没有来
两天后
冬雨滴滴答答地敲响大地
早晨,车顶上覆盖一层薄薄的白雪
咦——
昨晚不是下的雨吗
天什么时候变冷了?

七点钟的学校
光线还很暗
路上没有车水马龙
护学岗的人员站在那里
直直地,左右各一个
天越来越亮
上课时间到了
后来,门口站着两排人员
司仪一样,左右好几个

胡老师说,下雪了!
我说,下雪了?
玻璃窗外

光光的树枝
苍茫的天空
什么都没有
飘乎乎一片
是我眼花了吗?
飘乎乎又一片
然后越飞越多!
下雪了——
经久盼望的事物终会来的
雪花啊,可否恢复记忆
可否实现回归

天暗了
小区车库里的车位已经很少
来送快递的小哥说
今天"创城"检查
路上到处都是检查的人
来晚了,对不起啊
雪花,敲响我的梦
我的感触苍茫无边
天上,继续飘着雪花一点点

回到家里
我忘记了所有的雪片
只想送给母亲一个笑脸
外面,响起冬雨滴滴答答的声音
气温回暖了吗?
我坐在电脑前
端起一碗属于自己的
酒酿的香甜

(写于 2018 年 12 月 10 日)

感觉，是什么感觉？

感觉，是什么感觉？我的感觉是，感觉是萦绕的，是即兴的，款款行走在时间的后面，那么生机勃勃。

一段时间以来，我的感觉很沉郁。这种沉郁投射在音乐里，会把弘韵箜篌乐团演奏的《关山月》听了一遍又一遍。单曲循环是我的赏乐习惯，不过，用将近两个月的时间去聆听一首乐曲，是不是中了什么魔法？

我的感觉在乐曲里萦绕起来，那份忧伤像明月一样出自天山，苍茫在云海之间。我的心开始缥缈，无所依托。那就索性幻化吧，幻化成长风浩荡，我的感觉啊，像祁连山里的雨点一样，落在琴声之上。

我的睡眠很好。在泰然恬静的梦乡里，有时候也会插入某种感觉。此种感觉跳跃而来，面带微笑，狡黠的；会有思念，懊恼的。伴随着音乐，萦萦绕绕，由远及近，笛声流出香气……我的感觉啊，混响了窗外的明月。

我是爱你的。我的爱里只有逗号和句号。如果爱得深沉又浓烈，那该怎么办呢？生命是长久的，含蓄而隽永，那就使用省略号吧。我是断然不会调动感叹号的。对于滥用感叹号的人，我很是不能理解。只有薄情寡义，才会被贴上僵直的标签。

感觉这个东西，有时候很顽皮，如大雪一般纷纷扬扬。2018 年的第一场大雪飘在午后。第二天的凌晨五点，我即兴而起，独自跋涉在一片没膝的洁白之中。我喜欢这种感觉，喜欢雾凇沆砀，天与云与山与水，上下一白。这不是遗世而独立，不是卓尔又不群，仅仅是一种感觉。这种感觉在我的心里酝酿，只有经过一场即兴的苍茫，它才能化为甘冽的醇浆。

心理学家荣格认为，一个人的个人无意识内容，主要由带有感情色彩的情节所组成，它们构成了心理生活中个人的一面。我在想，我的某种之思、某种之绪，是不是某种无形的力量潜伏在我体内的原型心像？换句话说，感觉，是一个人与生俱来的特质。

因为感觉是即兴的，所以我常常凭借感觉而得罪本来感觉是感谢我的人。微信的兴起,带来生活中的种种变化,其中之一就是投票,还有拉阅读量的转发。我的一个朋友又在群里拉票了,无人理会,我分明感受到人情淡薄的瑟瑟秋风。这也难怪,此种投票有意义吗?反复祈求似的哀怜人家"点开一下,就行了"拉起的阅读量,意义何在?

我的心肠过于柔软,再者,举手之劳,也可以让人家高兴一下。投票的,我投了;点开的,我点了;转发的,我也转了。然后,在人家对我表示感谢的时候,我说,此种投票毫无意义,此种活动,我是不会参加的……得罪人往往是即兴感觉的产物,我有这个特质。

一位老师与我交谈的时候,说到一个话题,就是为官者切忌书生意气。那么为文者切忌什么呢?那就是被官场案牍反复打磨得失去性情。

有时候,我即兴的感觉会让我想到屈原,他"长太息以掩涕兮,哀民生之多艰",结果自沉汨罗。想到李白,他"天生我材必有用",结果客死异乡。想到杜甫,他"大庇天下寒士俱欢颜",结果一生贫苦。还会想到谁?蔡文姬、李清照……

不用我感觉,他们定然是真正的文人。在文坛之上,射出万道光芒。衡量文人看的不是为官之职,他们的借力点是什么?概括为一句话——说真话,写真事,诉真情。文人的价值在于,率真地保存了真情,为这个世界留住了性情。

我的感觉是游走的,游走在时间的后面。我的头发白了,用手指划过头顶,禁不住怅然若失,大片的白发犹如霜雪。我还没有来得及为白发而沮丧,又发现眼袋加深起来,然后是皮肤,如同八公山里的页岩,层层褶皱。这种感觉啊,让我以为迟到了,总是落在时间的后面。这份迟到的感觉是无奈的,我的内心是害怕失去你的。

这个周末,我要参加一场教学比赛。本来我是无所谓的,直到现在,我还认为我是无所谓的。但是就在一切征兆都没有的情况下,在比赛结束之后,我蓦然发现,我那光洁的额头上,居然在一夜之间,起了一个火疖子。感觉是有的,否则的话,昭关门前,伍子胥就不会一夜之间急白头发。

我是守时的人,不喜欢迟到,我倔强的感觉告诉我,头发虽然白了,但与稀疏相差较远,还是稠密的。于是,我又走到时间前面。因为你,我不想苍老。

我的感觉与音乐有关,我为什么喜欢单曲循环?这是什么原型心象?表里如一?从一而终?莫名其妙,呵呵。

手机在我的包里响着,单曲循环地响着。车库门口,几个妇女很团结地坐在一起,她们在冬日里坐在露天下,在织毛线。一个男人在那边专心致志地倒垃圾。我的《关山月》让他扭过头来,偶然的一瞥,那是以前熟悉的年轻面孔,何时已老态尽显?

阳光射进我的办公室里,高脚瓶里的绿萝郁郁葱葱。我的白发被凤仙花染红了,在阳光下,根根丝亮,换个角度,我突然爱上自己的白发。这种感觉环绕在苍远的意境中。

分秒之间,我喜欢每一种感觉。因为这些感觉,我笔笼山川,纸纳四时。我文辞清丽,情深意浓。

（写于 2018 年 12 月 17 日）

冬至下雨

　　今天，雨水滋润，恰似寒春。如果不是满屏的冬至消息，我还以为雨幕会穿过春风。雨水是我喜欢的事物。雨下了，雾起了，香樟绿了，我的心飞起来了。

　　我的雨伞被我高高地擎着。雨本来无声，因为敲打在不同的事物上，就有了不同的回声，就变成雨的声音。雨，还是那场统一的雨；声，却变成多样的声。

　　今日，冬至到来，寒气大了吗？

　　冬至的雨啊，淅淅沥沥，滴滴答答。听声音，与春雨是一样的。

　　看远处，水雾朦胧。路灯亮了，下雨的冬至，就有了暖意，春天好像走到冬天的前面。有道是冬至雨，新年晴。冬至西北风，来年干一春。

　　今天是冬至，下雨了。雨水落在地面，却打不湿我的鞋子，这是冬至雨的干净之处。冬至在下雨，我在畅想新年的晴朗，我似乎触摸到春天的滋润，还有夏季的凉爽。

　　冬至下雨，雨水敲打着我的伞面，敲打在一片片金黄的银杏图案之上。认真地，我在聆听伞面上的奇妙声音，我在捕捉上苍传递给大地的讯息，传递来的是金黄的秋季，传递给我的是渐渐升起的一股阳气。

（写于 2018 年 12 月 22 日）

无雪的早晨

有雪的黄昏，无雪的早晨。我的思绪飞扬，全因为它们。冬至节气之后，阴天晴天交替在淮南城出现。

昨天，气温骤然下降，雪星点点，落于黄昏。夜逐渐变深，雪花旋转着飘下，围绕一盏盏路灯。于是，我想做你的诗人。这个想法由来已久，在轻盈的雪花丛中，它万般灿烂，抖落一身凡尘。

风起了吗？雪厚了吗？有份浪漫在装饰我温暖的梦……

无雪的早晨，这是迎着太阳，我看到的结论。白雪去了哪里？它卧在淮南黄心乌的菜心，它落在学校操场的茵茵草坪。能发现洁白的人，注定幸福一生。

无雪的早晨，是不是远离了期待？不，无雪的早晨，出现在我的梦醒时分。我的思绪如夏云般翻滚，我的阳光毫不吝啬地洒下天真。

淮南的舜耕山啊，还有逶迤的淮河水，在今天这个无雪的早晨，晕开笔墨，狼毫一挥，书就水墨画的乾坤。

（写于 2018 年 12 月 28 日）

汉字里的女人

用汉字笔画解读女人，尤其是解读婚姻里的女人，需要从女娲说起。

女娲抟土造人，是人类始祖。伏羲也是人类始祖。女娲是伏羲的妻子，被称作娲皇。两人还有一层关系，就是兄妹。用现在的眼光看，他们属于近亲结婚，是绝对不允许的。家庭结构与社会发展阶段相适应。其实，女娲与伏羲的结合已经进步到了血缘婚。血缘婚是以同胞兄弟和姊妹之间的结婚为基础的。血缘婚已经排斥母子辈、父女辈的群婚。

我列举此例的用意是，请看处于婚姻进步中的女娲的"娲"字，使用的部首是"女"。

作为人类始祖，娲皇的"娲"字使用"女"字旁，不是孤立的偶然现象。早期帝王之姓从的都是"女"字旁，就连重要的"姓"字也是"女"字旁。我的意思是，女人很重要。

我的学校建筑敦仪，在四楼的廊道里有一些故事的彩绘，其中一幅关于娥皇和女英。娥皇和女英是五帝之一尧的两个女儿。尧发现舜贤明恭顺，就把她们嫁给舜。舜有一个同父异母的弟弟"象"。这是一个冷酷无情的家伙，曾多次想害死舜。

舜与象共妻于娥皇和女英。这是不是舜妥协后的婚姻？不是。那时的婚姻形式，已经从血缘婚发展到多偶婚。就是兄弟共妻，姊妹共夫。这种婚姻在那时是婚姻的主要形式。舜帝南巡，崩于苍梧之野，葬于零陵。娥皇和女英千里寻夫，来到零陵，死于江湘之间。在这个姐妹共夫于兄弟的多偶婚中，婚姻的天平最后倾向夫妻感情。两个妻子同时舍弃贪得无厌的丈夫之一"象"，宁死也要追随丈夫之一"舜"。中国汉字是不是为了旌表她俩，娥皇和女英的名字里都有"女"字？

夏朝是我国最早的奴隶制国家。夏朝的最后一位国君是桀，此人空有文武，但政治暴虐，生活淫乱。夏桀宠幸的一个妃子叫作妹喜。为迎合妹喜的嗜好，夏桀建造了奢侈的酒池，并在廊柱上挂满肉食。妹喜是祸害天下的代名词,名字里也有"女"字。

妹喜其实也是一夫多妻婚姻制度的反抗者。夏桀后来又有新宠,妹喜也移情他人。夏朝的妻室之争有自己的特点——夫容易弃妻,妻也会另觅新欢。那时还没有形成烈女殉夫、守贞听命的观念,但女人已成为男人的工具和政治上的牺牲品。就夫妻关系而言,还未脱离对偶婚的遗俗。

对偶婚是我国婚姻变迁链条中的一环,是多偶婚的后继,是一夫多妻制的前奏。一夫多妻也可以理解成一夫一妻,只是理解的角度不同。对男人而言,可以一夫多妻,对于女人而言,必须一夫一妻。随着私有制和阶级的出现,男子在经济地位上占绝对优势,妇女成为生孩子的工具。

请注意妇女的"妇"字,也是"女"字旁。商代夏以后,妇女地位较高,有相当多的财富,可以独立经营田产,在国家政治军事生活中,也能起重要的作用。妇好是商朝的女英雄,战功赫赫。她是武王丁的第一位王后,是正式出现在考古文献中的中国第一位女将军,曾多次受命征战沙场,平叛许多周边小国及外族的侵略,为商王朝开疆扩土立下汗马功劳。还是女子"好"啊。

几百年商朝的败家子是纣王帝辛,此人荒淫残暴,穷奢极欲。纣王的原配姜王后,慈悲淑德,深受爱戴。妲己妖言诬陷,姜王后被挖眼炮烙,屈死后,灵魂被太白金星召回天界。姜子牙封神的时候,姜王后被封为天府星,主管慈悲、才能、财物。

姜王后和妲己,一正一邪,名字里都有"女"字旁,这是母系氏族时期,女权现象在汉字里的体现。夏、商两代虽然实行多妻制,但还没有嫡庶制度,还没有形成后妃体制和媵妾制度。不论是妃、妻、媵、妾,她们都从"女"字旁。不论地位怎么划分,都是女性,都是夫权制度压迫下的女人。武王伐纣,占领朝歌,西周建立。周武王姬发,雄才大略,任姜子牙为师,拜周公为傅。周公制礼以后,周人在宗法思想支配下,只接受嫡长子继承制。

后来,周幽王宠幸美女褒姒,常常不理朝政,一年后生下一子伯服。周幽王和褒姒联手陷害王后申后,改立褒姒为后,伯服为太子,并烽火戏诸侯。申后的父亲申侯得知他们倒行逆施的消息后,率领西戎等部直杀镐京,西周灭亡。你看,君王之"姬"姓,嫡长子继承制之"嫡",嬖爱之"嬖",与妹喜、妲己同流的褒姒之"姒",但凡与中国历史变迁紧密相连的人物和事物,好坏暂且不论,都与"女"字有关。

秦始皇嬴政统一六国,建立起中国第一个多民族的中央集权国家。他认为自己功过三皇，德没五帝，所以自称皇帝。秦朝的长城谁能推倒？孟姜女。

孟姜女哭倒长城八百里是中国民间四大爱情故事之一。秦始皇筑长城时劳役繁重。孟姜女新婚三天的丈夫被拉去修长城。孟姜女左等不来、右等不来丝毫讯息，就带上给丈夫做的寒衣，历尽千辛万苦赶到长城脚下，那里到处是累累白骨。孟姜女咬破手指，一滴滴血滴在白骨上。殷红的鲜血终于渗进一根白骨中。她知道那是丈夫万喜良，情到悲处号啕大哭，哭了三天三夜，呼啦啦，长城倒下八百里……嬴政一怒而天下惧，孟姜女只有嘤嘤地哭泣，名字里都平等地使用"女"字。

辛亥革命推翻统治中国 2000 多年的封建社会制度。1949 年以后，残害中国妇女的一夫多妻制度被完全废除。

女人呐，干练的女人，阴险的女人，悲苦的女人，可敬的女人。她们都是从少女时期走来的女人，都有过曼"妙"的青春，都曾经是可爱的"姑娘"，都想成为纯洁的新"娘"，都明白只有品德"贤"良后，才有资格当"娘"。

"安"字的上部是房顶的象形。为什么造字的时候，不用"人"来代替"女"呢？因为有了女人的家庭才是安定幸福的家庭。

中国汉字，记录华夏的婚姻史；中国汉字，落笔成画，描出女人的身姿。

（写于 2018 年 12 月 31 日）

旧事重提：田家庵发电厂

1949年1月18日，距离中国传统的除夕夜还有9天时间。这一天淮南市的前身"淮南三镇"解放了。在淮南解放70周年之际，我想以回顾的方式纪念这个重要的日子，决定旧事重提，写一写田家庵发电厂的故事。

民国三十年，也就是淮南沦陷时期的1941年9月9日，为大量攫取淮南的煤炭资源，日本人开工修建钢筋混凝土发电厂一座。因为它位于淮河田家庵河段的南面，田家庵的乳名叫作下窑，所以取名下窑发电所，是为田家庵发电厂的前身。

下窑发电所计划安装两台6000千瓦机组。由于太平洋战争爆发，机组运输受阻。于是，从日本当时的占领国朝鲜拆运来一台美制2000千瓦机组。

1942年，日本人利用在华攫取的物质在下窑发电所内建造下窑第二发电所，位于现在田电职工俱乐部所在的位置。第二发电所安装的两台1600千瓦的机组，是从无锡申新纱厂拆来的。

抗战胜利后，宋子文财团派员接收淮南煤矿和淮南铁路。矿路公司12月接管下窑发电所。日本的技术人员和职工被遣返回国。留在发电所工作的中国人王炳生、毛德富、门殿卿肩负起发供电和维修的重任。那时下窑发电所的总装机容量为5200千瓦。

1946年7月，矿路公司在淮南电厂内兴建第三发电所，安装一台美制战时2000千瓦快装机。据说1949年后，这台机组被拆往八公山电厂，安装于现在的淮南肥皂厂厂址处。9月，电厂与煤矿、铁路分家。4日，淮南电厂正式成立，首任厂长单基乾。8日，地下党员龙涌利用电厂人事调整机会从煤矿局进

入电厂工作,担任记工员。

解放战争期间,中共派员与胡卫中和大通乡绅倪荣仙等人联系。胡卫中时任铁路局副局长和警察总所所长,北京人,无党派,是爱国实业家。胡卫中等人在九龙岗矿路公司宾馆等地多次秘密会见中共人员,就保护淮南矿路电厂等进行会谈。与此同时,潜伏在淮南煤矿的地下党组织秘密开展活动,成立矿区党支部,方刚任支部书记。

淮海战役1949年1月10日结束,解放军胜利的消息不胫而走,淮南矿区人心动荡。16日,节节败退的国民党刘汝明部炸毁津浦路淮河大桥后,又将一火车皮30吨炸药运到淮南的大通矿,准备对煤矿和电厂实施爆炸。形势千钧一发,万分危急。此时,电厂四周的电网通上电,严禁外人闯入。

17日下午,驻防在田家庵电厂的国民党刘汝明部一个排兵力撤退,矿区及其洛河老街的刘汝明部也相继撤防,纷纷集结到九龙岗火车站,火车生火待发。

津浦铁路淮河大桥被炸的消息像插上翅膀一样飞开。在怀远县常家坟一带活动的解放军某部十二团侦查到洛河老街敌军的变化。在没有得到上级指示的情况下,决定抓住战机迅速向淮河北岸集结,与洛河老街隔河相望,伺机解放淮南,保护煤矿、铁路、电厂。

下午三时左右战斗打响,战士们向洛河老街的乡亲们喊话,50多条被集中到南岸的船只纷纷划过来,把解放军接过河。约五点,十二团在洛河老街以东暂时驻扎起来,商议下一步作战计划。经过计划,十二团兵分两路:一路由政委霍大儒率领,攻打田家庵;一路由团长蒋翰卿率领,攻打大通。夜里约十一时,攻打田家庵的解放军进入淮河路,占领火车站和铁道,控制住面粉厂,为拿下田家庵电厂做准备。

当年的田家庵电厂外围有土圩、明沟、电网,电网已通电,大门紧闭。解放军在电网五六米外开始喊话——快开门,不开门就打。警察总所的矿警和护厂队员面对突然而来的武装力量,来个徐庶进曹营——一言不发。同时全副武装,架起机关枪。一名解放军战士试图靠近电网,被电流灼伤。这不仅激怒了解放军,更让解放军判断为电厂再不保护就会遭受破坏。于是一声令下,电厂内爆炸了解放军的炸弹。

已控制淮南面粉厂的解放军,通过面粉厂电话与九龙岗矿路公司总部联系,声明自己是解放军,勒令其通知电厂开门。

这一天的黄昏时分,在寿田公路上的陈家岗地区,徐友兰正带领一股土匪趁时局混乱而拦劫行人,并扬言进入市内抢劫。

自元月中旬以来,时局动荡加大,爱国实业家胡卫中开始搬到矿路公司宾馆办公。夜深了,来自面粉厂的告急电话一声紧似一声,表明自己是解放军,要电厂缴械开门,否则就打。但是与他联系过的中共人员没有一个来信,这是哪里的解放军?

正当胡卫中守着那部唯一的电话机条分缕析的时候,告急的消息一个接着一个:有一支来历不明的部队袭击了大通矿矿工们的住宅区;有一支来历不明的部队,打了几发炮弹落在电厂;有一些人赶着十几辆大车,要进九龙岗西矿拉东西……宾馆内的气氛骤然紧张,在场的人们屏住呼吸。

继续有人进来报告——有国民党士兵在拆矿路公司领导潘企之等人家里的电话机;车库里一辆不能行驶的矿山救护车被士兵推到火车站准备装车运走;大通和田家庵的枪炮声被火车站里等待撤离的军队听到,表示不走了……胡卫中连忙通知火车站开车。被派去电厂侦查的一个火车头警力在大通遇到解放军,接火后,打了几枪便开回九龙岗……这时,矿路警察总所副所长曹式夷和一名副官进来劝胡卫中随军撤离。

一直在胡卫中身边的地下党员方刚这时主动暴露自己的身份,说可以联系电厂的龙涌,让龙涌去面粉厂看看是不是解放军的部队……

龙涌接到电话后,来到面粉厂,见到三名部队的首长,心里很高兴,就说出暗号"黎明",首长们却听不懂。他直接说出地下党员身份,这时已是18日凌晨两三点钟。天亮了，真相大白。淮南三镇胜利解放。那时电厂有职工 284 名。

好事多磨，从 7 月 26 日下午开始，田家庵的上空四次飞来敌机，低空盘旋，寻找电厂目标，接着机枪扫射，再扔下炸弹，8 月 2 日上午，又从东南方向飞来 2 架敌机，刚要飞近电厂上空，地面高射机枪就瞄准敌机打了几十发子弹，步枪轻机枪也一起开火。敌机再也不敢低空飞行和俯冲，扔下两颗炸弹掉头飞走，再也不敢回来。

1953 年 8 月，淮南电厂改名田家庵发电厂。11 月，中央燃料工业部决定，国产第一台 6000 千瓦发电机组在田家庵发电厂安装。田家庵发电厂是安徽电力系统的摇篮。

我想知道国产第一台 6000 千瓦发电机组长得啥样。那天早晨，我的手机自动开机之后，微信的提示音随后响起，一位很少联系的读者朋友发来几张图片。图片里的那些圆圆的家伙，居然是国产第一台 6000 千瓦的汽轮机组的机芯。

这位朋友是位学者型的领导。他说当他看到这台机芯是国产第一台 6000 千瓦机组的时候，马上想到是它结束了我国不能独立生产发电机的历史，想到这是安装在田家庵发电厂的，想到了住在淮南的我和我的地域散文。他立即拍摄，然后发给我。于是，在和 70 年前一样寒冷的冬天，我走进田家庵发电厂。

我坐在发电厂生活区的木椅上，置办年货的居民们来来往往从我面前经过。这个地方在 1956 年 4 月 26 日的时候是热闹异常的，锣鼓喧天。因为我国自行设计生产的第一台 6000 千瓦汽轮发电机组在这里投产。

在隆重的典礼现场，有前来祝贺的许多领导，还有捷克斯洛伐克专家和苏联专家，有上海交通大学电机系教授，田电第一任厂长单基乾……

看不完，听不尽，时间如白驹过隙，转瞬即逝。当年新生的转子，今天已退出舞台，安静地躺在展览馆里。当年时局动荡，今日已天下太平。当年人们说

"广播响,电灯亮,都去淮南找对象。楼上楼下,电灯电话……"在煤电还是稀缺物质的时代,人们对于光明、爱情、财富的向往就自然和田家庵电厂发生联系。现在是核电时代,火电田家庵,你还好吗?

田家庵电厂啊,你有78年的滚烫厂龄,你是安徽电力系统的"活化石"。你能引去我含情脉脉的笑。让我们一起唱歌吧。

（写于2019年1月6日）

雪在生存

雪在生存
一朵两朵千万朵
朵朵洁白
翻飞在黑暗渐去的凌晨
2019年的冬天变得浪漫
一眨又眨再眨的
是远处高层上的盏盏红灯
它们对着雪花闪闪烁烁
世界啊
不再因为等待而变得寒冷

雪啊
正在淮南生存
人间啊
诗情画意就涌入家门
为此，我在冬天畅想希望
千丝万缕缠缠绕绕
飞雪带着春风

雪啊
一片两片三四片
片片写满天真
它们从天而降
轻灵通透
美得让人心疼

看啊

争先恐后

穿过那扇形光的路灯

然后消逝在树木丛中

我数了数

倩影闪进三棵紫叶李

还有两棵大叶女贞

突然之间

我想抖飞手中的红纱

深情地对天轻语：

亲爱的，

你好像是我深爱的人。

雪在生存

静静地让人热血沸腾

它皎洁不成妍

吹灯窗更明

我的思绪回荡春风

此时,野桥梅几树

并是雪纷纷

（写于 2019 年 1 月 9 日）

九龙岗的小巷

　　淮南这座城,装满了大事小情,还有带着温度的淮南人。在淮南这座城里,你可以随处采风,采到青山流翠处,采到暮霭荡漾时。

　　周末了,我在淮南城里采风。我的足迹深深浅浅,落在九龙岗的巷陌里,我的眼睛含情地看着我看到的每一个人。在淮南村的老宅前,一位弯着腰的大娘升起蜂窝煤的火炉,白烟缭绕,一只小黑狗跑过来用鼻子四处闻,能闻到九龙岗开矿的气息吗?百年的时光似一声呼哨,我还没有来得及用心倾听,它已匿迹销声。

　　我在九龙岗里采风,我看到报社巷的青砖墙在冬天独立。那特有的字母砖可否让开拓者的记忆清醒?丛丛青苔,长在一片片汉式碎瓦的屋顶。一位大姐说,经常有人来拍照,这房子塌成这样,怎么搞?她站在杏花树下,我相信季节不饶天,春天会带来春风。

　　冬天的九龙岗,在你的楼前,谁家的蜡梅开了,朵朵金黄,热情地绽放着小镇落成时的羞涩感情。在你的房后,谁家又栽了一棵花椒树,一位主妇正端着锅站在那里。我说:"可以帮我拍摄一下图片吗?"她说行,但是要等,等远处那架收旧衣服的三轮车骑过来,她把事情处理好就拍。我说也行。

　　在九龙岗的小路上,人来人不往。安静是属于天空的,半哑的太阳隐在云层中,洒下的光芒落在屋前的菜蔬上。如果有人出现,通常也会有狗。当狗忙着自己事情的时候,主人就停下来等待。曾经热火朝天的九龙岗,曾经快马加鞭的九龙岗,背着乌金走了一百年的路程,走得有些累了,它减慢速度,需要调整。

　　我的淮南,我的城。我的九龙岗,这百年的光影穿梭,你有无一个让你记忆的人?我的淮南,我的城,我深深地爱你,我想唱歌给你听。

　　还记得老文工团里苍松的青翠吗?还记得枇杷树下走过的身影吗?陌生的事物,一是来源于没有见过,二是来源于见得太多。熟悉易生陌生的无奈和空旷,你懂吗?我的淮南,我的城。

(写于 2019 年 1 月 13 日)

百日

百日时空
人在途中
在一百天纪念日的特殊时刻
我想为情绪写一首诗
这首诗的起笔很轻
轻轻地带过山水
带过你的大步流星
然后
我让笔触顿一下
顿在你的眼角
看吹过来的这阵晚风
能不能晕开你的鱼尾纹

百日是个积累的过程
在百日还没有成为百日之前
百日就是普通的一天天里的某一天
因此,说起百日
就离不开第一次
第一次已经散了
在淮南牛肉汤的热气里散了
起始,往往是为了终止

百日是一种期待
是数着日子过的那种期待
我在心里想

等到了一百天
我要用满眼春风画一个句号
让一切的是是非非终了
让清夜让位清早
在这之前
如果还有奇缘
就让结实的臂弯把浓密的秀发拥抱

百日是一种情绪
这种情绪带着终结之痛
是看到旧照时
被瞬间激活的陈旧时空
是飘零的花瓣随风起伏
一会向西，一会向东
生命是什么？
感觉什么都缥缈起来
好似一场浮华的长梦
我的醉眼变得蒙眬
来时如风
去又如风

（写于 2019 年 1 月 20 日）

瓦埠镇里有座老桥

君子之里，古镇瓦埠。我曾经多次去那里采风。

最近一次的采风是为了写作中国近代妇女解放运动的领导人之一，孟庆树女士的传说。那是初冬季节，田野里的树木大都已落叶纷纷，仅在树梢顶端还聚拢着一些叶片，远远望去，像是一把把熊熊燃烧的火炬的外焰。我们的车辆在火炬的照耀下大踏步前进。途中，共同采风的朋友把车子停下来，他说："崔老师，你看这里有座桥。"他说的那座桥，就是我今天单程65公里专门赶去观瞻的那座瓦埠镇里的老桥。

印象中的那座老桥横跨在瓦埠湖的湖梢，好像位于小咀村。如果你对那座桥没有什么认知的话，就会任凭车辆一跃而过。因为桥面与路面几乎齐平，冬天的瓦埠湖又下降了水位，加上这是湖梢，所以人们不会注意这里有座老桥。即便是有意搜寻，也可能会遗漏它。比如我，需要停车问桥。

在仇集村的路边，几个人站在夕阳里叙话。我对他们说，我记得快到瓦埠镇的路上有一座老桥，大约是20世纪70年代造的，桥栏杆上刻了字。一位男青年说，那座桥叫作仇集幸福大桥，就在前面，大约不到10里路的样子，顺着这条道路前进就可以，注意前面有一个大弯……我并没有在意他说的那个大弯，结果我的车错过大弯，径直开进一条非常窄的村间小道，这需要再次问路。

冬天的寿县瓦埠镇，年味越来越浓。在乡村的大道和小路上，置办年货和走亲访友的人们骑着电动车来来往往。在一位过路人的帮助下，我的车辆在村村通水泥路上完成掉头。他骑着电动车热心地把我带到那座桥上。感谢这位路人，君子之里，好人惠风。

这时，夕阳西下，给这座老桥镀上一层暖色调。在暖暖的柔光里，我漫步在这座老桥上，我在用眼神丈量历史，我在用心灵触摸时光。

这座石桥所在的位置曾经是一个渡口。如果从瓦埠去往寿县，需要在这里摆渡过河。瓦埠湖的女儿孟庆树当年前往寿县三女中读书的时候，可能就是坐着滑竿从这里过的河吧？

在渡口船只的来回穿梭中，时间就穿到1976年。寿县开始筹建这座石桥。这座老桥是特定时期，当地群众自力更生大会战的成果。

在这座石桥的栏板上，刻有"铁姑娘战斗队""青年战斗队"等字样。建桥人员是从各大队调配过来的能工巧匠和好劳力。在40多年前，这里是一片战天斗地的建设场面。经过仔细辨认，我发现其中的一块桥栏板上刻画着"为建桥？公元七七"的字样，估计这座桥落成于1977年。

这座石桥刚建成的时候，桥面高高地隆成圆弧，似一道彩虹卧在瓦埠湖中。随着时间的推移，桥两端的道路不断被垫高，现在的桥面仅仅是路面的一个部分。如果不是桥两边的栏杆提醒路人这里有座桥，行人会对它忽略不见。

这座老桥保存完好，除去时间的包浆，清晰可见的是桥栏杆和护板刚落成时的风貌。走上石桥，在桥的两端各有一堵迎面的桥头照壁。在以两块照壁为起、止点的线段中点处，是一根较大的水泥栏杆。这根水泥栏杆水面对应的是河流中心线，桥面对应的是桥长的中心点。以它为界限，左右各有10根栏杆、10块栏板。对称与均衡，一直都是中国审美的重要成分。

在老桥两端的桥头照壁处，各有一条可以下到水面的小路，这条陡滑的皮路淹没在枯草丛中。我抓着一根根芦荻的茎秆慢慢靠近水面，从侧面去观察石桥的造型。

这是一座三孔石拱桥。石桥的桥身及桥墩由一块块大型石料砌就，砌缝处勾抹了水泥。在三个过水大拱的肩上，又留了四个小拱。这显然是模仿中国石拱桥的杰出代表赵州桥。

夕阳无限好，不怕近黄昏。夕阳西下，天空的云朵倒映在水面，万花筒一样，瓦埠湖变得奇妙起来。水中的枯草，舒缓的波流，一跃而过的车轮声，橘色的暖光，世界之音影的虚幻在瓦埠湖的这座老桥面前变得真实又可感。

被我问路的那位男青年说，他的三爷爷曾经参与这座石桥的修建，目前还健在。我有幸联系到那位定居上海的老人张君仁的妻子。

我与她在电话交谈的时候，得知这座桥由当年的仇集公社负责修建。她说这话的时候迟疑了一下，好像不能确定。这也难怪，她是上海下放的知青，当地行政区划又几经变更。于是，我上网搜索毗邻的大顺镇和瓦埠镇的历史沿革，希望找到仇集公社的蛛丝马迹，无果。我又输入"寿县仇集公社"的搜索条目，真是踏破铁鞋无觅处，不仅让仇集公社浮出瓦埠湖的水面，还弄清楚了前文"为建桥？公元七七"中的问号之谜。

刻字的原文是"为建桥？公元七七，水上大队"。我在搜索"寿县仇集公社"的时候，看到一则县政府的"关于李多庭等人信访事项处理意见书"。意见书说"李多庭等先生：2016年5月18日，你们来访反映：农村老船民（原仇集人民公社水上大队37名成员），因到晚年，请求政府给予生活上照顾……"这则意见书不仅证实仇集公社的存在，还印证了桥栏刻字"水上大队"这个专有名词。

水上大队是什么大队呀？她说就是搞运输的，过去没有土路，主要靠水运，修桥的石头都是水上大队从寿县北山运来的……北山？那不就是八公山吗？怎么能是八公山呢？八公山是淮南的，北山是寿县的。我说您确定是从寿县北山运来的吗？那我就可以确定是从八公山运来的，因为八公山在寿县城北约1.4公里处，所以又叫北山。那问号处的模糊文字应该是"运"了。

意见书说"经调查，仇集人民公社水上大队成立于1959年，顺应大跃进时代的要求，解决当地交通运输问题……"

仇集人民公社于1958年设立，1983年取消。如果想找到这段时间内的建筑物或构筑物遗存,建议你来到瓦埠镇,来这里看看这座暂时还没有挂牌,却已经具备文物资格,且在发挥作用的文物老桥。

　　1977年,而立之年的张君仁作为瓦匠被抽调到这座桥的施工现场,桥栏上的文字就是他和他的几名工友负责雕刻的。这些结体匀称的刻字经过40多年的风吹日晒,依然虎头虎脑。桥栏上的刻字大致可以分成以下八类:

　　一是巩固国防:加强战备、巩固国防;二是警惕粮食安全:以粮为纲;三是树立国内工作目标:大干社会主义,农业学大寨,工业学大庆;四是工作原则:自力更生,艰苦奋斗,独立自主,世上无难事;五是争取更大的国家生存空间:全世界无产阶级联合起来,争取更大的胜利;六是转变观念:时代不同了,男女都一样;七是时代标签:继承毛主席遗志……八是款识类:水上大队、铁姑娘战斗队、青年战斗队。

　　桥栏板上的浮雕内容丰富,有挥舞铁锤大干的人物,有象征工业文明的高压输电线路,有成排的树木、壮硕的肥猪、盛开的荷花、喜庆的灯笼……

　　那些关于工业、农业、环境、生活的图画,让你知道20世纪70年代人们心中希冀的美好生活图景原来是这个样子的。那个时候,楼上楼下,电灯电话,是人们的奢华梦想。那个时候,人们还没有手机,更不知道微信。如果现在再树立一个学习榜样的话,口号是不是可以确定为"工业学华为"?

　　不过,不论是大庆,还是华为,它们都有一个共同的特点,那就是:立足本土,充满自信,自力更生,依靠科技,艰苦奋斗。真是不比不知道,一比吓一跳呀。这个吓一跳的动心点来自瓦埠镇里的这座还没有挂牌的文物老桥。

　　文物是在历史长河中,突破时间和空间的局限而幸存下来的遗物遗迹,它记录了历史的痕迹,帮助人们认识和恢复历史的本来面貌,具有时代特点,不可再生,具有历史价值、艺术价值、科学价值,可以发挥教育作用和借鉴作用。

　　眼前的这座老桥让你钦佩当年人们的战天斗地精神。那时的中国贫穷落后,就像我们贫穷得被人瞧不起的父辈。他们不吃馒头争口气,法宝就是自力更生,艰苦奋斗。这于国于家于人而言,都是永远适用的。那时中国确立的国防观念、粮食观念,直到现在依然被证明是正确的,是基本国策。那时追求的工业文明,现在也不落伍。那时向往的绿树红花,现在正被系统成生态文明。我的祖国啊,在去伪存真的道路上步伐坚定。

(写于 2019 年 1 月 31 日)

半山村：万人坑遗址的建筑构成

　　半山村，一个鲜为人知的村子，大约建于 1941 年，位于淮南市大通区境内的舜耕山北麓。那里有一片即将销声匿迹于拆迁浪潮中的建筑群。在它的北面 100 多米处，是全国重点文物保护单位——碉堡水牢。在它的西南约300 米处，是侵华日军淮南罪证遗址——大通万人坑。

　　半山村建造的时间、日式的建筑风格、所在的位置，是否已经引起你的某种联想，或是唤醒你沉睡多年的警觉？本文，我需要使用一些事关"苦难"的词语。这些词语包括：日军、侵略、汉奸、封建把头、日籍监工、掠夺、秘密水牢、矿难、尸骨……那么多的灰色文字全装进万人坑的沙盘里。

　　在万人坑教育馆的沙盘最南端，是东西绵延约 25 公里的舜耕山。大通沦陷期间，在舜耕山顶及其矿区周围曾铺开过 36 座日军碉堡，戒备森严。

今天，当我再次看到这个沙盘的时候，我有一份强烈的感受——虽然这个沙盘制作的时间不算久远，但制作沙盘时的观念现在看来有些陈旧。因为这个沙盘只强调矿工居住的棚户区、大病房、万人坑等与受害者直接有关的地方。在日军及其日籍监工活动居住的南公司围墙内，却一片空白。自然也遗漏了半山村。

你一定有这样的生活常识：一个人持刀行凶，在定罪量刑的时候，除了要有被害人的伤情鉴定，还要有犯罪人的犯罪凶器——那把刀。就战争而言，有侵略与被侵略双方。没有侵略者犯罪物证加以佐证的受害人的物证，证明效力将大大降低。

只是我们的文保意识不强、文保技术不专业、对文保范围的界定不清，在文物的使用功能上，认知有点偏颇甚至错误罢了。

通过沙盘模拟场景，再现那些早已不存在的矿工居住的庵棚和大病房，给参观者留下直观的印象，这非常必要。不过，如果我们能保留住这些尚且存在的、活生生的半山村建筑群，谁又能说没有必要呢？

半山村的名字被收录在 1983 年版的《淮南市地名录》里。据记录，那个时候半山村有 26 户、105 人，除此之外，再无其他信息。这本书并没有像介绍其他地名一样给予半山村更多的文字。如果想多了解一些情况，就需要在春节前夕这个冬雨绵绵的天气里走进半山村残破的建筑群里。

冬雨里的半山村湿漉漉的。湿漉漉的黑褐色树干、湿漉漉的长方形苏瓦、湿漉漉的枯藤和落叶。半山村的世界在雨水中被湿漉漉得了无生机，像是哭泣许久的一双红肿的眼睛。那弯曲在残垣断壁里的泥沙小路高低不平，凹处积了一片片浊黄的雨水。

在小路的拐角处，在荒草倒伏的院落前，常常散落着残砖碎瓦。在这些砖面上，可以看到嵌进去的英文"H"。这种字母砖大都来自民国时期。它们有的是建筑物权属的音序缩写，有的可能是生产砖块的厂家代码。在九龙岗和大通的一些 1949 年前的公司建筑物上，砌着许多这种青色字母砖。所不同的是，半山村的日式建筑使用的是红色字母砖。

青砖和红砖都是黏土高温烧成，青砖另外多一道水冷工艺，因此生产周期长，产量低，耐水性好，生产成本相对较高。

日军凶残暴虐，握有撬取物质的武力，他们为什么没有胁迫民工采用质量更好一点的青砖呢？我的猜测是，在1938年6月大通沦陷前的4个多月的时间里，进犯的日军在上窑、九龙岗的近邻炉桥一带，遇到中国守军的顽强抵抗。日军疯狂轰炸，严重破坏当地生产设施，霸占大通矿后，又急于把商办大通煤矿和官办淮南煤矿合并，实行军管，想最大化掠夺淮南煤矿资源。他们需要在短时间内完成生活等基础设施的建造，所以使用的是红砖。为了保证砖块质量，又给生产厂家标上序号。

走近半山村的房屋建筑，一种浓烈的异域风格扑面而来，我明显感觉到它既具有中国传统的对称审美元素，又有别于中国的传统建筑。

这里整栋的建筑讲究中式对称，具体到其中一户时，又打破对称。半山村建筑南北通透，四处通风。山墙上有庙宇一样的圆形换气孔，这种形状的窗户，中国传统民居是绝对不会采用的。半山村建筑四周的墙壁有多个高挑的长方形木窗。屋檐很宽，木质天花板保存相对完好。

来到房间里，在大门两侧的靠墙处，分别有两个壁橱间。地面铺设着长条木地板，木地板的龙骨架空在距离地面约50厘米的高处。在残存的木质窗户上，可以看到纯铜制作的插销。

在一户人家的屋后墙基上，有一个纯牛皮小包。我好奇地打开，发现是一个掌心那么大的仪器，好像叫作地质仪。房主人说是他父亲的东西，用于地质测量的仪器。他父亲名叫于贺恩，是工程技术人员。1955年举家从鸡西矿务局出发，乘坐火车来到淮南支援大通矿建设，在地测科工作。直至终老之前，一直居住在半山村。

他说我来得不巧，如果我去年来，还能看到大通矿的地质图纸。"这不拆迁吗？房子扒了，图纸也不知道扔到哪里去了。"说着话，他指向前面的一根电线杆,那根电线杆的下面就是大通煤矿的断层。

1938年6月,淮南沦陷,大通矿陷于日军、汉奸、封建把头、日籍监工的掌控中。大通矿周边原址原物保存的炮楼、碉堡水牢、半山村等都建造于那个时期。汉奸为虎作伥,身影巡行在上述地区。

同月,河南省花园口黄河决堤,大量农民逃荒要饭,背井离乡。封建把头四处游说招工:"到了淮南,啥活不干,下井挖煤,坐着大罐,一天两驾云,快活似神仙,只要天轮转,就能吃饱饭,不怕淹不怕旱,大家看看可合算?"

矿工是这样说的:"穷家受骗来矿山,矿山就是鬼门关,个个瘦得像人干,头发长,脊背弯,挖煤就像上刀山,日本鬼子要煤炭,把头忙得像拉钻,乱采乱掘胡乱干,逼着工人用命换。"

据说,当年从河南省骗来一队220人,不到3个月的时间就死去219人,只剩下一个徐老四。大家都认为他命大,就送给他一个"二百二"的外号。

1941年12月太平洋战争爆发。日本国内经济紧张,推行以战养战策略,以人换煤策略,疯狂掠夺淮南的煤炭资源,残酷压迫矿工。花园口决堤又直接导致1942年河南省的大饥荒,成千上万的人处在饥寒交迫之中。大灾之后有大疫,有些人被迫"眼泪汪汪来淮南,下井卖命把活干"。

日军因为给养困难,便用麦麸树叶等磨制混合粉供给矿工食用,混合粉霉变,"吃的不是五谷粮,喝的脏水拌黑糖(煤渣)",致使霍乱爆发,矿工及其家属和逃难的灾民"冻饿病累纷纷死,白骨堆满舜耕山"。

据说,淮南市原二十四中书记郭好文先生的母亲,大约在1941年的冬天讨饭来到半山村,有一次竟然捡到日本人扔掉的一个未蒸熟的馒头……

1943年,大通万人坑形成。这一年,居住在半山村的日籍监工岗田源一死亡。大通矿的封建把头们在日军和汉奸的唆使下,集资给岗田源一立了一块功德碑,上面横着写的是"永垂不朽",竖着写的是"工化淮南"。

后来,当地居民在这块石碑旁建了一个厕所,这块石碑被用来遮挡那些进出方便的人。现在它被移到万人坑教育馆，拟用作反面教材。据说有一位老干部反对展示，因为上面使用了与人民英雄纪念碑相同的文字。他认为美化侵略者的石碑不能展示。直到 2016 年 12 月，那块石碑还被隐藏在万人坑展览馆挡板的后面。

我有些感慨，文物的认定离不开专业人员。文物作用的发挥，受限于管理者的水平。文物是经过时间和空间双重淘洗后幸存下来的遗物遗迹，具有铭刻历史、科学借鉴和思想教育等作用。文物具有真实性、无可辩驳性，对文物的保护就是对历史的保护。文物强调的是一种客观存在，而不是意识形态。

时隔两年，当我参观完半山村建筑群后，再次走进与之毗邻的万人坑教育馆时，竟意外发现挡板已被拆除，可以近距离地看到那块曾被放在厕所旁"遗臭万年"的石碑。

立碑的封建把头们做梦也不会想到，1950 年 3 月，淮南煤矿废除封建包工头制度，实行新的班组制度。将 605 名封建把头从生产管理岗位上撤换下来，提拔 1226 名工人担任班组长、股长、矿长。被压迫的人们真正翻身做了主人。

半山村之行即将结束，天上还在下着雨。在万人坑教育馆的大门外，复制移建的秘密水牢沉默在雨幕里，有人去参观吗？它有证明力吗？不远处的半山村建筑群也沉默在雨幕里，有人知道它的存在吗？

早在 2010 年，一名戴姓女士曾经找到大通区及淮南市的有关部门反映这里有座半山村，希望认定其为侵华日军犯罪的证据，予以保护利用……将近 10 年的时间过去了，规划后的这里，半山村即将被拆除殆尽……

（写于 2019 年 2 月 7 日）

六

春思情浩荡

立春后，听雪落的声音

立春后
我有幸听到雪落的声音
这种声音来自天际
带着轻盈
为此
我没有合上窗帘
我想再看一看白雪的身影
它从很远的地方奔来
哒哒哒
带着马蹄轻轻

我想问一问春雪
飞过八公山的时候
有没有看到山冻已经不流云
石门潭里的流水
还能不能奏出万古无穷音

春雪啊
你落下的身影
成为我梦里的一道好风景
因此，有你的路上
还用怕什么寂寞情

你飞吧

尽情地飞吧

飞向天地外

带走我不等闲里的那份孤清

听啊，雪落的声音

唰——唰——唰——

刷得世界苍茫茫一片干净

明天

就在明天

让我们一起去爱淮河两岸的雪后晴

（写于 2019 年 2 月 9 日）

闲谈大通的村名

大通的词义是什么？是大道。汉语词汇通常有多个义项，大道可以是宽阔的道路，也可以是终极真理，是本源、规律、境界，词出《庄子·大宗师》。

因为"大通"这个词语有着美好的寓意，所以作为地名和单位名出现的频率较高。在1949年之前，安徽省有八座大城市，其中之一就是大通。青海省有一座开发最早的煤矿——兴起于1895年（清光绪年间）的大通煤矿。

本文要写的大通，特指安徽省淮南市的大通区，这个行政区划的名称来自单位名称。1910年（清宣统年间），萧县人段书云和涡阳人牛维梁合资，征租怀远县舜耕山山北一带土地合办大通煤矿公司。从那以后，这里人气渐旺。来这里送寒衣、取工钱、混穷下井的人们常常向当地人打听大通（煤矿）在哪里。日久天长，矿名就演变成地名。

据说，舜耕山是五帝之一舜耕作过的地方。舜，姓姚氏妫，名字叫作重华，国号"虞"，谥号"舜"，故又称虞舜。因此，"怀远县舜耕山一带"的现九龙岗地区，当年叫作虞耕山乡，现大通街道地区当年叫作舜耕山乡。

写到这里，崔老师需言归正传，切入正题啦。我要写的第一个大通区的村名是位于现在九龙岗镇的重华村。这个村1980年因为矿区沉陷而搬迁完毕，已经不存在，目前能在一些宣传条幅上看到它的承继名称——重华社区。

这个落款"重华社区宣"的条幅出现在九龙岗肿瘤医院南，侵华日军修建的南宿舍碉堡的围墙上。围墙以西是南宿舍，南宿舍以西就是重华村。

重华的寓意很美好，旧时用来比喻帝王功德相继，累世升平。在1949年以前,位于舜耕山以北、九龙岗西矿以南的这个矿工村取名重华,从中可以看出,和平美好生活是各个时期各行各业的中国人的共同追求。这是我在漫走淮南山水,穿梭在九龙岗和大通的街巷里随意采风的时候,无意间通过村名发现的一个规律。

今天是年初五,踏着立春之后的白雪,我再一次走进历史虽短意蕴却长的九龙岗,去远远观望一眼重华村故地。

站在雪坡上向西看,1941年修建的南宿舍别墅清晰可见。在别墅的北面,是砖厂取土后留下的一片深坑。在这个深坑的位置上,曾经建有一座戏院。1958年3月初,田区淮滨大戏院建成。11日,梅兰芳率领梅剧团到淮南演出七场,场场选在繁华之地,其中的一场选在重华村戏院。那一年,我母亲的月工资是十八元,她说一毛钱可以买十几个鸡蛋。这次演出的票价便宜的是一元一张,贵的是两元两毛一张。据说场场爆满,等待目睹偶像的人群久久不愿散去。

现在,我穿过梅剧团遗落的阵阵管弦再向西看,在那一片雪色的苍茫中,坐落着曾经的重华村。它已销声匿迹约40年,因为重华的美好寓意,它的名称被继承使用。

与重华村隔着一条乡间土路,在路的东面坐落着长庚村。长庚是金星的别名,就是在中国古代神话里常常出现的太白金星。它有时候是晨星,黎明前出现在东方天空,被称为"启明";有时候是昏星,黄昏后出现在西方天空,被称为"长庚"。所谓"东有启明,西有长庚"。长庚星明亮耀眼,最能引起想象,传说是可以给人们带来好运的星宿。

我最先知道这个村子,是两年前在九龙岗采风的时候,偶遇在油菜地里劳动的程东思老人。他是户籍民警出身,对九龙岗一带颇为了解。从他的口中,我第一次知道长庚村,以及发生在长庚村里的故事。

那是1966年的热天,人们穿着短袖衣裳,阶级斗争开始进入高潮期。在长庚村十字路口的东南方向,坐落着第一栋房子。年轻的程东思是长庚村的户籍警,他和重华村的户籍警彭可国,还有居委会主任彭秀兰等人在十字路口的西北方向,摆开条桌正组织村民召开治安会议。

这时,来了一个挑着担子吹糖猴的民间艺人,他的担子刚在会场附近放下,那些在会场玩耍的小孩就欢呼着跑过去围着看,争着买。不久之后,从十字路的西边吵吵闹闹、拉拉扯扯走过来一对打架磨牙闹离婚的夫妻。他俩找到居委会,居委会正在开会,没有时间处理,还是到派出所去解决问题吧。然后,那两口子又厮打着走向派出所。这比吹糖猴好看,小孩子们尾随那对夫妻走。这个治安会议的气氛被破坏,大家散会回家。这位民间艺人的摊前瞬间空无一人。艺人说,都走了,他也走,于是挑着担子离开十字路口。

大家散开后没有几分钟,轰隆——轰隆隆——声声巨响,会场的位置发生塌陷,几棵十几米高的老洋槐树瞬间看不见树梢,一只大红公鸡喔喔地叫着被卷进了那几十米宽的塌陷处内,却未造成一个人员伤亡,是不是长庚星宿带来的佑护?

前文说到"东有启明,西有长庚"。既然镇西有长庚村,镇东有无启明村呢?有。在大通区的九龙岗镇有一个启明村。这个村子位于矿务局技校(原九龙岗东矿)的东南不远处,至今还保留着一些 1949 年以前的建筑。

那些青砖建筑的屋脊有四个面,这有别于常见的两面屋脊。春节期间,亲人归来,阖家欢乐。但是在启明村里,人语料峭。我在覆盖着白雪的屋檐下慢慢行走,耐心寻找"启明村"的门牌。这引起一位老妇人的注意,当她得知我的用意之后说她家有。她家的门牌倒过来钉在门框角上,这是为什么?因为时间久了,那半边门牌被腐蚀得钉不住了。为了读者能看清楚,我把图片旋转了180度。

这个村在 1983 年的时候,有 127 户,461 人。现在,原住民已人去,空屋成为危房。需要感慨吗?感慨也可以,只需要感慨时光如白驹过隙就可以了。"启明"有开通明达之意。这里当年聚集着淮南煤矿工业的开拓者,这里是淮南城市的孵化器。

我们在介绍方位的时候,自然离不开参照物。所以在介绍崇文村之前,需要先确定一个参照物——九龙岗第一小学。崇文村位于这所小学的南面及西面。

"崇文"就是崇尚文治,语出《魏书·高祖纪下》。崇文尚德是中华民族最为优秀的文化传统之一,深入人心。该村 1938 年建造,系九龙岗矿高级技工居住的区域。在这一片偌大的区域内,还可以找到两个旧式建筑。一座四脊的

青砖建筑紧紧挨着九龙岗小学的北围墙,屋顶落满白雪。还有一栋没有屋顶的青砖房,间间敞着空空的房腔。

在这栋房屋的旁边,是一条弯曲的小路。小路上一块挨着一块铺满了带字母的砖块。我在想,我这是走在将来的文物上。

好像是在改革开放初期,流行这样一段话——无农不稳,无工不富,无商不活。这话说得对吗?对。

不过,当时女作家冰心问了一句——无"士"不什么呢?对呀,如果泱泱中华没有士阶层的话,会是什么样子呢?"士族"一词在中国历史上是一个绝对有分量的褒义词,"士"相当于现在的知识分子。慢走大通区的九龙岗,随处都能看到有着深远美好含义的村名。我的判断是,这定然要归功于那些取名的知识分子,比如三友村。

"三友"词出《论语》,孔子曰:"益者三友,损者三友。友直,友谅,友多闻,益矣。友便辟,友善柔,友便佞,损矣。"意思是:有益的交友有三种,有害的交友有三种。同正直的人交友,同诚信的人交友,同见闻广博的人交友,这是有益的。同走邪道的人交朋友,同阿谀奉承的人交朋友,同花言巧语的人交朋友,这是有害的。每日看着这个村名,有助于你做到三省吾身吗?

在九龙岗第一小学的北面,除了有三友村,还有四维村。"四维"是春秋时期法家代表人物,安徽人管仲在《管子》中提出的一种思想——礼、义、廉、耻。他说:"四维不张,国乃灭亡。"

1930年3月27日,国民政府建设委员会在九龙岗成立淮南煤矿局。从4月开始,九龙岗东矿一、二号井,西矿三、四号井陆续破土开工,次年相继投产。这是当时唯一的一座由国民政府直接经营的煤矿。之后,淮南铁路局又正式成立于九龙岗。那个时期,国民政府举国之财力和人力于九龙岗地区。那么多或国学基础深厚,或留洋归来的才华横溢之人集聚于此,难怪乎大通区的村名如此流光溢彩。

既然我的这篇文章名字叫作《闲谈大通的村名》,那就不能厚了九龙岗镇,薄了大通街道。我要继续闲谈几句大通街道的村名。当然,这个村名是1949年以前取的。

如果你用心行走于九龙岗和大通,你会发现大通的遗存很少。平心而论,倒不是地方政府完全没有文保意识,目光短浅地去拆除它,而是当年商办的大通煤矿的建筑物质量无法比肩官办的九龙岗煤矿。在九龙岗的报社巷天字号招待所内,我见过一栋青砖黛瓦的民国建筑,无人修葺而能完好无损,岿然屹立,历经风雨80年。想一想现在我们的高层建筑,经常能看到交付两年不到,墙皮就大块地脱落。这话扯远了,马上回到大通的村名上来。

闲谈到这里,我们需要使用万人坑教育馆的沙盘。因为下面这个尚义村已经完全消失,只有在沙盘里才能看到它的身影。为了行文方便,我把居仁村也一并放进去。

1938年6月,淮南进入日据时期。由于河南省境内的黄河花园口决堤,大批农民外出逃荒要饭,那是一个民族苦难的时期。大通煤矿需要用工,一批批难民来到这里。他们被日军、汉奸、封建把头、日籍监工欺压,生命朝不保夕。与此同时,由于地缘偏见,他们还会受到同样遭受苦难的同胞的欺负。

隔阂什么时候不存在呢?安全感什么时候不需要呢?于是啊,统一人们思想的传统国学该发挥作用了,他们把居住的草棚区取名"尚义村"。他们希望大家都崇尚礼义。在饥饿中,在艰难的生存挣扎中不忘修身,让贤文化拯救人们于水深火热中吧。

居仁村的名字来源于《孟子·尽心上》——"居仁由义,大人之事备矣。"说的是,如果能居住在仁上,行走在义上,那就连君子该做的事都齐全了。后来,"居仁由义"演变为成语。听说张学良将军的孙子名叫张居仁。到1983年的时候,居仁村被划分为六个居委会,有15948人,号称亚洲第一村。

慢走淮南,我爱上淮南,爱上淮河两岸。慢走九龙岗和大通,我发现过去的人们渴望美好的事物,那份真意如此情浓。通过观瞻大通区的村名,我感觉到村名的深邃与厚重。这些名字明显有别于淮南地区平原中的"郢",水边的"圩、咀",山边的"岗",等等。它们是典雅的,是洋气的,是在用"士"的眼光去欣赏淮南地区现代工业雏形期的光芒。

淮南的文化骄傲在哪里?淮南的特色又是什么?我的拙见是,是寿县的楚汉古文化,是淮南的近代工业文明。时间不可复制,历史难以重书,经历给予我们的就是最好的。九龙岗与大通的那些与众不同的建筑,别具特色的村名,哪一样不是上好的东西?

消失的事物还能不能挽留住? 能啊。

重华村拆了,承继使用名称是一种挽留。长庚村拆了,在那里植树造林的时候,可以将其命名为长庚林。崇文村没了,附近如果建设楼房的话,把1号楼命名为崇文楼。三友村没了,如果开辟为公园,公园的名字可以叫三友,或者把其中的长廊命名为三友。四维村拆了,原处竖立一根地标柱子,让空间告诉时间,这里曾有"四维村"。

只要不想忘记自己的来处,只要我们还想做出地域特色,方法将取之不尽。

（写于 2019 年 2 月 11 日）

来碗淮南牛肉汤

千里淮水苍茫，缭绕起淮南牛肉汤的醇香，想不想来碗牛肉汤？

牛肉汤就是牛肉、牛骨、牛下水熬制的汤，汤上漂浮着一层红红的牛油。它和羊肉汤、鸡汤一样都是汤，为什么淮南人常说来碗牛肉汤呢？因为它没有羊肉的膻味，比鸡肉耐煮，成本低，可推广，油水大，可以免费续汤。它的食材搭配相对固定，可供模仿。它随吃随做，既便捷又重复性很强。

要不要来碗淮南牛肉汤？来看看粼粼的淮河水在碗里泛出点点日光。来尝尝淮河两岸的稻米和小麦变成的、搭配它的美味，唇齿留香。

淮南牛肉汤是情感的物质化载体。当感触的泪水落下时，淮南人会说来碗牛肉汤。在腾腾的热气中，苦难就变成生活绿叶上的红花。当淮南人心情舒畅的时候，会说来碗牛肉汤。来碗搭配着十几种中草药的牛肉汤。这种牛肉汤一定要大锅炖煮，久经熬制，不黑汤，不上火；一定要咕嘟嘟地冒着热气；一定要在锅板上摆着大块煮熟的牛肉，放着一盆红红的牛油，案板上要有千张、豆饼、粉丝，要有香葱、蒜苗、芫荽、荆芥。人生短短几个秋，来碗汤吧，再加几片牛肉。

春回大地了，来碗淮南牛肉汤，让情思荡漾。秋雨淅沥了，来碗淮南牛肉汤，把冰凉变成舒畅。火辣辣的淮南牛肉汤，香彻心肺的淮南牛肉汤，丰富了我们的童年味蕾，盛满家乡的味道。所有这些，是它 2008 年被纳入淮南市早餐工程的理由吗？是它 2013 年被淮南市收录进非遗名录的原因吗？淮南牛肉汤啊，晚来天欲雪，能喝一碗否？

我的采风之路风尘仆仆，伴随我的常常是廉价却美味的淮南牛肉汤。它热乎乎地催生我的梦想。在隋唐古镇上窑,我在嘈杂的人群中喝过淮南牛肉汤。在田家庵老街这个拥有 20 世纪 70 年代淮河城市风情的地方,我一边望着外面买菜的人群一边喝着牛肉汤。

淮南牛肉汤味道浓烈醇厚,很搭淮南人的粗犷。淮南牛肉汤的色彩对比强烈,红的红,绿的绿,视觉艺术在味蕾里发生撞色。红的是牛油辣椒,绿的是荆芥芫荽。特别是芫荽,据说是二郎神杨戬的哮天犬变的。哮天犬死后皮毛被埋葬在一个地方,因为这只神犬得过天地灵气,所以埋葬它的地方长出气味独特的绿色香草——芫荽。配上芫荽的牛肉汤,味道多了一份清爽。

亲,要不要来碗淮南牛肉汤?要不要跟着我采风的步伐去到战国四公子之一春申君安眠的地方?春申君安眠于谢家集区的赖山集。这里是回民聚集区,是牛肉汤的发祥地之一。

在一口牛肉汤锅前,站着一位环卫女工,她要带走一碗淮南牛肉汤,带走一碗渗透着大众属性的快餐牛肉汤。

我也说来碗淮南牛肉汤。老板马上拿起漏勺抓料,一位男青年过来打下手。走进这家简陋的牛肉汤店。忙碌好的主人一家围坐在我的邻桌用餐。他们在谈论着河南固始的萝卜好吃。我说淮南的牛肉汤也好吃。固始人说,所以来淮南学牛肉汤手艺。他指的是刚才那位打下手的男青年。

淮南人爱吃牛肉汤,这种汤在家门口邻里的眼睛下做成,实实在在不花哨。它既能走进本土的千家万户,成为大众的一日三餐,又能美名远扬。事业有成的淮南人周涛说,最想吃的是淮南牛肉汤;当年的央视主播刘璐离开淮南后,又中途返回,再吃一碗淮南牛肉汤;著名黄梅戏演员吴琼说,到淮南一定要吃一碗牛肉汤……

离开这家牛肉汤店之后,我匆匆的采风步伐又停留在另外一家牛肉汤店。此时已是午后,用餐人潮退去,店堂清静许多。在靠墙的一张桌子上,一对母子正在喝淮南牛肉汤。这位年轻的母亲当年从兰州远嫁到淮南。她说她喜欢淮南,喜欢淮南的牛肉汤。

淮南牛肉汤诞生于淮南人的生活。人活着就要吃，既然吃了，就尽量结合当地食材，让吃变得丰富而美味。

一方水土养一方人。食品从产生的那一天起，就打上了地域的烙印。淮南牛肉汤应时局而生，一碗牛肉汤包容多种主食材，具有和合的文化属性。居民的心理归依，主要来自童年的味蕾。淮南牛肉汤老少皆宜，有着群众性的普及，淮南牛肉汤的朴实性味美，吃淮南牛肉汤时的那个热闹嘈杂的场面，势必会熏陶在场的人情不自禁地说："来碗淮南牛肉汤。"

（写于 2019 年 2 月 18 日）

寿唐关之南有个石家湾

鼓角铮鸣的寿唐关是淮南市凤台县境内的一处古关隘，它夹于八公山的余脉——东、西楼山之间，关南不远处就是浮光跃金的淮河。中国地势西高东低，通常一江春水向东流。作为中国七大江河之一的淮河可以例外吗？可以。由于受到八公山的挽留，淮河在西楼山的南面绕了一个大弯，径直向西流去，向道佛教并存的茅仙古洞流去，向千里长淮第一峡——硖山口流去。

出寿唐关南门，是陡直的山坡。尽管经历上千年的人事活动，依然可见当年雄关险要的痕迹。这道关口，连接着古城凤台和典雅的寿州。继续向前走，下到山脚，就是小小的村落"山根店子"。

寿凤古道是当年连接寿州和凤台的官方驿道，人来人往，风尘仆仆。在这山根之处，想必会有歇脚的旅馆、餐饮的饭店。今天，山根店子很安静。两位老妇人坐在寿凤古道旁，相对无言，晒着元宵节后不暖的太阳。

我问石家湾距离这里有多远，老妇人说："他们薅我们的菜，不叫他们薅，他们说没有菜吃，没有菜吃就能薅我们的吗？你们自己愿意搬到河东来的……"我的询问只是辅助两位老人去打开记忆的闸门，她们如同相声演员，一个主述，一个补充，分工明确，按照自己的思路，絮絮叨叨，没完没了。

来石家湾采风之前，我做了一些功课。石家湾原来是淮河西岸的一个村落。传说在清朝时期，一个石姓人在山根店子得到一笔横财，用这笔外财在淮水西岸的河湾里置地建房，就有了石家湾。

1982年夏季，淮河流域的大片地区连续出现5次流域性大暴雨，淮河干流2次通过洪峰。紧邻淮河的石家湾被洪水浸泡，损失惨重。1983年，为拓宽寿县至硖山口之间的淮河河床，提高排洪能力，便峡段河堤需要退建。石家湾便举村由淮河之西搬迁到淮河以东的山坡上。薅人家菜这样的事情，估计发生在刚搬迁到河东来的时候。

我的询问既然无果而终，便只有继续向前行走。一个大约是一年级的小姑娘从那边走过来，她用清脆的普通话说，石家湾就在南边。南边的石家湾与北边的山根店子隔着一条窄窄的山涧沟。看来这是两个自然村的界河，它们都隶属于李冲回族乡。

在李冲回族乡的山南地区，分布着一些村庄。这些村庄的名字大都带有词缀"店""郢"。

这里是曾经繁华的寿凤古道，自然少不了店铺。这里又是楚国故地，为了纪念其国都"郢"，村庄的命名多采用"姓＋郢"的方式。不过，位于李冲回族乡山南地区的村庄，那些以"郢"为词缀的村庄，本来的词缀用字是"营"。因为这里不仅是淝水之战的古战场，还是赵匡胤兵困南唐时期的纷争之地。时任南唐兵马大元帅的李景达在寿唐关附近扎下18座连珠寨，这里兵营很多。直到今天，在茅冲村还有一处名叫"老营窝"的地方。

此处民风强悍，多出盗匪。据说在1949年以前，石家湾只有三户人家是安分守己的良民。写到这里，你就能够理解薅菜的行为了。神秘的石家湾人，你长得啥样？

顺着那条扮演村界角色的山涧沟向淮河岸边走，很快就走到水色苍茫的淮河。这里有个码头，石家湾村民的农田在淮河以西，他们需要乘坐轮渡过河劳作。今天的渡口没有乘客，渡船静静地靠在岸边。枯黄的芦苇在水一方。油菜碧绿，零星散布着一些大棵的荠菜。立春后的柳条变得柔软起来，泛出青意。世界充满祥和，静谧之中有安逸。

这时，会有三两个中青年妇女挑着担子，或是拉着购物车来到渡船上洗衣裳。清洗完毕，她们再挑着装满衣服的马头篮回家。日上中天，需要烧饭了。"可否请你留步，我来挑一下这个担子？"我询问她们中的一个。她没有拒绝我的请求，停住脚步，把宽宽的竹木扁担递给我。我需要她拉一

把，趁劲才能站起来。这个动作被定格了，后来我发现，我俩都笑得那么灿烂。石家湾的女人是美丽的，还叠加一份和善。淳朴的民风，我为你点赞。

走进石家湾，便有了人声轻语，有了生活音调。这些声音会响在那依山而建、层层高起的一排排民宿楼房里，会响在那走过带有泥浆的村内小道上的人群中，会响在那座依着又一条山涧沟建造的院落里。

一位母亲站在小院里对女儿说："把宝宝抱下来，抱下来喽，抱下来我们买馍馍去喽——"然后，我看到一位年轻的妈妈抱着孩子走下露天楼梯。她们朴实的生活，在别人眼里会成为一道好风景……只有我看到了她们，看到新建的楼房，看到层层石岸，看到这是一座活着的村庄，到处充满着人气。石家湾，知道吗？有人爱着你。

石家湾是当今时代的石家湾，是绿水青山就是金山银山理念开始被广泛认同背景下的石家湾。这里背靠八公山，面向淮河水，寿凤古道穿境而过。与外界有一定的隔阂，显得相对僻静。这里毗邻茅仙古洞，紧紧依靠寿唐关，这儿有一眼女儿泉。我在畅想春天，这儿的十里桃花。冬天，梅花雪阵阵，闻着厨房馍馍的香味，静静地听着松风入眠。

"石家湾，听说你们这里出过强盗哎。"那间屋里的四个男人憨笑起来，害羞得连连摇头。是啊，就算真的出过，那是祖辈的事了，谁又好意思承认呢？不承认不是撒谎，而是有向善的心理，说明他们的价值体系是健全的。感谢伟大的时代，感谢国泰民安。

石家湾有别于其他村子的一个显著特点就是活气。活气的孩子跟着妈妈洗漱归来，散开的长发披在肩头。活气的孩子们会串门子，串到哪一户和气的乡邻家，挤着闹着，红艳艳的衣服，糖葫芦一样喜庆着。

地上是逡巡觅食的走地鸡，咕咕地叫着。天上偶尔有飞鸟掠空，自带风轻。墙角的蜡梅,金黄已褪,仍然馨香扑鼻。不远处的桃李,正在孕育着一场属于 2019 年的娇艳。春天快到了,你会来到桃红、梨白、菜花黄的石家湾吗?这里还有麦荠的浩浩荡荡,一碧千顷。

所谓万丈高楼平地起,基础教育是提高国民素质的重要环节。既然走进石家湾,你说,我能不寻觅学校吗?我问一位路过的女孩子:"你上几年级啦?""五年级。"那么五年级有几个班呢?只有一个班,且只有 15 名学生。人数太少了吧?说少的话,似乎是有点少。但是,在一个村小的五年级,却能集中 15 名同龄的学生,其实人数不少。最为重要的是,如此漂亮的学校办到家门口,国家对教育的投入力度可见一斑,这解决了多少乡民们的后顾之忧,这为智化国人,做出了多大的贡献啊?我们要不要向各个村小的教师们致敬?!

石家湾小学精巧、整洁、雅致。"社会主义核心价值观"被书写在这里的墙壁上。价值观的第一个层面是"富强、民主、文明、和谐"。

采风石家湾,迎面而来的是安定富足的生活景象。至于民主与文明,在这里落实得好吗?和谐太重要了。人与人要关系和谐,人与自然要和谐共生。不得不承认,近年来我国农业的快速发展,是建立在对土地、山体、水等资源超强开发和过度消耗的基础上的。

开展美丽乡村建设,加强对农业资源环境的保护,推进农业发展方式的转变,已是大势所趋。只有把生态文明建设放在突出地位,中华民族才能实现永续发展。我说得对吗?石家湾,你要不要把自己打造成"宜居、宜业、宜游"的美丽乡村?你要不要让街道横得规则,纵有条理?你要不要及时把垃圾清运?还有你的房前屋后,那些杂乱无章的物品,要不要摆放整齐?

判断美丽乡村的一个重要标准就是淳朴的民风。这个标准是柔软的,韧性十足。这需要我们慢走石家湾,去感受这里的生活气息,去触摸人们的善良心底。走着走着,时间就过了中午。饭后的石家湾村民站在寿风古道上拉着家常。他们看着我们,我们看着他们。

河湾里的清风徐徐吹来,带来春的信息。麦苗苗壮地成长着,如果再来一场春雨的话,那大片小片的油菜一定会啪啪啪地抽薹,谁说只有芝麻开花才能节节高呢?

谁家的阿姨正在她家的井旁洗漱着。我们凑过去,能不能用你家的水洗一洗我们的鞋子?笑眯眯的阿姨马上为我们抽水,还拿来脸盆与抹布。我们

带着谢意要告辞，她极力挽留——到家里吃饭去吧……

石家湾，因为在开春时节，我们有了这次美丽的遇见，所以我要隆重介绍你。在生活的这场盛宴里面，你的一切都是甜丝丝的。

（写于 2019 年 2 月 26 日）

话说廖家湾

　　本文所写的廖家湾,是淮南市田家庵区的一个行政村,个性鲜明。在春天里话说廖家湾,让我们从小村的先祖——明朝开国将领廖永安说起吧。

　　元朝末年,中原地区连年灾荒,百姓惨淡经营,纷纷破产。名目众多的苛捐杂税却铺天盖地而来。底层的民众被迫流亡,荒芜的田野里饿殍满地,白骨露于野。所谓官逼民反,民不得不反。元末农民削木为兵,揭竿而起。后来形成以张士诚、陈友谅和朱元璋为首的三大起义势力。而廖家湾的先祖廖永安此时正以渔民的身份蛰伏于巢湖岸边,结寨自保。

　　廖永安亲兄弟三人,加上叔伯兄弟合计五人。在时代大潮面前,人们渺小得如同草芥,随时代之波漂来荡去。廖永安和弟弟廖永忠漂往朱元璋的队伍,成为水师统帅。哥哥则荡去陈友谅阵营。廖永安无子,后来从堂兄那里过继来一个儿子廖升。

　　有道是上阵亲兄弟,廖永安与廖永忠的水师为朱元璋相继消灭陈友谅和张士诚立下汗马功劳。可惜的是,廖永安在太湖战斗中,由于船只搁浅,后军不继,被张士诚的部将打败,被擒获。在囚禁期间,他立场坚定。朱元璋感于其诚,"遥授其行省平章政事",相当于现在的省长一职。廖永安更加坚决不投降。后来,张士诚的弟弟张士德被朱元璋擒获。张士诚派信使传话,想用廖永安抵换张士德,朱元璋断然拒绝。廖永安在被囚禁八年后,1366 年死于狱中。打败张士诚后,朱元璋在南京的山上祭廖永安之灵,后来又追封其为郧国公,"公"是爵位的最高级,授予廖永安的继子廖升指挥佥事。抗倭名将戚继光就是这个职务。

　　廖永安殁于敌营之后,廖永忠的军事才华崭露头角。明朝建立后,廖永忠获封"侯",可谓一时之间,荣耀满庭。不过,廖永忠作为巢湖水师将领的代表原本可以获封公爵,为什么却获了侯爵,享受爵位的二级待遇呢? 据说,他曾奉朱元璋之命,率领水师迎接大宋皇帝韩林儿来南京。当韩林儿的船只行驶到江心时,廖永忠命人将船凿沉,韩林儿一命呜呼。朱元璋表示生气,认为廖永忠擅自做主。洪武八年（1375年），廖永忠遭人揭发，被朱元璋以"僭用龙凤诸不法事"的罪名赐死，是被杀的大功臣之一。有意思的是君臣之间的那次对话——"你知罪吗？""臣已知罪。""你知何罪？""天下已定，臣岂无罪！"朱元璋做贼心虚，赶紧命人将廖永忠押下去。

人活一世，草木一秋，死是每个人都要面临的话题。死是残酷的，但有一种死不仅令人喟然感叹，更让人肃然起敬。这话与廖永忠的孙子有关。

斗转星移，廖永忠的孙子廖镛和廖铭已长大成人。他们作为高干子弟，师从明朝著名学者、思想家、建文帝时期的重臣方孝孺。方孝孺是一名忠烈权臣，被朱棣灭了十族，死得悲壮。第十族就是方孝孺的老师和学生们。廖镛和廖铭受荫庇可以侥幸存活，但是他们不忍心看到恩师曝尸街头，于是趁夜色偷偷收了方孝孺的遗骸，入土为安于聚宝门外的青山。这两个仗义的学生也被朱棣杀害。有一种情叫作师生，有"清香传得天心在，未话寻常草木知"的高洁与傲岸，散发着寒梅的沁香。

廖镛和廖铭惨案发生后，叔父廖升受到牵连，被发配边疆，从此金陵无廖家。1425年，仁宗继位，对建文帝的诸臣予以"放还"，廖升的子孙获释为民，返回故里。后来，宣宗为安抚死难诸臣的后裔，颁诏赦免。廖升的长孙廖承庆感慨先祖们的悲惨遭遇，无意官场，就婉言拒绝皇家的任命，又触怒龙廷，被贬去凤阳守皇陵……

岁月如梭，经过几代的繁衍，时间到了十世廖伏元。此时廖家一贫如洗，生活越发紧缺。俗话说，树挪死，人挪活。正德十五年（1520年），52岁的廖伏元带着儿子和两个孙子，三代四口人迁居到现在的淮南市。一同迁来的还有他的外侄一家。廖伏元把落脚点选在现在的蔡家岗，外侄的落脚点则是现在的廖家湾。与蔡家岗毗邻的是朱家岗，那里民风剽悍，初来乍到的廖伏元一家常常被朱姓人欺凌。习惯于旱地生活的外侄一家人又饱受淮河的洪涝之灾。两家人都苦不堪言。

这一天，两家亲戚见面说起苦难的生活难免哽咽失声。所谓天无绝人之路，他们的悲伤之情引起一个过路人注意。这个人得知原委后，就劝慰这对表兄弟不要难过："你看，猪是一定要吃料的，没有料怎么肥呢？他姓朱，你姓廖，所以他老是欺负你。不如这样吧，你们两家对调一下住地……"这话说到他俩的心坎里。

廖姓祖先本来就是巢湖岸边的渔民，骨子里是恋水的。于是，廖伏元的外侄从现在的廖家湾搬到蔡家岗,廖伏元一家从蔡家岗搬到廖家湾。网上说廖伏元"建立廖家湾庄园",那是在美化一段苦难。那时的廖家湾还不叫廖家湾,叫作王叶巷坊。淮河岸边的王叶巷坊,这里的草铺横塘不止六七里,笛弄晚风也可能会有三两声。渴望安宁的廖姓人家偏居此闭塞之地,倒也调整了身心。王叶巷坊处于淮河的低洼湾地,十年九涝。辛辛苦苦搭建的茅屋会被一场洪水席卷殆尽,他们的财富常常会被洪水无情地清零。

条件好一点的廖姓人家会搬出廖家湾,比如黄埔军校一期学员,参加过东征和南昌起义,中华人民共和国成立后任职江苏省政协副主席的廖运泽,他的亲伯父廖仪文。他搬迁到江庄,就是现在惠利花园小区所在地。据廖仪文家的长工说,此人开明,一般不呵斥长工干活。因为长工都是忠厚老实的庄稼把式,谙熟农业生产,干活主动。农闲的时候,廖仪文先生和一些读书人谈古论今话三国,这时长工们会蹲在旁边聆听,一饱耳福。廖运泽的父亲名叫廖鸿文,排行老四,他是廖氏家族加入同盟会的九人之一。

1911年爆发辛亥革命,中国结束了两千多年的封建君主专制制度,建立起资产阶级共和国,推动了历史的前进。但社会依旧动荡,军阀混战、匪患不断,一些地主建立起武装,配有家丁和枪支。大量的无产者生活在水深火热之中,反帝反封建的目标依然任重道远。

1928年,廖家湾成立中共党支部,农民运动开展起来。在一次交锋中,一名农民被廖家一名李姓家丁射中死亡,其他农民慌忙散去。为震慑人群,廖仪文的儿子廖运朗说他枪法很准,谁来抢,就打死谁,看,谁已经被他打死了。1951年,廖运朗作为杀人犯被枪决于舜耕山下。

亲堂兄廖运朗命丧家乡,廖运泽没有表示过什么。但是从那以后一直到1987年廖运泽去世,他因为工作繁忙从来没有回过廖家湾,廖家湾的人有事去找他,也见不到他。廖运泽的胞弟廖运升是黄埔军校第四期毕业生,是廖家湾输送的37名黄埔军校毕业生之一。1938年任安徽省保安8团团长,1948

年任国防部少将部员，担任师长，1949年5月率部在浙江义乌起义……中将廖运泽被连累，遭国民党当局通缉。

行走廖家湾之前，曾听人说过"廖家湾，大小官，一共出过三百三"。这个"三百三"是虚指，意在强调多。这些大小官集中出现在元末明初以及辛亥革命前后。所谓乱世出枭雄。

我正在廖家湾里采风，骑着电动车慢慢前行。安静的廖家湾村路面干净。楼房横的竖的，集中的，散开的，杂乱无章，个性鲜明。巷道里偶尔会传来扩音器的声音——长头发换剪刀，换盆……远了，近了，又远了。天空多云，一片苍茫。

元宵节后的廖家湾，家家户户的门对子依然火火地张贴着。我停下电动车把手套放在坐垫上，拿起手机去拍对联的内容。大副的火红写满对财富的追求。没有隐贤古镇的"青山不墨千秋画，绿水无弦万古琴"的淡雅，也没有朱元璋赐字廖姓"功超群将，智迈雄师"的豪放。

我在采风的路上，试图走进廖家湾人的心房。我的电动车电力不足，我的行动迟缓起来。一户人家的大门敞开着。婆媳两人一坐一蹲，在庭院的花圃旁择蒜苗。两个孩子进进出出，小狗在身后跑来跑去。我说你家的房子建得挺漂亮。她们笑了，说不漂亮，真正漂亮的房子很多呢。我说她们一定是勤劳的人。她们说是国家政策好。我问能不能在他们家充一下电。她们说可以呀，我家蒜苗多，你再抓一把去……

春季美丽不过人心，在春天里话说廖家湾，内容必须温暖。廖家湾，知道你美在哪里吗？不是因为出过三百三的大小官，而是国难当头时，你的先人"情因家国走风尘"。你的村民们知道感恩于政策的春风。对吗？廖家湾。

（写于2019年3月9日）

洞山的梅园

春季
花信风吹起
洞山梅园的春梅开了
玫红的花瓣次第舒展
粉饰着晚霞
却抹不平冬天的痕迹
三五树的寒梅
蜡质依旧金黄
很容易唤醒时间的记忆

我记得
一代名臣方孝孺写道：
清香传得天心在，
未话寻常草木知。
坚强的梅花
是冬夜里的竹管清笛
是舜耕山顶的一轮清清风月
是旷世大儒仰天长啸
在遗世而独立
疏梅弄影
云会为他记上一笔

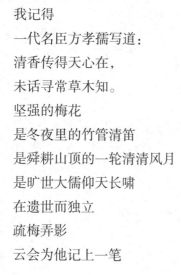

春季
洞山梅园还没有芳菲叶底
淮南人摩肩接踵

赏梅而来
三声行人烟海红，
处处响起嘹亮的丹曲
这人间的嘈杂
入耳淡无味，
惬心潜有情。
世俗着平和
世俗着芸芸众生的美丽

毋庸讳言
梅花开在了春季
幸福落在谁的手里？
在湍急的人流中
如何留步
去把芳香珍惜
那就远观人群
又融入人群吧
任其自然
让我成为我
和云出岫一样无心

(写于 2019 年 3 月 11 日)

春雾

今天
春雾弥漫
近在咫尺的事物隐隐约约
好像远在天涯
天气预报说
明天会有一场春雨
飘飘扬扬
再洒洒
我的感受空灵地湿润
飞起
又轻轻落下
那份思念在春雾里见风见长
开始一寸一寸地发芽

淮河岸边的垂柳绿了
郝家圩绽放一朵一朵的桃花
再过两天便是春分
换句话说
不久之后
我俩可以石垆敲火试新茶
那一壶清茗
汲的是八公山里的洗云泉水
煮的是六安瓜片烘焙的绿茶
茗香阵阵
笑意浅浅

一个人在把另一个人牵挂

是谁

我吗?

待到春风二三月

林泉深处足烟霞

……

（写于 2019 年 3 月 19 日）

石头埠：曾经的长淮古津

千里长淮有一个二道河河段。所谓二道河，就是淮河那汤汤的一道清流分作两股。南面的这一股在与北面的那一股汇合的时候，拐了一个直弯，由南向北乐曲一样舒缓地流去。

本文要写的石头埠，就在由南向北流去的那股清流的东岸，目前隶属于淮南市田家庵区。为什么要加一个"目前"呢？因为它曾经隶属于凤台县仁寿乡。

据《清史稿》记录："雍正十一年（1733年）分寿州置凤台县，白龙潭、顾家桥、石头埠有汛。"这里的"汛"也称"汛地"，是明清时代军队驻防的地段。有军队驻扎的地方，要么有一定的战略地位，要么经济相对发达。石头埠成为汛地，是因为它在明清的时候，曾经是淮河岸边的一座重要的港口。这一点也体现在它的名称后缀"埠"上。"埠"本意为码头，因为一些码头演变成市镇，所以"埠"也泛指城镇。可惜的是，石头埠没有成为城镇，永远定格成曾经的长淮古津。

最初知道石头埠这个地方是30多年前的事了，听过有人说石头埠的萝卜好吃，尤其是青萝卜，个头大、口感脆、味道甜。后来，一直陆陆续续在听说石头埠的萝卜好吃。

春节后，因为行文淮南牛肉汤的需要，我采风赖山集，在一家牛肉汤店里，恰逢几个河南人在说河南固始的萝卜好吃。当时，我的脑细胞瞬间激活了关于石头埠萝卜的记忆，青翠欲滴，甜丝丝。

我决定在春天里去石头埠走走。去走走淮河的风，去走走菜花的黄，去走走那种落寞的情感。当某种感觉不期而遇时，你又如何拒绝呢……

傍晚时分的石头埠藏在弯弯曲曲的乡道尽头。夕阳是温暾的橘色，吹面不寒杨柳风。菜花黄黄地铺开，蚕豆的花朵眼睛一样窥视着路过的人影。两个村妇挑着担子来到淮河岸边清洗衣服，一个男人站在那里垂钓，沉默不语。淮河是平静的，像是枕在梦里的村头小河，波光粼粼。

这时，一艘庞大的货船逆流而上，因为船舱空空而摇身一变成庞然大物。很快地，它追上并超过拖船。长长的拖船吃水很深，很能沉住气，拖拖拖——拖拖拖——拖着它的尾巴，慢慢地逆流而上，去追溯很久以前那泛黄的点滴时光。

这些时光的鳞片撒在了哪里？是石头埠码头吗？码头又在哪里呢？洗衣服的村妇说，她都52岁啦，没听说过石头埠有码头，从来没听说过。"你问问他吧，他年龄更大一些。"村妇指着岸上对我说。

我这才发现，在岸边放生台纪念碑的旁边，有一个男人坐在三轮车上，默默地注视着淮河。男人说："码头有，没有了。"这句白话文需要翻译一下：石头埠曾经有过码头，不过，现在已经荡然无存。

码头的旧址在哪里呢？"就在那里，你看到那棵柳树了吧？"他指着南边水岸的一棵柳树说，"就在柳树的南面，采砂船停的那一片就是。"那边水色平静，不像书籍记载的淮河因为在这里拐弯且河道狭窄而水势湍急。她说，以前水势确实湍急。那棵柳树在的地方就是溜头。发洪水的时候，风高浪急，上游的洪峰泻下来，正对着溜头，打着旋涡冲向下游。

这有点像寿县古城的宾阳门，当攻城的军士冲破外城门，进入瓮城的时候，不是顺势撞进内城门，而是打了一个旋涡，让你晕头转向。

宾阳门瓮城的设计是能工巧匠的智慧结晶。石头埠的溜头却掣肘了淮河的泄洪能力。试想，浊浪一排排地压过来，却被撞得晕头转向，势必恼羞成怒……于是，在溜头那个地方，筑起高高的防浪堤。有多高？有那棵柳树最上面的丫杈那么高。村妇说，她小时候见过，现在塌没了，岁月无情……

石头埠，为什么叫石头埠呢？这里又没有山峰。是因为这里的人多以"石"为姓吗？否。目前的石头埠只是安成镇的一个行政村，小小的村落居然还有24个姓。你如何解读？能否间接说明石头埠曾经是长淮古津，人来人往，一处繁华之地。正所谓"日迎千帆过，夜点万盏灯"。

那为什么叫作石头埠呢？也许是因为这里是重要的码头，是水路交通枢纽。从这里向西、向北，可以直达阜阳、徐州，向东、向南可以到达合肥、扬州。这里更是寿县到凤阳、到怀远的水路节点。繁重的运输任务，码头不用巨石砌就，沿岸排开，怎么能解决船舶停靠需求呢……你说，我猜得对吗？

石头埠的汛地，既是军队驻守之地，也是夜潮之地，还是容易被淹没之地。因为夜潮，沙土地里的萝卜白天被太阳照射，叶子打蔫，夜来吸收水分再挺起。要热量，有；要水分，有。天时地利，石头埠的萝卜能不好吃吗？

石头埠有"人和"吗？应该有吧。这里地势低洼易涝，积累的财富往往被洪水漂走。如果没有人和，人们又怎么一代代繁衍生息呢？因为泥沙俱下，这里土地肥沃，三年不收成，收成又能吃上三年。感恩上天有好生之德。

这里曾有汛官，官署设在石头埠的古庙里。徐老师曾于 1995 年在石头埠观音禅寺东南不远处的一条淤泥沟里，看到一块刻有"奉天承运"字样的石碑，仔细一看是"宪天札谕"，也就是官府告示。碑文周告乡邻"务农为重，养苗为先……倘有无耻之徒，卧湾窃取禾苗……轻则牧童罚钱五百，主亦罚席五筵"。

这块石碑立于同治九年（1870 年）。我记得正阳关的城门里有一块建城石碑，好像是立于同治十年。那个时代，清廷末路，官场腐朽。太平军、捻军、地方绅练、团练等各股势力在来回掰手腕，社会动荡不安。

石头埠有一个官员叫作姚绍曾，人们当面称他姚三老爷，背地里喊他姚三秃子。此人目不识丁，粗鲁卑俗，却故作斯文，忙于敛财。他在大堂上公开放置两个竹篓，一个在原告处，另一个在被告处。做甚？原来，他只凭借诉讼双方送的钱的多少来判断是非曲直。送得少的不仅会输了官司，还将被打得皮开肉绽。有一次，原、被告双方送的银子一样多。只见他惊堂木拍案，白眼一翻："你俩都有理，就老爷我没理。众衙役退下，到后堂打我板子去……"令人瞠目结舌。

辛亥革命后，北洋军阀窃取了胜利的果实。袁世凯的走狗、段祺瑞的爪牙倪嗣冲对光复寿州的淮上起义军进行了骇人听闻的三次大屠杀，第二次大屠杀，其中的一个地点在石头埠。1914 年秋，倪嗣冲一批运载军火的船行驶到石头埠，当地秘密组织起来的一批人进行拦截，因为护送船队的火力很强，没有拦截成功。倪嗣冲的护船军队上岸后见人就杀，尸横遍野，同时放火焚烧村庄。从石头埠开始，5 里之内的十几个村庄被烧成废墟。军事恐怖的气氛瞬间笼罩着沿淮地区,出现乡下人进城逃难和城里人下乡避险的奇怪场面。

百姓如浮萍,时代之水清否,他们都得浮着,百姓活的是时代。除了军阀暴政之外,平民还会遭到土匪打家劫舍。

普通人家土匪抢吗?不抢还叫土匪吗?坐在那里下棋的老人说,他父亲做生意挣了一点钱,刚到家,晚上就进土匪了。他父亲抱着洋钱躲进夹层墙里,那时候又没有电灯,黑灯瞎火的,才幸免于难。你不知道,有人勾搭土匪。

大浪淘沙,鱼龙混杂。那个时代,这个军那个军比较多,叫"军"是一种时尚。据说,某一天,徐家圩的一个徐姓土匪和邹大郢的一个邹姓土匪聚在一起喝酒,商量这手里的几十杆枪怎么取名字。"既然现在流行叫什么什么军,比如东征军、护国军、北伐军,那么我们也叫什么军吧。"叫什么呢?大家距离金家岭不远,干脆就叫靠山大队天下第一军!乖乖,这个层级关系,有点像是田家庵区的淮南市。土匪就是土匪,结果如何了呢?因为两股土匪都不愿意当天下第二军,最后不欢而散,依旧各自为王。土匪就是土匪。

石头埠,我说的这些你还记得吗?石头埠,我已经看到,你没有楼台轩榭,你仅存的一些码头石跌落河道。1918年,田家庵开埠后,你日渐式微。1954年的大水,把你的财富清零。你是粗糙的吗?有没有诗词歌赋的滋养?好像也没有。你事关甜蜜的东西,当属脆生生的萝卜。

你的古庙好像是1991年在原来庙址上重建的。一位"诗意八公山"的读者建议我二月十九去看庙会。网上有消息说,由于人山人海,交警在这一天专门去疏通交通。今天,我的到来是悄然的,古庙迎接我的除了夕阳,除了铁将军,还有寂静,还有一副楹联——佛光普照三千界,法水常流五大洲。村妇说,第一年人多,现在不给放炮了……

石头埠,你的宣传语贴在墙上,世界观有无走进人们的心里?

1949年之后,由于下游的蚌埠市两次提高淮河水位,石头埠如今水流平缓,亦如心平气和的人们。桃花开了,水红一片。透过一丛青竹,可以看到住宅门口的三两个坟头。一只紫红的大公鸡挤进母鸡堆里。谁家有意把葡萄藤架设在门口,只要动手,甜蜜和果实就在眼前。

当年兴建平圩电厂的时候,也曾勘探过你。据说溜头那个地方水深约20米,差一点就选址你处。石头埠,你希望如此农耕下去,还是步入工业文明?其实,哪一种方式如果做纯粹了,都可以成为标杆。

石头埠啊,我的采风即将告一段落。我有一种感受却持久萦绕,挥之不去。我有一句话想说,不知道是否合适。我的体会是,没有文化积淀的繁荣只是一场浮财。

(写于 2019 年 3 月 31 日)

舜耕山的春天

春天在哪里
春天在舜耕山的笑容里
这里有红花
这里有绿草
这里有小朋友五彩缤纷的美丽
我们要去研学踏青
因为早已春回大地

有道是,春风十里柔情
舜耕山的春天是离不开风的
风儿轻轻吹
吹过路边石榴树红红的新芽
吹过金黄的一串串迎春花
吹过倒着行走锻炼的市民们
大家看到孩子们的踏青队伍
忍不住停下来
一边拿着手机拍摄
一边情不自禁地说:
"哎呀,我好喜欢。"

春天,舜耕山
等闲识得东风面,
万紫千红总是春。
在这姹紫嫣红的背景下
春天成为班集体的活动背景

孩子们走着,笑着
或者瞬间围拢过来
蹲着,站着,开心着
纯真会让瞬间变成永恒

春天的舜耕山是空间,是远方
舜耕山的春天是时间,是久远
如果有什么可以让时空永恒的话
那就是踏青的孩子们
他们朝气蓬勃的笑脸太神奇了
可以让希望不灭
能够让气息永存

舜耕山,你是独一无二的
提到舜耕山,人们会把目光投向你
聚祥瑞于淮南
淮南的孩子们是幸福的
在舜耕山布设的生活课堂里
他们强身健体了,他们增长见识了
他们精神焕发
如舜耕山上的紫荆花串
一路高歌猛进

人为的教育有时会缺乏人文关怀
这需要孩子们在春天里踏青
雀跃着合拍鸟鸣
大自然教化的能力潜移默化
在大自然里获得心灵启迪
如同春雨一样润物无声
通过亲近大自然
孩子们融合了人文景观与自然景观

通过集体参加社会实践
孩子们知道了过马路怎么看红绿灯
做到遵章守纪,与人协调好利益
孩子们的一路行走
是为了合格地融入社会

嘀哩哩哩,嘀哩哩……
春天在哪里?
春天在一字排开的舜耕山里
春天的金贵,金贵在它稚嫩的绝美
金贵在于它是短暂的
又有足够的时间让人们去感受生机
万木吐翠,群芳斗艳
置身于舜耕山的春天
淮南的孩子们
你们会茁壮成长
越来越过劲

（写于 2019 年 4 月 5 日）

走进连家岗

　　田家庵区连家岗村的前身,是晚清时期凤台县仁寿乡二十五保之一的王家叶巷。它西靠十涧湖,北依淮河,地势低洼,大部分耕地凹在淮河岸边石姚湾的锅底。在淮南地区,有人把"岗"理解成小股土匪出没的山地或者高坡。连家岗虽然是"岗",民风却相对淳朴。

　　初次走进连家岗,我落脚在村民文化广场。广场四周植满红叶石楠,在阳光下泛着春天的光泽。广场中间的国旗迎风飘扬。村党群服务中心的建筑一字排开,左右对称。整座建筑的居中部分是一座特别的舞台。

　　广场边上树立着几块造型独特的宣传栏,有村民在驻足观看。我好奇地走过去,原来张贴的是村里的新乡贤、十星级文明户、好婆婆好媳妇名单。乡贤是指品德和才学为乡人所推崇敬重的人。家庭是社会的细胞,细胞活跃,社会的肌体就会健康。

　　连岗村的此项工作开始于2018年,是淮南创城工作的内容之一,每月评选一次。村里成立了评议小组,组员会到每一名候选人家里实地查看:看看精神风貌,看看家里卫生,看看周边环境,评估有没有反弹等。

　　评选结果公布的时候,还有隆重的仪式——奏唱国歌,当选人发表讲话等等。据说一位生病的老党员平时几乎不能站立,奏国歌时却激动地站起来,表情严肃,坚持到国歌奏完才落座。

　　村级的评选,美誉度能有多高?这不重要,重要的是生活需要仪式感,它可以通过普通的事情让人心生敬畏;重要的是村支两委在做贴近村民生活的实事,让这些蹚着泥土生,贴着地皮走的村民们体验人活着的价值。

今年元宵节后，我曾行走廖家湾。在一座用空心砖垒成的简陋房屋里，几个老人在观看影碟，内容是一位孙媳妇去看被儿媳妇赶出家门的奶婆婆。影碟里的民间小调在土土地唱，方言在粗糙地说。这些家长里短深深打动那几位观看的老人，他们交口称赞"孙媳妇真好"。

在毗邻的连家岗，这里有安抚人心和解决纠纷的地方——村为民服务大厅。来这里除了写证明，办计划生育，寻求司法服务，综治维稳，还可以吵架，吵得嗷嗷叫……当"架"被吵在一个用"热心公心，爱心耐心"做处事原则的场所的时候，离妥善解决也就近在咫尺了。

近两年来，扶贫攻坚是一个可以上升到政治高度的话题。采风连岗，得知这个行政村没有一家贫困户。是这个村不讲政治吗？否。连岗村很注意抢占意识形态领域的高地。比如前文所述的对各项身边人与事的评比，无非是通过评比，把民主观念评入人心。通过具体可感的事件，让抽象的政治文明落入农民家庭。

要想富，先修路。大约从2006年开始，淮河岸边的连家岗在没有任何外援资金扶持的情况下开始自力更生修路建桥。村民自愿"献资"，多的多到五万，比如连福瑶；少的是困难户，比如连佩顺。总之，钱多多出，钱少少出，有钱出钱，有力出力。铭记你钱财和力气的是村里那一条条直的、弯的、宽的、窄的道路。

有一个问题一直以来都不好回答——思想是为物质服务，还是物质为思想服务？连家岗在回答上述问题的时候，才思敏捷，只用四个字——集体主义。如果创新一点，叫作积极构建村庄命运共同体。

在与连岗村老书记连佩亮交谈的时候，他感慨于基层工作的千头万绪和做成某件事情后的由衷喜悦。"当年修路，政府不给一分钱，全靠自己掏腰包，大家无怨无悔，幸福感特强。现在修路不一样了，国家掏钱，有的村民却有意见。什么占到他家地，挤到他家厕所，挨着他家树……""那你们是怎么办的呢？就是心无杂念，耐心细致，村支两委分别找村民组长，找村民代表，找党员,逐一谈心,再开会研究。""结果怎么样？""结果全部妥善解决。"老书记舒了一口气,好像这一件件棘手的事情刚刚才圆满解决似的。

他说的现象在目前社会普遍存在。人们通过耳濡目染有了价值尺度,表面上看是村民难讲话,自私。其实是村民敢讲话,有了法律意识。这正是党和政府解放思想,解放生产力,立党为公、执政为民,推进法治进程的结果。

不过,多媒体时代比较容易传播良莠不齐的观念,传播不信任感。一些人监督欲望膨胀,奉献和自我约束意识萎缩。连岗村是怎么做的呢？

连家岗西邻十涧湖。十涧湖有浩大的水面,计划修建环湖路。湖周边涉及几个村子,因为存在各类土地所有权纠纷,补偿款至今悬而未下。唯有连岗村通过耐心细致的思想工作,在第一时间内完成近30亩地的确权,涉地农民已经全部拿到补偿款。

群众的矛盾让群众自己解决,村里密切关注,及时协调,这就是民主。其实谁也不在乎那个钱,就是要把理讲清楚。

在春天里走进连家岗,就是走进深如海的绿色,走进亲切的乡村生活,走进石姚湾的田园风光。在连岗村的湾地里,很少见到抛荒的土地。这里有一道道碧绿的麦浪,有大片大片的竹柳林。据说竹柳的皮是制造人民币纸张的特殊材料。我们走进竹柳林,林间空气湿润,柔柔的晚风吹得叶子晃动起来。

在竹柳林里,插种许多药用牡丹。听说牡丹的花蕊有软黄金之称,价格不菲。清明前后,药用牡丹竞相开放。乳白色的大型花冠,金黄的花蕊,肥大的绿叶,这里花事正浓。陪同的民兵营长惊诧地说:"牡丹开花了我都不知道。哎呀,真漂亮！"

听说这些竹柳和牡丹全部属于九玖农业公司。九玖农业公司,看来你久居深巷,酒香人不知啊,估计连你自己都不知吧？

采风即将结束,我要走出连家岗。我问村主任连涛,连家岗的特质是什么？在没有新的经济增长点的前提下,作为全国文明村镇,你将如何进一步发展,做出自己的特色？

"连家岗是农村的连家岗,要把农

村建设得像个农村。充分尊重村庄自然肌理，尊重农业生态，给自然的生态系统留有净化和繁衍的余地。让水塘清起来，让飞走的鸟飞回来，让坚守家园的人开心起来。在现有的基础上，让连家岗精致起来。"

暮色四合，村里的路灯亮了。老老少少聚集在村民文化广场上。他们有的骑来电动车，有的开着三轮车，这是鲜活的农村特色。在那边的篮球场上，十几个青少年在生龙活虎地追逐、跳跃，打着篮球；在这边的村民文化广场上，人们在跳健身操。当我把镜头推近一位大娘的时候，她说："哎哟，你这是干什么呀？"然后停下来，姑娘一样害羞地笑了……

（写于 2019 年 4 月 6 日）

扶贫及其他

你所知道的崔老师是一名作家。其实我还有一个身份,就是心理咨询师,国家二级。今天,在桃花即将销声匿迹于淮南的暮春时节时,我想写一写感受,写一写扶贫及其他。这个想法与心理咨询师的身份有关。

近两年来,心理健康辅导越来越深入生活,常常有人联系我,希望得到帮助,希望春风能够驻足。昨天在一所学校负责人的陪同下,我去往一名农村同学的家。在这名同学家的那边,耸立着新区装着玻璃幕墙的楼群。

行进的路上,路这边是掩映的树林,一片绿色扑面而来;路那边是田地,油菜地里结满青白色的细长豆荚。在一块覆盖地膜的土地上,十几个人在集中劳作,不知道种的什么瓜果。因为倒春寒,下午的太阳带着一丝寒光。

这名同学的爷爷坐在家门口,怀里抱着两根拐杖。班主任显然惊喜,说太好了,家里有人。因为她来接这名同学去上学前,已经跑了五趟。

爷爷的眼神很好,看见校长和班主任后,马上客气地打招呼说老师来啦。"来啦。孩子在家吗?""在家,在床上看书呢。"爷爷86岁,吐字依然清晰。他一边拄着双拐向屋里走,一边说:"孩子爱看书,都看到半夜,看到一千多集了,给钱才给看……"在他的眼里,玩手机和看书是一个概念。

这栋房子三间,平顶,粉刷着白色的涂料,是用扶贫专项资金援建的。在房屋的大门两旁,爷爷自己用空心砖垒砌两个垛子,歪歪扭扭,有一人多高,上面横着一块木板,这是门楼。门楼显示家庭贫富,是身份的象征。

这个门楼看似简陋,却暗藏玄机。在右边的这个垛子里留有空间,里面放着一个金光闪闪的香炉,没有香。香炉的旁边塞着一张折叠起来的对联,还有一个填充着丝绵的小小的布艺玩偶。老人说,他还有一个孙女,到淮南一中补习去了。在香炉后面的空心砖上,贴着招财进宝的红色图画。在香炉小屋的两边类似于门的地方,贴着两张红纸条——土能生白玉,地可产黄金。爷爷说,这是他写的,他还会八卦。

会八卦的爷爷呼唤着孙子的名字走进屋里,我们便跟进屋里。爷爷说:

"不见喽。"他撩开那挂着许多衣服的绳子说，"不见喽，一直都在家里看书呢。"那些衣服像是一道帷幕，帷幕打开以后，床上空空如也。这个读六年级的男孩跑了。什么时候跑的呢？爷爷与老师打招呼的时候。从哪里跑的呢？窗户。我发现，卧室床头的窗户外面搭着一个田字格类型的木格梯子。在后院的窗户内，放着一个长条木凳，窗户外放着一个垫脚的木头箱子……门窗于他而言，就是逃路。孩子，你惧怕什么呢？

校长失望得已经不失望了，因为他来过数次，这个结果在他的预见范围之内。年轻的班主任还在念叨着她的学生，跑哪去了呢？我这个心理咨询师无能为力了吗？不是的。

孩子是水，清澈纯净。家庭是容器，器型决定水体形状。我要观察一下这个家庭环境，做好下次到访的准备工作，也算不虚此行。

这是一个建档立卡的贫困户家庭。穿堂的春风带着寒气穿过堂屋的前后大门。在迎面的堂屋一侧，张贴着精准扶贫责任牌。贫困户一栏张贴着一个女孩的照片，这位母亲心中的小格格微笑着。孩子，你在淮南一中的补习生活还好吗？

爷爷跟着我移动脚步。我问孩子的妈妈呢，他说死掉了。"死掉了？什么时候的事？""孙子三个月的时候。"孙子三个月的时候，就是孙女7岁的时候，那个时候，这位小姑娘知不知道哭呢？我问怎么死掉了呢？他说回娘家去了，不就是死掉了吗？"为什么要回娘家呢？""吵架，五个月的时候，又回

来了，喝药死掉了。第二年，儿子喝酒也喝死了……都怪房子盖得不好……两个人拼命累，拾别人撂荒的地种，哪年都收几万斤粮食……"

爷爷家的房子不少，到处张贴着写着黑字的红色纸条。这些纸条的红色已经退去，留下了清晰的字迹：一夜连双岁，五更分二年。

紧挨着扶贫专项资金建造的这三间平房的，是那个盖得不好的房子，也是平房，大平房。推算一下时间，大约建造于20年前。在乡村，当年能够建造起这样的三间大平房是令人羡慕的。

我说我过去看看那个房子，爷爷移动双拐

跟着我。大平房也有院子,半敞着。在这个半敞着的院子里,又用空心砖垒砌了一些柱子,搭建一些棚子,棚子的地面到处是废弃物。2017年,我去曹庵镇进行采风扶贫工作。当时的陈波镇长说,帮着贫困户打扫卫生,一家贫困户里的垃圾,要用几拖拉机运走。现在,我相信了。

在这些散落的废弃物上,几只小狗跑来跑去。迎着大平房的是一座用空心砖垒成的简陋小屋,空心砖上贴着"斗大的元宝"。不远处,一群走地鸡游动着步伐,几只大红公鸡显眼地混在母鸡群里。爷爷说,搭建的这个小屋可以挡住歪风,不让它进入大平房。公鸡能辟邪,狗能降妖。这里有野物,看不见不等于没有,我懂八卦。

站在被废弃物围住的世界里,爷爷问我姓什么,我说姓崔,他说姓廖;我说姓崔,他说姓陈。"嘘——嘘——嘘——"我连忙吹气,我说吹,吹气,姓崔。他说:"噢——如果有人来问,我就说崔干部来我家扶贫过了……"

爷爷家的房子确实不少,在刷着白色涂料的那三间平房的后面,也就是盖得不好的那三间大平房的东面,还有两间平房,也是用扶贫专款建造的。爷爷说:"哪个领导让盖的。说盖的时候尽我心意,我讲怎么盖就怎么盖,我懂八卦。真盖的时候,他说了不算了,我也说了不算了。不能尽我的心意盖,我又不能讲什么,讲多了,人家要是不给盖了呢?反正不要钱,盖就盖吧。这盖得不照,我怕倒了,都不敢进去住。"

走进这两间平房,里面用高粱秸秆、细弱的树枝搭建了一个棚子,有点像看瓜的庵棚。在墙角,红砖垛了一个柱子,从地面垛到屋顶。在爷爷心里,这些事物可以立擎千斤,可以顶天立地,可以做心理防震。其实,屋顶是那种泡沫夹层的蓝色彩钢做的,比较轻。

我问爷爷平时都是谁烧饭,"我烧呀,唉——我可会烧饭呦?他奶奶走了,走了五年了,我不就得烧饭唻。两个人吃饭,米少,动不动就烧煳了。孙子说:'俺爷,你什么时候能烧一点好吃的……'"

爷爷说:"孙子喜欢看书,还把做的作业拿给我看,我看着就喜欢。""孩子从什么时候开始不愿意到学校去的?"爷爷说四年级下学期上了三个星期的课，就不去了……说到孙子，86岁的爷爷能准确地记住每一个细节，这些细节全与数字和天气有关。

我问孙女还好吧。"孙女还好，非要到淮南一中去补习，我说不要念了，她非要去。"我和校长、班主任异口同声地说，让孙女念。爷爷说："孙子爱学习，在家学也行，我教他八卦……"校长慌忙说："孩子小，不要学八卦，还是送到学校去吧。"

爷爷是勤劳的爷爷。在他家的房前屋后，到处是空心砖搭建的这，搭建的那。在这些建筑物的旁边，还靠着几个木头梯子。他想改变，他想登高，他已经在尽力改变了，却又无法改变。

孙子长大了，86岁的爷爷去开家长会，小便失禁，不能久坐，不停地上厕所。在众目注视下，拄着双拐离开，孙子觉得颜面无存。孙子在成长，心理和肌体一起在相应地发育，他知道了自尊。他还小，他还不能理解相依为命的爷爷的行为，他还不知道什么才是真正的自尊。他不愿意和同学谈他的家庭，如果说到了，就说妈妈和爸爸病死了。如果谎言可以疗伤，孩子，你可以撒谎。

回到家后，我去买了三个削好的菠萝，不贵，才十元。明天，我带上其中的两个，带着这两个菠萝的甜蜜，再骑上我的雅迪电动车，赶到你家。我停在可以同时看到卧室和后院窗户的那处墙角。我说："爷爷，老师来了。孩子，我猜你会从床上爬起来，会翻窗户。此时，你抬头看到的，将是一个胖乎乎的阿姨，手里拎着金黄的菠萝，拎着一份爱你的甜蜜，在微笑着注视你……"

（写于 2019 年 4 月 13 日）

我的中学，我的正阳

四月
正阳中学的梓木开花了
浅紫色的花朵堆堆叠叠
抹亮一百多年的时光
在这棵树下
我们会有一场聚首
带着诗意来自远方

我爱你
我的中学，我的正阳
我的阳光少年
亮开嗓音
深情地诵读《我的祖国》
稚嫩的面颊
写满少年强则国强

寿县
一个正在摘贫困帽子的地方
在你的西南 30 公里处
有一座古镇
名字叫作正阳

暮春时节
我的中学，我的正阳
明朝嘉靖知州王銮大人啊

你率众凿井的身影还在吗
有没有留步在苏式大楼旁
带着岁月的一瓣心香

我的正阳
请告诉我
清朝末年的盐务总办徐公
是怎样的心理动因
让他开风气之先
筹措资金改建羹梅学堂
徐公亭前，梓木花开
八年级在诵读《梓木花开再创辉煌》

今天
梓木花浓
浓烈得我不敢仰视
我怕啊
怕远行的游子情系家乡
怕泪水落下一滴，两行
你理解吗
我的学堂，我梦里的正阳

正阳
还记得高语罕吗
他出生在你的盐店巷
他筹建了中国共产主义青年团
他是新文化运动的猛将
满树的紫色轻云
烘托他别样的人生
在中共党史上书写独特的篇章

我的中学,我的正阳
我端坐在梓树花下
一张木桌之旁
我在欣赏台上的诵读
我的心灵变得澄澈
如同汩汩清泉流过的河床

我深深地爱着你
古镇一座
名字叫作正阳
时光漫过来
却没有给你留下包浆
你是村姑,还是洋气的女郎

我的正阳
走在你新漆斑驳的街巷
让我怎么说你呢
土不土,洋不洋
我的安丰书院
感谢你挽留了书卷气
在绿树之间徜徉
诵读的孩子们
你们有没有感觉到神清气爽

孩子
诵读的孩子们
看着你们的时候
我的心情激荡
真的,是心情激荡
我想到教育机会均等
真的,我想到了教育机会均等

敲这几个字的时候
我的双眼湿润了
带着酸酸甜甜的芬芳

我的中学，我的正阳
其实，原先我并不认识你
那年冬天
蜡梅把金黄绽放
我遇见你
之后我才明白
寿阳书院的琅琅书声
可以让情思流淌
让岁月绵长

我的中学啊
在长淮岸边的正阳
我的良师益友啊
在忙忙碌碌
为了"梓树花开"诵读活动
为着学生们茁壮成长

在那边梧桐树的荫庇下
一个班级的学生
在进行登台前的最后操练
金老师说
她们班的学生最后登场
我说：
你们肩负重任，在压轴呢
金老师说：
你的节目才是压轴，
因为是倒数第二个登场

她说得没错

最后一个叫大轴

也叫"送客戏"

我的正阳啊

你是不是没落的夕阳

我的正阳中学啊

你的教师功力深厚

学习,让我一直在路上

我的中学,我的正阳

我的新友已经成为故交

他是这里的陈士传校长

他戴着医用口罩下楼迎我

鼻孔,还是嘴巴

插着一根导流管

瘦了40斤的身体坐在我的

邻旁

我发现

他的手指变得修长

于是,我伸出左手

用温暖握住他冰凉的手掌

……

（写于 2019 年 4 月 20 日）

田家庵的傍晚

1953年5月22日,淮南市田家庵区成立。光阴荏苒,甲子有余。为迎接成立日的到来,傍晚时分,我来到田家庵。我要写一写傍晚时分的田家庵,用文字记述一段时光。

傍晚的老街藏在纵的老大街,还有太平街里,藏在横的中兴街,还有中平路里,藏在记忆深处。这些记忆涉及时空,因此,傍晚之于田家庵是飘忽的。飘着散着,光束又聚焦到一起,再投向田家庵老街。

老街的傍晚是安宁的。这种安宁是一种光;是淮河里的晚照;是蔷薇的花骨朵挤在一起后,散发的一簇一簇的浓香;是泡桐树的花朵落下后,那拖曳的水紫色衣裙折射出的暗哑。老街的傍晚有一些落寞。

田家庵老街属于时运。由于大通煤矿的煤炭需要外运,田家庵渡口便于1897年修建。当正阳关和马头城之间的淮河航线贯通后,1907年田家庵新添客运功能。这里就有了南来北往的客商,它走向市井,带着草莽。

1918年,老街正式起集。田家庵慢慢铺开草顶的房舍,展开竹篱,有了与商业有关的市镇。五年后,大通到田家庵的窄轨小铁道通车。大通地势高,被视为上窑,田家庵地势低,便顺势被称为下窑。这一称,就称呼了一代人的一生。

田家庵老街老了,能老成记忆吗?

每次来到田家庵老街,我都会走一走以前的老大街。老大街的名字多有更迭,打个比方,第一次更名,它像有了儿子,儿子叫经二路;第二次更名,它有了孙子,孙子叫港口二路。

港口一路是它的侄孙,百姓们把它喊得能掉下铁屑——铁匠铺那条路。这是一条曾经铺满狗头石的道路,修于1951年。前年我来这里采风,还能看到从水泥路面下探出来的一个个狗头,它们在看光阴煮铁,在看那些寻找时间的人……

傍晚之于田家庵,我的本意是还想写写淮河路。它是淮南市区第一条高等级道路,成型于1935路。真是女大十八变呀!模样在变——泥土、炉渣、碎石、柏油、水泥、柏油;名字在变——中平路、纬二路、淮河路。有道是经纬定国,太平无事。

田家庵老街啊,你能不能老成风骨?

傍晚之于田家庵,我的感觉有点索寞。那就随意走走吧,看一丛丛的仙人掌挂在墙头,听幼儿园里诵读的《三字经》。闻一闻烧饼炉里飘出的面香。那边的四个孩子围在小摊上,米酒汤圆端上来了。

高大的法国梧桐绿意覆盖,挂在树上的一条条沙门被风吹得飘起来。老市政府大楼因文明创建活动被刷上一层白色涂料,又描上蓝色的条纹边框。这座文保建筑的样子变得有趣起来。

老街田家庵啊,站在你的面前,我情思意浓却不知西东。这时有人在呼唤我,转过头一看,原来是梅教授。他骑着淮南小绿来田家庵老街买牛肉。他与我说起地域散文,说起淮南,说着一个他乡人对这里的喜欢。

傍晚时分,天色暗了,老街的梧桐树绿成一首忧伤又沉醉的诗。那边装饰一新的淮河路文化墙的窗子刷着喜悦的红色,是镂空的。在隔而不隔,界而未界的那边,会有轻语吗?

(写于 2019 年 4 月 24 日)

古沟纪行

九水交流之地，就是淮南市的潘集。

潘集区曾隶属于阜阳专区凤台县，1972年被划入淮南市，设置古沟区。1980年更为现用名潘集，下辖古沟回族乡。所谓"纪行"，指的是记载旅途所见所闻的文字。我的古沟之行发生在春天，发生在金黄一片、碧浪翻滚的阳春时节。

此次纪行的起点是古沟乡的少数民族村——太平，过去叫作太平集。据《凤台县志》记载，它位于凤台县的仁寿乡，"距城四十里"。偏远的泽国之地太平，你现在好吗？

走在太平村里，不用四处张望，就能够感受到异域风情扑面而来，这种风情逐一体现在建筑物上——村委会办公楼加增了装饰性的柱子，上面是伊斯兰风格的圆顶。一个巨大的汤瓶壶放置在进村的草地上。那边是绿色穹顶的清风亭，小广场上的红旗正在迎风飘扬……

太平的名字取得好，谁不希望生逢太平盛世呢？至少也要太平无事吧。不过，这里在抗日战争时期也曾燃起烽烟。1938年，设在寿县的中共安徽工委批准设立凤台县委，首任副书记丁文山。他磨得一手好豆腐，农闲时四处赶集做生意，被人称作丁四老板。

1939年，他在太平集周边开展地下抗日活动，领导减租减息、收粮等工作。太平集清真寺的阿訇主动腾房用作抗日民主政府的区公署。

太平集的清真寺有两座，传说得到过杨歧珍的捐资，因为这里是他的外婆家。杨歧珍何许人也？此人是清朝末年寿州赖山集人。他在中法海战中，为保卫边疆领土做出过贡献，曾担任过福建水师提督，后来官居一品，相当于现在的正部级。旧话说"文官穷，武官富"。作为武官，他捐资建寺也有可能，但留存下来的文字资料没提这事，而是另有他人。

其中的一座清真寺里有三间瓦房大殿，殿这边玫红色的春梅正在争奇斗艳，那边苍松覆盖。

离开太平村后，我开始新的纪行。第二站是古沟乡的蔡庙村，看名字可知，这里蔡姓人居多。我的目的地人家就是姓蔡，他叫蔡如华，已近不惑之年，是泥老虎的非物质文化遗产继承人。

纪行的路上四周全是麦浪，在田野里一波波地起伏着。快到村口的时候，一个牌子插在路边，上面写着几个简单的汉字——泥老虎，抱娃娃。这是蔡师傅写的吗？答案是否定的。蔡庙村是泥老虎的发祥地，做泥老虎的人不止一个。

快到蔡师傅家了，不宽的乡村小路被金黄的菜花簇拥着。路上站着几个村民在与走村串户的手艺人做着生意。我取出手机拍下了这一生活画面。一位农妇过来说："你看这油菜多好看啊！"她让我拿着手机从下向上拍，那样好看，边说边做着动作。改革开放这么多年了，乡村的变化体现在村妇建议我拍摄时的那张笑脸。那么泥老虎有变化吗？

走进蔡师傅家，院里的水泥地上整整齐齐摆放着几十只泥老虎的坯子，还没成型，已经憨态可掬。同行的朋友忍不住蹲下身子拿起一只老虎，我猜想它们在虎啸山林。

蔡师傅热情接待我们，他拿起泥老虎的坯子示意给我看，讲解着制作过程。他的孙女在他膝前绕来绕去……在我的童年时期，泥老虎头顶那鲜艳的色彩，曾经装饰过我甜美的梦。40年过去了，泥老虎，我以我心作证，你没有变，犹如誓言。

在制作泥老虎的过程中，使用到模具。可见当年它们曾批量生产，有一定市场，它规格统一，在手工时代已经初显工业化生产的雏形。很久以来，蔡庙人根据生活和审美的需要，就地取材，手工生产出不计其数的泥老虎。它是孩童的重要玩具，可以用来镇宅，既与生活息息相关，又是普通人家的案上艺术品。

但现代化的生活方式，信息化的传播介质，加上玩具启智作用的加大，与影视作品越来越具有关联性等因素，毫不留情地冲击各类传统手工玩具，泥老虎也难以幸免。好在泥老虎至今还活着，活在古沟。

它作为传统手工艺品，既具有实用价值，还具有历史价值、文化价值。它不仅是产品，更是追忆手工岁月的途径，它植根于生活底层，是区域审美心理的物质载体，有虎虎生威的美好寓意。精神价值已超越实用性。

古沟乡文化站的苏丹站长介绍说，文化站正在有关部门和领导的关怀下，想办法推动泥老虎服务于万户千家。是啊，一滴水只有放进大海才不会干涸，艺术的生命在于服务生活。

泥老虎在生产的过程中，既遗传了华夏文化基因，又融合潘集地区原住民的智慧和创造力。任何一项手工劳动都具有复杂性和系统性。它的作用在当今社会被赋予新的内涵，手工劳动课即将在全国范围开设。可喜的是，古沟中学已经让泥老虎走进校园。

来到古沟中学，三棵植于1956年的橡栗树撑开手臂欢迎我们。绿地上的二月兰开放在阳光下。可爱的泥老虎藏在展品柜里，整间展厅弥漫着香草的气味。

泥老虎是潘集的泥老虎，更是全社会的泥老虎。什么叫作社会？社会就是人与人关系的总和。所以泥老虎的推广离不开人，尤其需要孩子。

采风结束返程。一天，我问同学们，我们淮南市有个潘集区，你们知道吗？有几个学生说知道知道，我家就是那里的。我说，潘集区古沟乡有一种玩具叫作泥老虎，知道吗？有的学生摇头，大胆的就嚷嚷着说不知道。这时，一个平时少言寡语的女同学却大声回答："我知道。"她用手比画着说，"可以拉，能吹响。"这名同学兴奋起来，连眉毛都兴奋得抬了起来。我问，如果我给泥老虎编一个剧本，拍个动画片你们愿意看吗？这次的回答是异口同声的"愿意"。"你们不嫌弃泥老虎土气吗？""不嫌弃，它是我们淮南的……"

（写于2019年4月25日）

立夏之前

立夏之前
气温骤然下降
四处弥漫着寒气
这时,樱花落尽
窗外
蔷薇的粉色又花开一季

早晨
我在整理书籍
音乐弥漫
舒缓的我啊
为什么会想起你
轻轻的思念
自然而然地流淌
情非得已

你站在那里的样子
是我青涩的回忆
一直以来
我在心底暖暖地爱着你
立夏之前
倒了一次春寒
孟姜女啊
你见到万喜良的感受
是不是也要穿上寒衣

我本来打算继续整理书籍
想到你时
必须继续整理书籍
泪水变得茂盛
浇灌芳草一片萋萋
记忆是泛黄的过去
爱与不爱于我而言
都是一个花非花的命题
我啊
你呀,你——
是否,春天种下期许
是否秋天,一望无际

（写于 2019 年 4 月 27 日）

凤冠山上看赖山

淮南市的舜耕山是一座单脉山，东西绵延约 50 里。它的西部端点就是本文要写的凤冠山，也叫作赖山。凤冠山上看赖山，就是站在凤冠山上回望赖山集的过去，看今朝，展望它的未来。

凤冠山是一个山名，赖山已经由山名延伸为村名，全称是谢家集区李郢孜镇赖山村。这个篇名是赖山集清真寺的杨永巨阿訇为我取好的，本文是一篇命题作文。

赖山集是回民聚集地，有许、杨两大姓。既然是站在凤冠山上回望赖山的过去，不得不提它的曾用名"癞山"。20 世纪，淮南铁路客运票使用的还是这个字。为什么要使用这个"癞"呢？估计是因为凤冠山上的石头颜色黑，石质粗糙，比较癞。

既然写到 20 世纪，我们干脆沿着时间之河溯流到 1908 年。那一年 10 月份，21 岁的熊成基在省府安庆举行旨在推翻清政府的"安庆起义"。失败后，熊成基躲避到现在淮南市的廖家湾，藏在廖运泽家的牛屋里。那个时候，后来的少将师长、江苏省政协副主席廖运泽还是个孩子，负责每天给熊成基送饭。

不久，廖运泽的父亲逃亡至上海。他的母亲和弟弟、叔叔和婶婶便离开廖家湾躲到舜耕山南面武王墩附近婶婶的娘家，这里距离赖山集不远。他的叔叔改名换姓后，还是被清乡团揪住，绑在村东的大柳树上，将其扒光上身衣物鞭笞。一道道鲜血流下来，染红了孝鞋。

几天后，廖运泽的叔父又被绑到邻村准备杀头。在这千钧一发之际，赖山集清真寺的阿訇带众人赶到行刑现场，高呼刀下留人，他才终于保住一条性命。

那个时间点，是赖山集人、晚清回族将领杨歧珍病逝五周年之际。他生前在中法海战中立下功劳，担任过福建水师提督，后来官居一品。在他的墓地华表上，刻有咸丰状元、光绪帝师、"乡愚弟"孙家鼐亲笔题写的挽联——警声思将帅，四方多故失长城……

母凭子贵，他已殁的母亲被诰赠一品夫人。母子二人均安葬于凤冠山下。

清朝的命妇可以佩戴凤冠。我猜想，凤冠山的称谓也有可能是由此而来。赖山的叫法可能更早一点。

赖山集是淮南的五大城市记忆之一，时间节点可以定在明朝时期。那时，这里已有回族人定居。据村支书杨维然介绍，赖山集的杨姓一开始并不是回民。某一年，杨姓人来到赖山下生活，他们吃水成了问题。先住的回民允许杨姓吃回民井里的水，吃水不忘挖井人，杨姓开始信奉伊斯兰教。

我在采访回民的过程中，发现回族的丧葬习俗值得推广。回族讲究厚养薄葬，实行临终关怀，逝后速葬，不留坟头，不占耕地，逝者不问男女长幼和贵贱，一律平等地采用穆斯林安葬习俗。

赖山集有一个地方叫作西老荒，现在是李郢孜镇文化活动广场。这里曾经是杨姓回民的祖坟地。今年初春时节，因为行文淮南牛肉汤的需要，我到赖山集采风，无意间发现这个地方。当我看到功德碑上的文字后，心中念念不忘，促成了我的这次专访。

功德碑上的文字大意是，由于建设文化广场的需要，这片埋葬了杨姓先祖100多人的西老荒坟地将被征用。在李郢孜镇政府与赖山村的协商下，征得杨姓后裔的理解和支持，杨氏无偿提供这片土地用作赖山村的文化活动广场。祖坟宜静不宜动，不再迁葬，因此树立功德碑，以告慰先人，旌表后世义举。

看到这块功德碑后，我肃然起敬。镇、村两级的协商对话工作做得好。在改善民生的时候不忘民主。杨姓后裔思想开明，顾全大局。在过去，每逢炎炎夏日，这片西老荒就是杨姓回民夜间纳凉的地方。大人和孩子常常卷起一张芦席，放在坟沟里睡觉。这里是他们的精神家园，是他们与先人对话的地方。

用作文化活动广场却不迁葬的做法值得借鉴。故人已经入土为安，本来就没有留坟头，所以不必动土打扰他们。立功德碑的做法也很好。物质追求的终极目标是滋养灵魂。立功德碑，就是给个说法，精神褒奖，永远都不过时。

今天的天气比较晴朗。在文化活动广场上，三三两两的村民在锻炼身体。在他们的东面，隔着一堵围墙的是淮南市区最早的清真寺——赖山集清真寺。

在广场的北面墙上画着 56 个民族 56 朵花的大型宣传画，各民族身着盛装，载歌载舞。出广场北门，可以看到一棵古树，有 100 多年树龄的黄连木。黄连木生长缓慢，寿命较长。木材坚硬质密，可作雕刻用材，也是模具的首选用材。因此，黄连木又叫作楷树，模具又叫楷模。我们现在知道的多是楷模的另一层意思——值得学习的榜样。站在西老荒，看着楷树，望着国旗在飘扬，你会联想到什么？

广场的南面毗邻李郢孜镇的通衢大道——黄歇路。在我即将离开赖山村文化广场，走上黄歇路的时候，我看到一位老年妇人坐在西老荒花坛边上。她有着明显的回族装束，年老依然美貌，原来她是杨歧珍的侄孙媳妇。春日将尽，万物始秀。有一种美丽，可以把时间瘦成河流。

穿过黄歇路，经过闲来聚酒店，我们向南行走，一起去参观一家豆制品加工企业——谢家集区维春豆制品

厂。此次参观与上次写《来碗淮南牛肉汤》那篇文章有关。有朋友在阅读文章后告诉我 "八公山的豆腐，赖山集的千张"，就是在说赖山集的千张很好吃——肉筋，皮薄，豆香扑鼻。

那为什么要参观维春豆制品厂呢？还记得前不久总书记在北京街访的时候，走进的那家淮南牛肉汤店吗？还记得店主说她家的牛肉汤食材是从网上购买的话吗？告诉你，中间的电商反馈回来，说购买的千张就是这家维春豆制品厂生产的。

在春天的暖风里，田野里的油菜豆荚渐渐丰腴。我们路过那口古井，说着

话就到了厂里。豆制品生产线正在运转——泡豆，磨浆，蒸煮，压模，吹凉，成形，称重，包装。不参观根本无法想象，豆腐故里的豆制品加工已经如此现代化了。凤冠山下，与时俱进的赖山集。

同行的朋友大为好奇，不停地赞叹，不停地拍照。主人杨成成也是回民，热情好客，邀请我们品尝刚出锅的豆浆。那浓郁的豆香让人生出无限畅想，畅想着赖山集的将来会是什么模样。

这里背靠凤冠山，近邻瓦埠水；这里有春申君墓园，有清真寺里的诵经声；这里的人们与时代和谐共生，在安宁地生产生活着；这里是豆腐故里，有远近闻名的千张；这里是淮南牛肉汤的发源地，他们正在打造牛肉汤食材的下游产业；这里是回民聚集地，他们正在等着你的到来，来把清真美味品尝。

凤冠山上看赖山，就是站在凤冠山上放飞赖山的希望。

（写于 2019 年 4 月 28 日）

七

夏风万里凉

花，会不会开在地下

　　花，会不会开在地下？以前我没有思考过。今天谈及是由于近来感触颇多，这种感受直接与身体健康有关。不知道从何时开始，早晨醒来，我的右手会发麻。伸开、握紧，反复几次之后，那种感觉才会消除。医生说久坐伤身，建议不要长时间伏案工作。

　　伏案于我而言是辛苦的，但充满希望。我的文思如同童话里的青草，镰刀一割，马上又神奇地长出郁郁葱葱的一丛。那种感觉带着青草味，充满朝气，超然，却不脱俗。

　　有时候，我也很奇怪，这么多的文字，不要说是写出来，就是抄出来也不容易做到。因为要天天抄写，面带微笑。热爱文字我是认真的，我常常感叹这是前世结下的文字奇缘。有时候，我会把对文字的喜爱理解成奋斗。

　　我的睡眠很好。休息时间到了，熄灯、关机、睡觉，夜里再翻几次身，天在蒙蒙发亮的时候，休眠一夜的意识活过来。夜晚我也会做梦，梦境多与江河、棺材、泪水有关。自从写作以来，梦境又多了一项内容——突然意识到上课时间到了，我却无论如何也迈不开脚步，很着急，然后惊醒……醒来后，那天我会早早到校。后来就变成习惯，每天都早早上班，这样我会心安。活着活着你会发现，心安是活着的境界，与名利的关系不大。

　　《活着》是余华的代表作，好评如潮，这种好评来自阅读一线，比单位组织的评奖结果更令人信服和羡慕。我想从孔夫子旧书网买一本回来，至今没有实现。不是拖拉，我是雷厉风行的人，不做拖拉事。我始终觉得《活着》是我想达到的那种构思境界，我要保留这份敬仰和追寻的感觉。多好啊，我没有读过的一本书，是我文字的抽象目标，是我未来攀升的高度。这是奇妙的事情。

　　攀升的高度有多高？这好像需要丈量。丈量的最好尺度就是评奖，我也想参加文学类的评奖活动。世俗的美丽，我从来都不排斥。

　　有一天，王主席转发一个省社科联（文学类）作品评奖的通知。密密麻麻的文字，我贪婪地从头到尾阅读一遍，直到那个时候为止，我还是功利的。通知规定不同文体的作品合集不能参加评比，也就是在这个时段内我出版的两本书都不能参加评奖。当你守望的麦田无法归仓的时候，你会无奈吗？

我想起《诗意八公山》的出版。当时，责任编辑赵老师建议诗歌和散文分开出版，因为作家们都是分开出版的，这被理解成专业，但你考虑过失群落伍的后果吗？

诗歌有点软，软得虚拟，地域散文有点硬，硬得甚至发僵。我在写作的时候通常软硬结合，散文与诗歌交替进行。我写得愉悦，读者读得轻松。出版是为了供人阅读，普及知识，传递思想与情感。有人说诗歌是没落的文体，不管说得对不对，纯粹的诗集走不进纯粹的阅读市场，这是事实。目前还有盗袭别人作品的洗稿行为，那么多的文字需要及时出版。

一段时间以来，孤独感笼罩着我。我意识到耕耘未必会有收获。在这种心境下，我需要做出抉择，这本《淮水流过二道河》是做成散文的专集，还是一如既往做成散文与诗歌的合集？我请教了几个人，包括我的母亲，都建议分开出版。因为评奖规定是那样的，干吗让自己不能参评呢？专家强调，一种文体一个专集，这样专业。言下之意：鱼是鱼，肉是肉，要各自装成一盘。如果腊肉和鳝段一起红烧，听起来就觉得不专业，吃起来会好吃吗？

事情又远非我想得这么简单。安徽省"五个一工程"也开始评奖了，书籍参评的条件之一是"发行3万册"。我的第一本书印刷1000本，全部卖完这些书籍，我如释重负。我记得谁告诉过我，在目前形势下，公开发行1万册就算畅销书。这3万的销量，让我羡慕得无以言表。我觉得自己好渺小，感觉我在不计成本地自娱自乐。

因为写作地域文化，我的时间、才华、健康、钱财等等，都在急剧缩水。本来无怨无悔，颇有置身事外的超脱，但评奖的诱惑一波波袭来，又一次次落空，安宁的心绪被勾引得火烧火燎，再被扔进冰窖，我发现我写不出来文章了……

千纸鹤先生建议我继续合集，因为写作目的使然，这正合我意。也就是这个时候，我才发现我奋斗得既勤奋，也脱俗。名利绕我一次花眼之后，我已把它甩远。当你决定一件让你左右为难的事后，会像新生一样超然。

我去合肥办事，顺道看我的女儿。她说在包河万达广场见，记得是星巴克那个门。我抱着纸袋走进万达，心里揣摩着星巴克那个门在哪里，有人跟在我的旁边，我想问一问，又觉得还是先观察之后再问吧。旁边的人说："妈妈，我与你并肩行走了三分钟时间,你居然不侧目看我一下……"说话的人是我的女儿。

女儿牵着我的手,在灯火通明的综合体里行走,我触及温暖,也感受到落伍。孩子对我说:"妈妈,你想吃什么直接告诉我。"我想到她小时候,我也是这样说的。味蕾的感觉最容易祛除孤独。"妈妈,你怎么不戴口罩啊? 合肥的杨絮有点多。"淮南的杨絮也多,在这一点上,地区没有差别,大家都活在一个季节里。女儿送给我一本《活着》,惦记的东西总会得到的。

小区草坪荒置化已经十余年,纷纷被住户们辟为菜园,我也有一块小地。去年 12 月,小区变压器扩容,重新布设电线,我的菜地被挖开一道深沟,一棵棵红箭被埋进石块和泥土中。冬雨冷冷地下了几天,红箭的球茎和条形叶片被雨水冲刷得裸露出来,还有白白的根须。天越来越冷,我掏出几个球茎,随便埋在那边的泥土里,撒上几片樱花的枯叶。开春了,红箭的球茎长出绿色的新叶,泛着红褐色,球茎开始抽剑,剑梢顶着花苞,一朵,两朵,红艳艳的一片。

从合肥回来后,我想整理一遍菜地,这是我消除伏案疲劳的方式之一。铁锨一锨锨挖下去,土壤被翻过来。翻过来的有大小不等的石块、粗壮的褐红色蚯蚓,还有一块白色的球茎,红箭的!

这块红箭的球茎很大,是去年 12 月挖电缆沟的时候被埋进地下的。它在暗无天日的土壤里忍耐了五个月时间,神奇地没有腐烂,于植物而言这一定是极限。

它的球茎居然也抽箭了! 花苞顶在箭梢,五个月的地下生活,让它全身洁白。它依然倔强地活着,它在等待临世,等待红火,等待我的到来,让我回答——花,会不会开在地下?

花,会不会开在地下? 活在季节里的不仅是忍耐、文字,还有我和我的女儿。

(写于 2019 年 5 月 15 日)

吃在寿县

饮食文化对人的影响是持久的,这种持久要结合特定的地域环境。"吃"虽然不像传统服饰那样被印染上阶层符号,但食材的地域性和一方水土养育的生活习性,以及审美情感活动,会被吃出来。既然是吃在寿县,那就要展开古城的风云画卷,在高耸的墙垣背景前,谈吃论喝话寿县。

我们先来谈谈早餐。早餐吃在寿县一定与时间有关。初夏的早晨,古城西街的大卫巷里一片安宁。在这种安宁里,有三两人走过,还有南来北往的车辆。印象中的大卫巷好像没有树木,或者因为矮小没有被我记住。

在我的印象中,早餐摊点像露水一样洒在街面上,围拢而坐的用餐者就是露珠上折射出的太阳亮点。已经很难在街头找到早餐摊点,它们悄悄地藏在巷尾。

烧饼炉的炭火被换成天然气,黄黄的烧饼像代表开会一样,围坐一圈摊在炉口上。一个男人走过来,丢下一元钱,直接拿走一块放进嘴里。摊主说"给你一个袋子",男人说不要。旁边,外地引入的红薯甜蜜地躺在电烤箱里。那边的徽子店里,一个女人站着绕面条,面条从油盆里被捞上来,她绕啊绕。我想到小时候父亲给我买的软条徽子,白白的,软软的,面香油香,还有记忆的芬芳……

店主同意卖给我一份软条,不用上秤,一口价 10 元。一个男人过来协助她工作,液化气阀门被开到最大,油里升起点点气泡,油温在上升,一切都在准备中。

吃在寿县,我的早餐内容之一的羊肉汤也在准备中。有道是埋锅造饭,羊肉汤店前餐间后厨房,不知道锅被埋在哪里,反正一碗羊肉汤已经被端上桌面。初夏了,看不到汤碗里冒出的白烟,脸贴上去可以感受到腾起的热气。

如果写剧本的话,此处需要加注"过肩镜头"。镜头穿过我的肩,推向徽子店的门面。那个男人已经挑起面条,入油锅开炸。只见他把面条对折、拉直、挑起、入锅,那么一大把面条被他熟练地操作着。他很有镜头感,身段也在相应摇摆。

面条已经被炸熟，我说捞软条出锅。这种软条显然不是他印象中馓子的模样，他把馓子翻来翻去地炸。馓条硬硬得黄了，我的软条梦也黄了。重来。第二把馓子的一根根细面条很快鼓出气泡，我说赶紧出锅吧。镜头感的男人还要炸啊炸，又把我的少年梦炸硬了。吃在寿县似乎不能尽兴。

寿县的饮食文化从产生那一天开始，形制就被固化在内心，似乎不知变通。即便不用油火，仅凭思维也可以把馓子炸得里金外黄。

金黄的还有蛋汤。在去寿县采风前，"寿县人"平台的吴刚先生说如果来寿县的话，早餐建议你喝鸡蛋汤，棋盘街的蛋汤。一碗蛋汤能有什么惊奇之处？有。饭摊的主人在使劲搅鸡蛋汁，一茶缸的蛋汁被搅得绸缎那般丝滑，潜进锅里，马上开出金黄的蛋花。装进透明的杯子，间隔均匀，软软地浮着。

脆硬的馓子，绵软的蛋花。吃在寿县，似乎能够吃出寿县秉性里的硬和软。在早餐时间段，寿县人在忙着做同一件事情——吃。端着碗站在那里的男人，带着孩子坐在这里的女人，看着眼前，吃着手里，既没有酣畅，也没有慢品，有时候还会懒洋洋地停下筷子，让思绪打个盹。

吃在寿县，找不到上窑早餐的豪爽，也没有淮南牛肉汤的热情。他们是寡味沉默的。吃在寿县，摊位躲闪着，犹如五月早晨的多云天气，一会让热情的太阳出来，一会又让恼人的杨絮飘起，温吞着。

寿县不老，今年108岁。老的是寿春、寿阳、寿州，每一个名字的背后，都有无数人的跌宕人生与家庭之悲欢离合。好在它始终紧紧抱住"寿"字不放，想"寿"就离不开吃。吃在寿县，需要等待午餐时间。

日近中午，位于南城门西侧的张士宏厨师的玛瑙泉豆腐宴酒楼座无虚席。走进大厅，圆圆的大救驾摆满一筐，放在显眼的位置。其他常态的菜品一应俱全。我们点的菜陆续上桌，这是一盘蒿根炒香干。在淮南的土菜馆或者大酒店，菜名叫作蒿根炒香干。在这里它有一个新的名字——救命草。

张厨师说，取名救命草不是为了生意卖点，而是为了纪念。在1960年的时

候,一些人饿毙,他的家人靠吃野蒿的根子而侥幸活命。直到现在,无论茼蒿怎样鲜嫩,无论培植的蒿根怎样可口,都无法阻挡人们对野蒿的喜爱,喜爱它的微苦,念念不忘它的秆硬。这是一种对苦难的反思与缅怀,是痛定思痛,是新旧对比。写作离不开对比技法,生活更需要从对比中找到令人欣慰的那个点。

面对救命草,你的脑海会刮起一场节约的风暴:一粥一饭,当思来之不易;半丝半缕,恒念物力维艰。你好意思浪费食物吗?要不要珍惜眼下这太平的生活?你希望化险为夷吗?贫贱的救命草能够担当此任。午餐不是为了果腹或猎艳,而是一场情感活动。

吃在寿县,离不开"文化"一词。如果把文化细化,可以谈战争文化、廉政文化,这些文化与饮食文化紧密相连。而饮食文化在寿县的突出载体就是豆制品,豆腐宴。于是,菜品的名字被打上文化印记。

还记得八公山下,淝水之滨的那场以少胜多的大战吗?"淝水之战"被端上来。还记得中国清廉官吏的楷模时苗吗?东汉末年,他被曹操派到寿县治理一方,"时苗留犊"被端了上来。吃在寿县,是要接受教育的,这种教育不用耳朵听,只用味蕾尝。吃在寿县,就是抓住时运,让抽象的文化与具体的味觉结合,产生效益。吃在寿县,还有一点虚幻,当你回首品味的时候,感觉底料单薄,有待厚重与酣畅。

（写于 2019 年 5 月 18 日）

走山

　　初夏的傍晚,我去走山,走的是八公山。八公山绿了,生机盎然。在这辽阔的绿色世界里,垫在山坳里的高耸的路基时隐时现,被缩小成三五处的斑点。

　　八公山是一片灵秀的群山。山不高,却林泉通幽,只要一转身,就可以落入八公山的深处。这里没有人语,只有鸟鸣。啾——啾啾——,一声,两声,婉转清脆。伴着晚风,穿过石林,掠过草叶,好似一首不沾尘俗的旋律古风。

　　走山让我发现八公山野性十足。瘦小的野菊贴近山坡,野艾挺直脊梁。蝴蝶是多色的,有的白,有的黑白,有的黄,它们翅膀翕合,飞近之后又马上飘远。丹参野野地长在山坡上,扬起一串紫色的灿烂。

　　野性就是天性。在这样的世界里,三声,五声,呼唤一个人的名字,你会变得情不自禁。你会发现自己多么柔情。山风涌过来,爱是凉的,轻轻的。

　　八公山里,绿树参差不齐,像挥舞的一支支毛笔。你想用它写思绪吗?这时,气氛清幽至极,若用清风洗净耳根,你可以听到心灵的原风景。那里有生命的安宁,还有野云、天光、菠菜帘子和灯笼头的花影。

　　在傍晚的八公山里,石是静的,树是静的。站在这片道家思想繁衍生息的烟霞之境,你可以选择安宁,也可以缓缓地动起来,移步踏着侧柏的松影。身心回归自然,自然才能自得。

　　日落西,烟霞起。走山,我走进傍晚,日光在不知不觉中变得暗淡。望落日时分的天际,看眼前的一处山青,你的尘梦,有没有被软软触碰一下,已自净三分?夜晚来了,一轮明月会挂在山巅。山峰上的寺院、山洼里的麦田、山那边的高楼,都进入洁白朦胧的世界。野性,天性,自得,自净。

　　走山之后,我左摇右摆,变得不会走路。这是不是王羲之说的放浪形骸?景啊,就是情。我想活在情景交融之中,陪伴我的是天光、飞鸟、野艾、巉岩、蝴蝶、侧柏……

(写于 2019 年 5 月 20 日)

淮水流过二道河

山遮不断来路，水挡不住归途。

二道河农场昨天还在我的梦里，今天已经亮在眼前。我看着淮水在此一分为二绕着它澹澹东流，望着大型船舶起伏着岸边废弃的一叶扁舟。淮南的二道河农场是一团谜，是我的心愿。呼扇翅膀，把希望沉醉在岁月的心头。

从谢家集区望峰岗镇应台孜渡口过淮河，那四面环水的几万亩湾地，就是传说中的二道河。迎着渡口的是二道河村。村部高高地站在庄台上，红旗飘扬，淮水流淌，洗刷衣服和鞋子的妇女蹲在驳岸上。渡船上的人登岸后马上散开。我和老师向左一转，沿着岸边走去的是二道河农场的方向。

来到二道河，我被染成五月的颜色。黄的是麦浪，绿的是西红柿、豆角、韭菜们的秧苗。莴笋的薹上散开籽实，辣椒已经挂果。淮河里的风吹来，大叶杨树在凉风里哗啦啦地拍着手掌。坝子升高了，坝子很长。这边是淮河的粼粼波光，那边是大片大片的麦子在散发着锅贴馍的甜香。远远地，矗立着平圩电厂的冷凝塔，还有淮河大桥水袖一样被抛向更远的地方。

这片土地像是一位履历丰富的老人，如果为它填表的话，起始的时间应该是 1961 年 1 月。它隶属于淮南市公安局，名字叫作二道河农场。那时，农场下设三个农业生产大队和一个副业生产大队，有劳改劳教人员 1700 人。体力劳动是改造罪犯的手段。那时二道河年生产粮食约 20 万斤，蔬菜所用土地面积占耕地面积的三分之二，这些菜粮部分被用作罪犯的生活补贴。

20 世纪 80 年代初期，农场人员到上海外调资料时见过被平反的资本家李恭基。70 多岁的人面色红润，声音响亮。他的话不多，不知道他的心里还有没有二道河，还记不记得天天面"过"的那扇小窗？

时间到了 1962 年 10 月，省公安厅通知除留用 170 多名有技术的刑满犯外，其他 1500 多名劳改劳教人员分别被押往白湖等农场，老弱罪犯就近关在淮南市水泥厂、轴承厂等单位。12 月，二道河还是二道河，只是换了"婆婆"——淮南市农林局。这时场里接收下放工人 300 人。仅仅过了一年，国营二道河农场升级改属安徽省农垦厅，此时有职工 500 人。

500 名职工及其家属居住的区域会有多大？如果沿着住宅大坝排列的话，会有多长？坐在那里叙话的固守人员说："从你上坝子的那个地方开始一直到这里，盖满职工的住房，水波浪一样。"

我看到的只有眼前这一排青砖黛瓦的砖房，还有旁边的那一栋房子挡着水泥外墙。原来二道河农场从成立那一年开始，隔三年岔五载总要破堤行洪。2004 年农场住户开始大范围搬迁，这里的建筑相继被拆除。仅存的这一点住房是高士全场长等人极力争取保存的。因为午、秋两季，职工需要抢收抢种，总得有地方落脚吧？实用性或者迫在眉睫的问题容易得到支持。

那栋挡了一层水泥外墙的房子，是下放知青居住的地方。从 1970 年开始，二道河农场分两次接收 80 多名上海知青。1978 年，上山下乡政策结束，除 2 名女知青在淮南结婚生子外，其余先后返城。在农场大事记里，我看到一句话——2002 年 8 月 14 日，上海下放知青袁小英、解玉莲、陆慧芬 3 人返场看望。读到这里，我心里发酸，小人物也需要大事记。难忘的岁月，曾经的时光，舞台上的身影，知青门前翠竹的守望，湾地里金黄的麦浪……

后来，农场的隶属关系又几经变化。先是"南京军区安徽生产建设兵团一师独立九营"，下设四个连队。后来的淮南市委副书记李建中曾担任某连排长。不久，农场复归安徽省农垦厅，1978 年 3 月被移交给淮南市矿务局，直到如今。

据《场志》记载，农场成立不久后的 1964 年，亩产小麦约 190 斤。今年春节期间，我和母亲一起观看电视连续剧《白鹿原》。这是一部好剧，每个演员都把自己塑造的形象拿捏得十分准确。其中多次出现麦田的场景。我母亲说假了，假了，这麦田一看就假了。我说这分明就是麦田，假在哪了？她说过去的麦田稀稀朗朗，麦穗长短不齐，小得跟星星头一样，哪有现在这么好？高场长说现在亩产约 900 斤。感恩新时代。

现在是上午九点，预报有雨，太阳柔柔地照在住宅坝上。抬头看，淮矿廿九中学的旧址就在眼前。雪松是珍贵的树种，廿九中学雪松树的主树梢已经枯老,旁边的大枝丫又雪上加霜断掉一个。这棵雪松位于学校建筑的中点,校名就书写在这棵雪松正对的那间房屋上,斑驳的字迹依稀可辨。

在雪松下面的野草藤蔓丛里,停放着一辆残缺不全的农用拖拉机。这辆报废的拖拉机颜色是红的。红绿在这里撞色,撞得人心情酸楚,手足无措。场志记载,1963 年 10 月,农场购置"解放"汽车 1 台、"东方红"拖拉机 2 台……开始推进农业生产机械化。

二道河农场接收过一些下放的大学生。前文提到的李建中副书记好像来自南京农学院。同时下放的还有黄雅清,她就在这所中学教书。陪我采风的周德胜先生的同学杨小玲也在这里任教。我要拿走高场长的 U 盘。高场长说"你拿走吧",把 U 盘还给周老师,周老师交给杨小玲,她再递到我手里。这圈子绕得,堪比二道河。1999 年 9 月 7 日,学校移交,农场开始生产洗衣粉。

我们绕了一个大圈,绕到六防堤上。六防堤是二道河农场非常重要的一段堤防。它把淮河与二道河农场内的沟塘水域隔开。因为矿区采煤塌陷,这段堤防同时下沉,1982 年 12 月,农场成立青年突击队,开始打六防堤,之后不断增高加固。六防堤上有机器在灌浆作业,以消除鼠穴,加固堤坝。一处处灌浆点整齐排列。近年来,国家在水利等基础设施方面的投入力度越来越大。我在采风的行程中,常常能够采撷到这样的画面。

行走在这段堤防上,视线开阔,感觉前面的路很长,四顾茫然,心中倥偬不定,但又莫名其妙地沉醉。一边是绿水长淮,时空悠悠;一边是茅草在谈笑风生,亭亭孤月照行舟。

站在六防堤上,看淮河的那边是新庄孜煤矿。矿区高大的蓝色井架清晰可见,仿佛就在眼前。1998 年 8 月 19 日,由于新庄孜煤矿采煤,农场土地大面积沉降、积水,农作物受淹,生产主干路和地界被水冲断。农场职工强烈要求对方赔偿,但一直没有得到解决,无奈之下,农场职工袖子一捋,直接去逮新庄孜煤矿的鸭子……

在逮鸭子事件前九天，农场又因为下属的酱品厂债务，被凤台顾桥醋厂起诉。我很奇怪："农场还有酱品厂呀？""有啊，而且酱油做得地道，颇有名气。"

有了开头，官司就接着有。2001年12月，农场与潘集区的土地权属纠纷经淮南市中级人民法院判决，农场胜诉。那时土地很金贵，农民抢，不像现在这样土地抛荒。

从六防堤下来后，我路过机耕连旧地。原来的连队食堂已经消失，食堂的青砖墙基在水波里时隐时现。油菜收割完毕，秸秆晾晒在高高的茬上。中午的风大起来，我的太阳伞被吹翻，拨正后又被吹翻。走进废置的库房，屋顶的瓦片掉落一些。天空三五块的零碎在眼里。被圈养的两只白鹅见到生人后，嘎的一声叫起来。对面是农场大礼堂，建于20世纪60年代，是农场第一座两层以上的建筑。

二道河农场，你的故事还有很多。春天来了，你栽梨枣树、桃树、柿子树；你发展副业，买来南疆黄羊；你适应性很强，采煤沉陷了你的耕地，干脆学栽藕；你也种过牧草；1982年，你的大豆田试点化学除草；1985年的麦豆总产400万斤，创建场以来最高。

二道河啊，我的农场，你2000年农场渡船首次对外承包。该年4月，你请来山东寿光技术人员，传授反季节蔬菜生产技术。淮南市第一间反季节蔬菜大棚兴建于二道河农场。12月的天气已寒冷，二道河嫩绿的黄瓜却兴冲冲地赶集去了。

二道河啊，淮水到了这里一分为二，滔滔东流。你好像偏安于湾地深处，但我感觉你这个小地方一直生活在大时局中。运动来了,山遮不断来路;时运走了,水挡不住归途。

我说高场长,请对二道河说一句话吧。他说他这一辈子就是二道河。周老师补充说,高场长住在新体育场,儿子住在山南,但是高场长很少回去,离不开二道河,他喜欢在这里劳动。远处的是风景,近处的才是人生。

(写于 2019 年 6 月 2 日)

端午到了，花开花

5月的一天早晨，我种的麦熟花突然炸开深紫红的褶皱。硕大的花朵簇拥在一起，鲜艳得我措手不及。我知道端午节快到了，田野里的麦子即将成熟。

我老家怀远地处江淮大地。5月底，那里一望无垠的小麦趋于成熟，晴日暖风生麦气。这时的麦熟花热情绽放，正赶上麦收的良辰吉日，家乡人便称它麦熟花。

我是爱花的人，这与花语的含意无关。清雅也好，富贵也罢，总之所有的花都是新生的。生命毫不保留地热情绽放是通过娇嫩的花们。

这几棵麦熟花的叶片上覆盖着一些杨柳的白絮，毛茸茸的一层白，但难掩它翠生生的绿。在叶片的腋间，麦熟花敞开艳丽的花瓣，像是优雅转身后敞开的斗篷，所以又被称为斗篷花。

花开了，面对花们，我爱不释眼，左看看，右瞧瞧，拿起手机前拍后摄。小视频发到朋友圈后，朋友说此花叫作端午景。端午节到来的时候，它们奉献出全部的美丽，为人们的节日活动带来花景。

也有人说它叫蜀葵，花盘硕大，原产于四川，故得名。并附上唐代陈标的七绝《蜀葵》——眼前无奈蜀葵何，浅紫深红数百窠。能共牡丹争几许，得人嫌处只缘多。有人把第四句话理解成"再好的东西，太多了人们也会嫌弃"。三四两句放在一起看，也可以理解成"绚烂堪比牡丹，因为花团锦簇而遭人嫉妒"。

端午到了，花开花。在那一根根花葶之上，密密匝匝，从上到下，花们热闹地挤成一截花筒，接力赛一样跑来又一个名字—— 一丈红。

端午到了，花儿开了，开得轰轰烈烈。深紫红的多层花朵，浅紫红的双层花朵，花性平等，争先恐后。当先开的花朵颜色黯然时，你疲倦吗？不，依旧要认真地开。当后起的花朵花色烂漫时，那就不惧目光，朝气蓬勃地开。仔细做好分内的事，认真开好自己的花。

麦熟花,著名的非著名花。它高可达两米,因此又叫秫秸花。这个名字土得可以掉渣,所以又蹦出来一个名字—— 土花。它是迄今为止我所知道的名字最多的一种花,至少有 20 个别称。

这种花不分地域,易于种植。花开到哪里,那里的人们就根据花的特点,产生地域性的小同感受。然后就给它取个名字,赋予它人性化象征,寄托当地人的情感与愿望。我不轻视任何一种花,这是花的生命,更是一方水土集体无意识的寄情。

端午到了,花开花。它们开得兴高采烈,开得美不胜收,想开成什么颜色就开成什么颜色,开成斑斓的温和之梦。只要心田里开花,走到哪都芳香四溢。

（写于 2019 年 6 月 6 日）

走寿州，穿四门

走寿州，穿四门。这篇文章的结构布局方法至少有三种。常见的是按照东南西北这种空间方位来写，或是依据发生在四座城门中的故事的时间顺序写，再就是本文的写法——移步换景。我走到哪里，文字就触及哪里。我走进南门，目光就落在通淝门门洞东的"门里人"石刻上，我就开始介绍这个事件。

介绍这个事件，需要交代寿县的历史渊源，它是八百年楚国的终结之都，楚文化在这里被封存。在楚国末世的时候，有两个重要的人物在历史舞台上撩起衣袂登场。他们是国君楚考烈王、权相春申君黄歇。

有道是"天之宝，日月星辰；国之宝，忠臣良将"。黄歇属于忠臣，寿县的旧名"寿春"就是因他而取。公元前262年，黄歇被拜为令尹，封春申君，赐淮北地12县。寿春一名大约就是在那个时期形成的。"寿"是长久之意，"春"乃春申君，名字蕴含吉祥。

有忠臣就有伺机篡权夺利的奸佞小人李园。公元前237年，考烈王病死，黄歇前去吊丧，路过棘门的时候，被李园豢养的死士刺杀身亡，家眷被斩，财产被抄。为铭记血的教训，通淝门的东墙上被嵌入石刻的刺客像"门里人"。

来到寿县古城，人们通常在进入南门后会直接右拐，顺着城墙下的内环公路前行。每次路过城墙东南角的时候，我都会对城墙上的那片杂树丛产生无限联想，那是什么遗迹？蕴藏多少岁月之光？

今天，我专门登上城墙看个究竟。原来这里是一处建筑的遗址，散落一些基石。其中的六块巨石，带着拐角。巨石上铁凿的线条清晰，仿佛石匠刚丢下手里的工具，把它们晾在一旁。这里可能有过一座凉亭,或者望角楼。我在行文本篇查阅资料的时候得知,它曾是一座塔,名曰"文峰"。

抗日战争期间,寿县曾经三次沦陷。第三次的沦陷与这座塔有关。事件发生在民国二十九年（1940年），当时驻防寿县的是国民党桂系军队138师412旅龙炎武部,还有省保安第九团,团长赵达源,字德泉,云南大理人,团副黄雪涛。

4月12日清晨,日本侵略军发起进攻。赵团长率士兵登上城墙,在文峰塔两侧阻击侵略军主力。大约从上午七点到下午五点,与日军激烈交锋。此时,龙炎武旅一枪不发,正向迎河集方向撤退。日军的增援部队则陆续到达,加重火力,保安九团伤亡惨重。到薄暮时分,第九团已弹尽粮绝,赵达源团长、黄雪涛团副英勇殉国。四门被破后,第九团官兵与日军在街巷里展开肉搏战,全团数百名官兵,几乎伤亡殆尽。

站在文峰塔遗址向东门望去,宾阳门上的谯楼映入眼帘。为观光需要，谯楼边竖起一块淝水之战的石碑,还有其他的残存。站在瓮城的墙顶俯瞰宾阳门内外,视线开阔。一群合肥的老年朋友在导游的带领下缓步前行,听导游介绍这里的"歪门邪道"。城墙外面的水柳随风摆动着细软的枝条。护城河上的风吹过来,吹来帝师孙家鼐的身影,吹来英王陈玉成的马蹄声,也吹来反动军阀倪嗣冲带给寿县的灾难。

辛亥革命的果实被袁世凯窃取后,袁世凯的走狗、段祺瑞的黑爪牙、北洋军阀皖系顽固分子倪嗣冲,便挥舞屠刀残害在辛亥革命中光复寿州的淮上军起义人员,并借清乡之名,四处抢劫百姓钱财。

1913年初秋,盘踞在寿县城内的倪军某部400个兵匪又下乡抢劫。他们从东门出城,一路上杀气腾腾,抓夫夺车,牵驴抢马,翻箱倒柜。中午时分,他们抢到朱家集附近。这时的倪兵,有的肩扛大包裹小行李;有的把枪当扁担使,挑着抢来的鸡鸭鹅;有的赶着驴马拉着车,吆五喝六,一群乌合之众。

兵匪的倒行逆施早已激起民愤。村民们藏在坟堆旁,躲在大树后,对准兵匪射击,一时间枪声大作。倪兵做贼心虚,丢下三四十具尸体,掉头就跑。附近村庄的百姓跟在后面追赶,一直撵到寿县城墙下。驻扎在寿县城内的倪嗣冲的胞弟命令镇压。这时太阳偏西,天色黯淡,民众们黑压压的看不到边,倪兵不敢出城,躲在城墙上用机枪扫射。

离开东门后,我前往北门。在北城门的内额上,题写着"圹(音 dàng)门"二字。这个"圹"字有点生僻、高冷。我第一次见到它的时候,夺口而出"北门"。唉,说来惭愧。

题额的文字与题写时的经济基础有关,并服务于当时的社会。寿县古城地势相对低洼。北门面临淝水,与淮水相望不远。仅在1901年到1948年的48年中,淮河全流域就发生了42次水灾。水来怎么办? 土掩。

这个"圹"字是高田的意思,洪水只能望高田兴叹。寿县除了在北门内额上题写"圹门"之外,还在外额上题写"靖淮"。"靖"意谓安定,"靖淮"就是使淮水安定,洪患止息。内外题额同时发功,似乎上了两道保险。

北门濒临淝水,连接淮水和瓦埠湖。在水运时代,这里是交通枢纽。1898年,戊戌变法失败后,帝师孙家鼐辞官归隐寿州,当地百官在北门迎候。孙家鼐携随从悄然从东边的宾阳门入城。1903年后,抗法将领杨歧珍病故魂归故里,棺椁途经水路到达寿县北门。

前文说过,抗战期间寿县曾三次沦陷。第一次沦陷的时间发生在民国二十七年(1938年)。6月初,日军抓紧突破高塘湖—淮河防线。3日,凤台沦陷。日本侵略军进而攻击寿县。国民党桂系军队虽顽强抵抗,但经不住日军飞机的轰炸,激战后,桂军向南撤退。4日凌晨,寿县城陷,死难的寿县人数以千计。

千纸鹤手里有一张日军进攻寿县时的爬城照片。照片上的日军打着绑腿,身背钢枪,枪头挑着雪亮的刺刀,一些刺刀的下面挂着日本旗帜。有的士兵已经爬上城墙在挥旗,有的站在城墙雉堞的垛口里。这张照片在一本日本的画

册里，随手翻翻，里面有一张日本少年儿童的大幅照片，儿童穿着白色长袜、带祥的黑皮鞋。好像是日本天皇的孩子。

站在瓮城北边向南观看，可以定位出当年日军爬城的地点。那时日军已经进入瓮城。

抗日战争的硝烟已经飘远。今天上午，靖淮门的瓮城上空阳光明媚。瓮城顶上的月季浓烈地绽放着大朵的祥和。

新修的雉堞垛口整齐排列。谯楼上的灯笼还带着新年的喜庆，上面印制着"寿州古城"四个大字。北街上的楼房在统一复古，整齐划一的样式也挺好看。看这节奏，装修还要紧锣密鼓一阵子。只是不用等施工完，就会猜到这篇装修文章的结尾，根本没有悬念，这是败笔之处。

潘集区政协原副主席黄先铭先生家住在北门内东侧，那个有名的黄家二眼井就是他家的。他回忆说1948年，曾经在这条北街上亲眼见过县警队抓壮丁的情景。那天下午，他提着茶壶到巷口北街茶馆冲开水，看见农村进城卖粮卖柴的青壮年挑着箩筐或扛着扁担，三三两两由南向北，神色慌张，狂奔乱跑。临近北门时，发现城门已关，便折回头就近钻进沿街商铺藏匿起来。后来，被抓到的青壮年被一根绳子拴住胳膊，串成一串押走。我想到了《活着》里面的福贵、老全、春生。

那时，靖淮门两旁的城墙上已经挖了许多条半人深的战事壕沟。瓮城的墙顶修筑两个混凝土碉堡，有时机枪会架在碉堡外。城门实行戒严，战斗一触即发。

没想到的是，1949年1月的除夕前夕，在一天夜里，天空下着毛毛冬雨，解放军先头部队不放一枪，已从北门悄悄进城了。进城的解放军没有惊扰居民，他们在沿街的屋檐下席地而坐，直到天亮。然后解放军干部挨门挨户与住家商量腾房，供部队临时驻扎。

首批部队入城后，又有大部队经过北门入城。走在前头的武装部队是六行纵队，全部荷枪实弹正步行进。中间有几组抬着马克辛重机枪，扛着迫击炮。紧随其后的是一辆黑色老式轿车,据说车里坐着刘伯承。两侧各有十几名警卫,身挎卡宾枪和汤姆式冲锋枪,一路小跑前进。后面跟着大队人马,还有后勤的运输车队及辎重。场面壮观。

1954 年 6 月,收割的麦子还没有来得及脱粒,突降暴雨。一连三天大雨如注,下得天变成橙黄色,淮河遭遇特大洪水。洪水所到之处,一切化为乌有。比如闪烁了 1400 年灯火的洛河老街,就是在那年的洪水中被夷为平地的。

寿州城三面环水,北门城墙架起云梯。小孩子们无事可做,就在城墙上钓鱼。城墙上和城墙根汩涌冒水,当任县长赵子厚忧心似焚。他工作扎实,作风民主,常常戴一顶破草帽,身穿旧中山装,脚踩"回力"鞋。他昼夜守在险工险段,废寝忘食。

离开北门后,我来到西门。大约在 2002 年,我曾到过这里。那时的西门还没有复建,只是一段城墙中间的一个豁口。所以还看不到题额上的"定湖"二字。当时我站在豁口处的城墙上,望着远处的寿西湖农场,伸手拥抱了一下凉凉的晚风。

那时,我还不知道女英雄刘金定救驾赵匡胤力杀寿州四门的故事;也不知道寿州古城墙是中国保存较完善的七大古城墙之一,比平遥古城早 100年;更不知道在抗战胜利后,为缅怀保安第九团和赵达源团长等抗日英雄,寿县在西门立碑纪念——今河山之再造,仰浩气之永存,缅怀忠烈,永垂不朽。

纪念碑何在? 铁打的寿州啊……

走寿州,穿四门。我从南门开始,在西门结束,来了一次逆时针旅行。我想穿越时空,去看看那高耸的城楼、绵延的城垣,去翻翻寿州这本厚重的历史之书。

昨天的风已经吹走,今天会再次起风;昨天的人已经离去,今天还会不会嫣然回首? 寿县,还记不记得昨日之寿州?

在走寿州穿四门的时候,我在路边野地里偶遇一对刺猬母子。小刺猬卷成一个团被大刺猬叼在嘴里,它们快速穿过马路,钻进路边的草丛里。我突然想到今天是母亲节,天下太平,刺猬母亲正带着孩子出门逛街,它也想幸福地晒晒朋友圈。

（写于 2019 年 6 月 9 日）

孙叔敖的现代

　　孙叔敖是春秋五霸之一楚庄王的令尹，一代名相。他主持兴修的安丰塘，至今已有 2600 年历史，仍然为寿县发挥着重要的水利调节作用。若想进一步了解孙叔敖，就需要走近安丰塘，来到孙叔敖纪念馆。

　　在走进纪念馆之前，先来普及一点历史知识。众所周知，明君身边通常围绕着贤臣良将，写孙叔敖自然离不开楚庄王。霸主庄王即位时年龄不足 20 岁，国内矛盾重重。他一面佯装沉溺声色犬马，一面在暗中观察，审视实际控权的令尹斗越椒等人。

　　楚庄王九年（公元前 605 年），斗越椒趁庄王北伐，作乱杀死孙叔敖的父亲——楚国司马蒍贾。孙叔敖的母亲带着儿子避祸到云梦泽隐居起来。随后，斗越椒的反叛又被楚庄王一举粉碎。

　　有一天，少年孙叔敖哭泣着跑回家，他的母亲忙问缘由。原来孙叔敖在野地里看见一条两头蛇。当时的人们认为，两头蛇是不祥的怪物，谁看到谁就会痛苦地死掉。母亲忙着问他后来呢，孙叔敖说，后来他把那条蛇打死埋掉了。为什么要埋掉？因为不想让其他人看到，不想让其他人也死掉。他的母亲马上微笑起来，说："孩子你不会死的。你小小年纪就能心系他人，长大后楚国会重用你的。"

　　孙叔敖慢慢长大了，一边发奋学习，一边和当地百姓一起开荒种地，兴修水利。

　　楚庄王在忠良们的辅佐下治理朝纲，国势日渐昌盛。贤臣虞丘又留心查访民间贤士，筛选到孙叔敖后，及时向楚庄王推荐，说此人虽然相貌丑陋，有点秃顶，两个手臂长短不齐，却是不可多得的栋梁之材。楚庄王召见孙叔敖，君臣畅谈了一天的治国之道，孙叔敖不卑不亢，从容作答。楚庄王便拜孙叔敖为令尹。

　　孙叔敖上任后，发展生产，整修武备，改革弊端，征服南方部落，窥觑中原地区，大败晋军，为楚国称霸中原铺平道路。

中国循吏第一人孙叔敖高瞻远瞩，重视对农业基础设施的投入，又注重发挥人的主观能动性，相信人定胜天。当时的安丰塘地区是楚国的粮仓。这里粮食产量的高低，直接影响军粮供应和国家是否稳定。孙叔敖建议楚王兴修水利，楚王委任他率领民众变自然水利为人工水利。

领命后，孙叔敖召集水工，收集水文资料，选择湖泽，测量地形，然后带领数万百姓挖土方，夯堤坝。他日夜操劳，节衣缩食，面带饥色，耗尽家产，克服重重困难，终于完成在当时乃至今日都堪称浩大的水利工程——安丰塘。

这个工程，雨季可有效缓解洪峰，旱时可确保农田的灌溉，比西门豹修建的漳河渠早 200 年，比都江堰、郑国渠早了近 400 年。

这个水利工程的原址叫"陂"。这个字的意思，一是山坡，二是湖泽。安丰塘原址地形起伏，水灾时，百姓有地方避险；旱灾时，有水源供给农业。那时那里有一座白芍亭，因此那里被命名为芍陂。

芍陂的兴建，使楚国一跃成为春秋时期的军事大国。这为楚国后来迁都寿春打下经济基础。芍陂在一定程度上安全保障了农业的丰收，据说唐朝时被称作安丰塘，并沿用至今。

孙叔敖重农，清正，所居民富，所去人思。大约在 1700 多年前的北魏之前，为纪念孙叔敖，当地百姓们就在芍陂之北修建了孙公祠。关于孙公祠的实物遗存，最早的好像是一块明朝万历年间的石碑，我在纪念馆里看到了这块石碑。

6 月的天气燥热许多，今天的纪念馆里人员稀少，没有相应的热度。在纪念馆高高的门槛上，一个幼儿正在翻越。工作人员友情提示我们出示身份证件。纪念馆的粉墙黛瓦四周植满绿树，一棵高大的侧柏已经有 260 年的树龄。天空深蔚，飘浮的白云被洁白成彩云。没有风，热气在纪念馆里的稻菽和我的耳边蒸腾。

出纪念馆，扑面而来的是水波浩渺的安丰塘。凉风阵阵，我的裙裾飘扬。水边的望湖亭上挂着木匾——天

下第一塘。天下第一的豪气穿过 2600 年的时光之后，更加浩浩荡荡。亭子里人来人往。有附近的村民，一位年轻的妈妈带着两个女儿在这里等快递。有远道而来的观光者，他们惊讶地说这是天下第一塘啊！

远处的湖心岛与波浪同时起伏。波浪涌过来，一道接着一道，湖水哗的喧腾起来，再哐的一声撞击在望湖亭两边的石阶上，惊涛不断，连续拍岸，如翡翠四溅。

在望湖亭右侧的石岸边，波澜起伏，一片片金光闪耀。我的脑际歌声响起，那是小时候收音机里教唱的歌曲——尼罗河水闪金光，家乡美丽的土地上，劳动的人们在歌唱……这是一首埃及歌曲。在商品粮大县寿县，在美丽的安丰塘里，场景被神奇地再现。安丰塘在寿县古城南约 30 公里处，周长 24 公里。如果把 34 平方公里的水域比作一块玉璧，那一条条呈辐射状的灌溉水渠，就是环绕在这块玉璧上的飘带。

插秧季节到了，水渠里水声哗哗。在周边的田野里，一番忙碌的插秧景象。因为安丰塘至今还在发挥着重要的灌溉功能，确保千里稻花香，所以黎庶至今怀楚相。如果再过两三个月时间来的话，还可以看到一幅生动而壮观的稻田画。

湖边的风很大，吹来湖水的味道，吹来小鸟的鸣叫。两只水鸟上下一绕，快速飞走，无处落脚后，又倏地一下飞回来，站在望湖亭的斗角。1949 年以后，政府多次投入资金对安丰塘进行维修，古塘被修成了一口名副其实的大塘，被修成了一口结结实实的缸。24 公里的周长被石块水泥砌得严严实实。不生一棵芦苇，不长半寸蒲兰，不见衔接水域与农田的湿地。岸上水柳婆娑，来往的车辆和行人心满意足地行进在缸沿上。

孙叔敖如果在现代，他的水工们会不会在灌溉的基础上，综合利用水体资源？会不会提出湿地概念？他会不会高瞻远瞩，想到人与自然和谐相处，给鸟类留下家园？

孙叔敖在现代，是一个关于生态文明的概念。如果孙叔敖来到现代，在目前基础上，他可能会补救性地封闭安丰塘的湖心岛。据说塘中岛上还有岛中塘,面积为 2 万多平方米。封闭湖心岛,把它辟为构建生物多样性的自然天地。天上飞的,树上落的,地面爬的,水里游的,让生态系统链条上的物种丰富,物竞天择。

在离开安丰塘的路上,我看到一块水泥碑。这块陈旧的水泥碑的底座用石头砌成。碑上凸起文字,写着"为人民服务"。这大约是 20 世纪 50 年代建造的东西。

壮举是需要持续的。庞大的工程是政权干预的产物。商纣王命造摘星楼;孙叔敖督挖安丰塘;秦始皇修长城,被孟姜女哭倒八百里。执政者的水平都体现在这些工程里。

水善利万物而不争。它凝聚力极强,融为一体后就生死相依,朝着共同的方向前进。孙叔敖在现代体现的是万众一心,是执政为民,是善于容纳多方意见,是尊重科学的精神。现代有孙叔敖吗?有。

(写于 2019 年 6 月 18 日)

一只鸟的时间

天空飞过一只鸟
是孤独的吗？
我的目光追随它飞远
想写一写这只鸟的时间
我看见它从东方飞来
向西边飞去
再用一秒钟的时间
站在高空
然后翅膀一斜
滑向西北
一只鸟的时间太短暂了
它必须身在旅途而忘记行走
它必须身处孤独而无视忧愁
全神贯注
用一只鸟的时间确定方向
伴着九色日光

一只鸟用所有的时间飞翔
飞过冬天
疾雪舞回风
就发生在它的身边
夏天的夜晚
它也在飞
如果用鱼的标准来衡量鸟
没有一只鸟是合格的

那些看起来单飞的鸟
只是很早就调整好自己的方向

一只鸟的时间
是我情感地震的瞬间
震中地区
是精神洗礼的触点
一只鸟啊
愿你三冬暖，
愿你春不寒，
愿你天黑有灯，
下雨有伞……

（写于 2019 年 6 月 20 日）

六安四天

一

去六安的第一天在路上,这是一个彩云弄巧的世界,好像希望就在前面。

在我出发去六安的前一天,淮南下起一夜大雨,雨声持续倾倒在楼顶,在树梢,在我的南瓜绿叶上。早晨醒来,空气弥漫着草的青青气息,气温下降,但是雨过天未晴,天空混沌得一片苍茫。

我的六安之旅是拥挤的,高铁车厢里座无虚席,还站着、蹲着或者席地而坐一些人。当我推着行李箱,拎着手提袋在人群里慢慢移动的时候,我发现进错了车厢,需要折回头。坐在地上的一个人老朋友似的抬头问我一句:"怎么又挤回来了?"

车到合肥,车厢几乎清空,仅剩下三两个可能和我一样要落脚六安的人。高铁在合肥站经过一段时间的停靠补给之后又飞蹿起来。这时,行驶方向发生改变,所有的人背部向前。这突然出现的状况超出我的预期,适应它,我需要用一程的时间。在这个时间段内,我被动地以退的方式向前,被动地换个视角看天。前方的事物在我的眼里变成远远的后面。窗外,天空开始蔚蓝,蔚蓝得透彻又高远。

车窗外悬浮着大堆的白云,翻滚着,追逐着,仿佛触手可及的一场聚散。蓝天、白云、绿草,过眼事物的线条在忽长忽短,还有角度忽大忽小的电缆。葫芦丝的声音缥缈了,细腻又甘甜,今宵多珍重,我的六安第一天。

车到六安之后,行李箱和手提袋裹着我行走不便。有位乘客帮我拎起一个手提袋。下了电梯,过完闸机口,那人走了。我拿起手机,发现来接我的朋友因为地下车库已满而无法进来。我需要再搭乘直升电梯上到地面。

一位学生模样的青年帮了我一程,靠近电梯的时候,某个微小的异物扑进我的喉咙,撞击得我剧烈咳嗽,泪水溢满眼帘。青年学生递给我一张纸巾。我说:"你到哪里?要不要接我的车送你一程?"青年学生掏出手机说在哪个地方，直线距离400多米。升上地面，太阳的光线有些刺眼。我的朋友过来了，我们一起上车，我说这是路上认识的小伙伴，他要去到哪里，我们送他一程。男青年是安徽工程大学的学生，来参加三下乡活动。

陈如宽老师是我谋面次数很少的异地朋友，每次来到六安，他都尽自己的力量帮助我，这次下榻的酒店是他预定的。

六安的下午是有层次的，这种层次交替在光影和色彩里。远处的楼群被夕阳照亮，亮成一条发光的线。近处的行道树隐在高层的阴影里，变得沉静，绿色却丝毫不减，向路的尽头绵延。明暗的两条平行线被色彩相交在一起，楼群像浮动在绿叶上的一首诗，向那边拉索的淠史杭大桥倾吐久违的单眼皮爱恋。

夕阳不违其时，天时到了必然要火。六安的傍晚需要交给时间，交给晚餐，交给与我并肩的朋友。暮色里，英布的衣冠冢被楼房挤在一角，在灯光里独自与时间斟酒。月亮岛上，车流朝着回家的方向。远处楼顶的霓虹，近处老淠河上的波光，我们交谈的话题，在夏季的夜晚里浅浅地酝酿。

异地采风六安，我的目标既定——为创作一部长篇小说而蹲点。异地采风六安，我行走在月亮岛上。夜晚的月亮岛上看不到月亮，到处是灯光在闪烁橘色的光芒。"皖西学院"四个大字被圆润地刻在一块巨石上。一对年轻人在旁边留影，我一时兴起，把手机递给朋友，帮我发一段视频到朋友圈吧，相当于到此一游，与文化的交游。

我的这部长篇只有纵线的主角汪贤清一个人实名，其他人包括横线的主角我全部采用化名。我的朋友完全赞成我的技法处理，他补充说许继慎只是背景人物。这部长篇不为历史立传，不破译当年的谜团，不是祥林嫂在絮叨一段苦难。旧事重提只是为了珍惜今天的美好，旨在用如今的太平盛世去印证土地革命时期的初心，去交一份当代建设的答卷，去重温皖西旧式女人身上永远的闪光点，去解读新女性的职场体验。

夜晚的老淠河是黑色的绸缎，下龙爪的树影被模糊成一团。我的朋友说，岸上那边是北门塔。他指向一处隐约的暗影，高耸的。"还有南门塔吗？""有。"他指向另一个方向。六安老城不大，镇城的南、北两塔相距只有几里路。许继慎唯一的弟弟——独山暴动的领导人之一许希孟——被国民党杀害后，曾被悬头示众于南城门。小脚女人汪贤清从娘家大姐那里借来大洋三块买回许希孟的人头，和妯娌罗氏一起让小叔子的遗骸入土为安。

夏夜,月亮岛是安谧的,一对老夫妻坐在岸边的柳树下,手里拿着芭蕉叶形的塑料扇。我说:"您坐在这,不怕蚊子吗?"老大娘说没有,有了就用扇子打,说完话便用扇子拍打一下腿。我是 O 型血的人,如果房间里有三个人,还有一只蚊子,这只蚊子又要叮咬一个人的话,被叮咬的那个人肯定是我,因此我是害怕蚊子的。所以当我的朋友站在环岛彩旗下准备长时间说话的时候,我建议还是边走边说。

我的脸上落下一滴雨,我说下雨了,我的朋友说没有呀。我们继续走着,在夏夜里散步,心情便着上了夏的色彩,平静得热烈。又一滴雨落在我的脸上,我说下雨了,我的朋友说下雨了吗?雨滴多起来,彩旗飘扬,却静谧无声。

环岛路上停放着一辆轿车,一个时髦的年轻女郎靠在前面的引擎盖上,手里拿着话筒在唱歌。夏风吹来,她的披肩长发飘起。另外一个女孩子蹲在她的前面用手机拍摄。第三个女孩子在增强照明,她们可能是在做直播。多媒体时代已经到来。

皖西的旧式女人汪贤清在有生的 60 年光阴里也见过汽车。那是 1955 年,她为了救唯一的儿子的命,曾经连夜乘船坐车去往省城找副省长沈子修,希望能够救她的这位过继来的儿子的命。她的这个儿子是许希孟的长子,在许继慎死后,婆婆吴氏做主过继给她,作为她和许继慎的孩子来抚养。汪贤清童养媳出身,尽管许继慎不与她同房,尽管她一生都是姑娘,但她依然深深地爱着他,爱他挺拔的身材,爱他坚毅的目光,爱他私塾奠定的国学基础,爱他黄埔军校经历带来的见多识广。

过继来儿子后,温饱都无法解决的汪贤清却要送儿子去读新学。在那个兵荒马乱的年代,一位身材高挑的 30 多岁的小脚女人在骄阳下一拃一拃地扭动脚步,步行 100 多里地找到码头集的许家祠堂,希望得到一点祠堂公款,资助她的儿子读书。她的儿子师范学校毕业后当了小学校长,后来又当上乡长。这个国民党乡长的经历,是他新中国成立后被镇压的原因。

网上资料显示,镇压的地点也是在六安南城门。我的朋友说不是的,下龙爪这个地方以前有座浮桥,那边有个码头,那些鳞次栉比的楼房所在地过去是荒凉的地方,用作刑场。汪贤清和许继慎的儿子是在这里被镇压的。过去的事情斑斑驳驳,月亮岛人行道上新铺设的砖面已凹凸不平。

二

去六安的第二天,迟到了。我在酒店大厅等待朋友来送我,当他出现的时候,已经滞后约定的时间,我与文联的约定相应推后。不过后来发现,我是超前的,迟到的不是我,而是概念。

在来六安前的两个多月时间里,经过协调,我已经与主任联系好,把此行的目的、时间、希望得到的具体帮助逐一告知。其中又联系多次,包括在出发前的两天,我又一次口气委婉、内容清晰地提醒上述内容。因此早上起来我就退了房间,把行李搬上朋友的车,我在设想去乡镇的方案,有一、二、三种……

主任办公室的门已经打开,他在打电话。我站在门口稍等两分钟,落座后相互介绍一下身份。主任说需要等一会,主席还没有到。等待的窗外是绿色的,等待的茶几上摆放着一些文件。一个送报纸文件的工作人员把一摞报纸放在门口的椅子上,一声不响,脚不停步,马上离开。办公室里的一个人即刻站起来去把报纸拿起,礼貌性地表示接收,然后随手丢在茶几上,接着忙自己的事。

一张作协的经费预算单被报纸挤掉到地板上,我把预算单捡起,重新摆放在茶几上。等待的时间是雨后可能有雨也可能骄阳似火的捉摸不定。我的朋友发微信给我:事情对接得怎么样了,我可不可以先去办点其他事情? 我打字曰:在等主席,你先办事去吧。朋友办完事后,问我要不要现在接,又打字曰:主席还没来,请等待。

去卫生间是等待时间里的一项有效活动。回来后,办公室来了一位老同志。她在与主任解释补发工资的事情。她弯下腰说那段经历是算工龄的,主任说"好好好"。她说她老伴已经补发到位,主任说"嗯嗯嗯"。主任说还需要谁签字,她紧张得满脸堆笑,又弯下腰问为什么还要谁签字。主任说只是签一下字。老同志说她的父母都是离休干部,独生子女费发了没有? 好多钱哪! 然后自己感动自己地说:"对了,今天是七一,是党的生日,我要交党费。"主任说"对对对"。

主席来了,主任过去找主席汇报工作。老同志如释重负,换成局外人的轻松口气,关心似的与接收报纸的工作人员闲谈几句。想想哪里有情况要落实,又急忙冲出门去。他们在另外一间办公室里谈补发工资,谈独生子女费,谈书报费。老同志又幸福地汇报一遍,今天是党的生日,刚才她交党费了。过来一阵风，作协的预算单轻飘飘地落在地上，我又把它捡起来摆放好。

主任过来对我说："你有文联的函吗？"这个没有人提醒我要带，必须要的话，补可以吗？他说现在他与乡镇联系。我睁大眼睛专注地看着他，原来他一直没有与乡镇联系。我朋友的微信来了：工作对接得怎么样？我用拼音九键告诉他：有点不顺利。因为主任只是在与乡镇的党政办联系，且是第一次。他在联系的时候先说明了一下是从谁那里知道的号码。老同志又冲进来，说还是把材料拿走吧，这个表上有她孩子的信息，如果保密工作没做好，别人看到了怎么办呢？还是自己保管吧。主任说"照照照"。原来这是主任的工作语言，他当时跟我说的"好好好""照照照"，都是待解的方程，可能多解，或是无解。

主席走过来，他对我说："写许继慎的人太多，你要是第一个写他的人就好办了，可惜已经有人写过，不需要再写。现在乡镇很忙，都在抓扶贫攻坚，没有时间陪你。那些老人都死了，了解不到真相。"主席双手抱臂，微微挺起肚子，大队书记一样岿然不动，威严地紧蹙眉头。微信又进来了：对接得怎么样？微信回复：不顺利。因为遇到一个逻辑：去年吃过饭，今年和明年再也不用吃饭。可是，去年我落过泪，今年我怎么还会落泪呢？现在我为什么又想落泪呢？办公室的电话响了，主任连声"嗯嗯嗯"，可能是刚才出去的主席在回头交代什么。

主任说出方案：今天在六安城缓冲一天，等待乡镇的消息。明天他可以陪我去乡镇，住宿自理，吃饭时间到了，允许跑到乡镇食堂吃饭。此种状态可以持续几天时间。主任问我："你看呢？"

我的消息发出后，朋友马上过来接我。"六安怎么会这样呢？"他像做错事的孩子一样代人深表歉意。

文学创作发乎情，首先是一场私人化的情感活动，饱蘸深意。任何一部优秀的文字作品不仅是个人情感和思想的结晶，还是时代的缩影。所以当作者情思流淌的时候，需要对口部门运用积极现实主义文学创作观予以疏浚，并给予财力和制度的支持，社会价值便会呈几何化增加。所谓的精品力作就是这样诞生的。所以我渴望得到帮助，起码我不排斥外援。

我说："这事与你无关，你不必抱歉。"原计划只是预设，此种情况属于生成。于情节而言，这是好事，因为跌宕了一下。于我而言，创作困难加大了，我知道该怎么处理。他问我的长篇小说《八里滩》创作还继续吗，我说："你说呢？"大踏步行进的六安，第二天的六安。

第二天的六安，是淮南的女儿崔小红匆匆留步的六安。离开文联之后，我要去往哪里，这是必须面对的话题。我的朋友说去中央公园吧，先坐下来把采风思路理一理，下一步需要做哪些事情。也是，寸金难买寸光阴，既然来到皋城，就务必擦干眼泪不虚此行。

我们的车从中央公园的边缘经过，朋友说这条路在修，是不通的。车至前方，朋友用升调说："咦——路什么时候通了？你看，这座桥可以走了，可以走了，对吧？"

这很好，车到桥前必通路。这座桥架设在淠河干渠上，桥这边人员稀少，显得僻静，那边车来车往，在夏日里奔忙。

朋友把车停靠在路边的梧桐树影里，他说："崔老师，我来联系那个乡镇的学校，看能不能住在学校。"我说不用，我已经联系到那里一位朋友，请他帮忙落实一户居民，食宿在居民家里。我的朋友直接予以否定：安全无法确定，这个方案不行。我说："这样吧，那就干脆调整采风计划，在六安再待两天时间，然后打道回府。"情节本来就需要，且只需要横线的我对当代六安有所见闻，用两天时间去品尝这里的生产生活之汤就知味了，然后再把小说的结尾变动一下即可。

说到这里，我又簌簌落泪，我的朋友不知所措，大家一时无语。窗外，路两旁的梧桐树上悬挂着火红的中国结，两只鸟啾啾地鸣着，翻飞在路那边淠河干渠观景平台旁的竹林上空。朋友说他父母就住在那边，他用手指了一下。因为计划送我，他把儿子交放在父母家里……

路这边的铁栅栏围墙里有几排红砖的三层楼房，像是 20 世纪 80 年代的建筑。这是什么地方？朋友说是科技职业技术学院，为了转移我的注意力，他提议到校园里走走。

我们从林荫道这边的门进去，进门就是住宅区。在一些楼道的门口，横七竖八地摆放着一些盆、罐或箱体，里面栽种着辣椒、香葱。几棵蚂蚁菜见缝插针蓬蓬勃勃地挤在香葱里。辣椒秧不大，却挂满长长的尖头辣椒。地面上的薄荷绿绿的，你推我，我推你，扎堆在一起。黄瓜的黄花一朵朵插在藤蔓上。豆角秧上紫花闪烁。无花果树结满疙疙瘩瘩的青果。邻近的柿子树上，累累的青涩掩映在宣传牌前。

皋城的天空一片蔚蓝，白云丝连，我掏出手机准备拍摄。我的朋友说，这不算蓝,哪年他去大庆,那里的天空瓦蓝瓦蓝的,蓝得低垂,蓝得触手可及,蓝得是这里的几倍。我说淮南也是如此,尤其到了秋天,天蓝得我不忍多看,又忍不住不停地看。淮南的天,蓝成了晶莹的梦。连续一些年的环境治理,于民众而言是获益的。

我们在校内柏油路上走着,我问还要走多远。我是一个能吃苦的人,后来我才发现这种吃苦仅限于文字工作的时候。在其他情况下,我有点娇气。我脚上的"星期六"让我款款行走,但不能多走。所以要问我们还要走多远。朋友说就到前面,前面竖立着一面指示牌——大学生创业园。

大学生创业园是做什么的?两个打饭的学生说可以在里面帮别人打印材料。我朋友说这是目前各大学的标配。"校外人员在食堂里可以用餐吗?""可以,用支付宝或者微信都行。"食堂里还有两个摊位在售饭,师傅把饭盆掀起来,用勺子把饭菜刮在一起。天热得人没有胃口,"我们回吧,去你家。"

在六安的第二天,我第一次登入我朋友的华堂。车到楼下,我又迟疑起来:是去酒店呢,还是借宿人家?我的朋友把车缓缓停下,他在用沉默征求我的意见。邀请我吧,怕有引诱之嫌;拒绝我吧,怕有慢待之意。左右为难,一切都在我的意念之间。想到自己水肿的双眼,想到行李和手提袋的裹腿,再想到明天的乡镇之行……朋友,在下这厢有礼,暂且就骚扰你吧。

我要洗脸,洗去上午的疲倦。朋友家的卫生间里张贴着识字的卡片——牙齿、味道、沙滩……这么多呀!他说不多,以前才多,到处都是。说着话,手臂在房间里画了一圈。他手指之处,门上密密麻麻地粘贴着一些纸片,每张纸片上都工工整整地写着儿歌——《早早起》《中国,我爱你》《礼貌歌》《洗澡》《十二生肖歌》《可爱的五官》《交通安全》等等,这是一个负责任的父亲。

我太疲倦了。补午休的时候,我的朋友在忙孩子的读书征文比赛,他说这哪是孩子征文呀,是他在比赛。配合学校的家长都是好家长。我说谁让你那么有才呢。然后他去接孩子。

天色暗下来,万家亮起灯火。我坐在朋友家的桌前,打开笔记本,梳理明天的采风内容。楼梯里的脚步声近了,又停下,门被打开,我站起身,一个小学男生跨进门,脆脆地叫了一声崔阿姨好。

朋友的孩子家教良好,懂礼貌。我知道他会拉小提琴,就说:"你可以把小提琴拉给我听一听吗?"这是一个不怯场的小孩,融合性很高,马上跑进自己的房间取来小提琴。他爸爸说:"你拉曲子给阿姨听,不要拉练习曲。""你拉,我唱。"孩子开始拉《北国之春》,我的朋友唱起乐谱,父子俩配合默契。我取来手机拍摄,小男孩专心致志,不为外界干扰,只是淡然随意地扫一眼镜头,马上又转身扑进他的春天。

我说:"你还记得小雨吗?"小雨是我另外一个朋友的女儿。这两个孩子去年见过,他们在车上交流的第一句话非常官方——让我们一起来谈论游戏的话题吧。那时,男生读二年级,女生读三年级。我的朋友问起小雨的近况,我说在学习篆刻呢。都是多才多艺的孩子。

小男孩爱读书,当爸爸去洗漱的时候,他取来一本书递给我阅读,这本儿童读物很好——《半小时解读中国诗歌》。我们的生活为什么需要诗歌?那是文化品位的标签,那是情感抒发的需要。朝代更迭,皇帝没了,宫阙万间都成了土,真情与性情还在,所以我们离不开做官失败的李白。我在阅读的时候,小男孩又跑去拿来一本书,坐在沙发上看王莽新政。

我拍拍小男孩的大腿,说:"阿姨枕你腿上可以吗?"孩子说可以,我躺在沙发上,枕在孩子的腿上看书,小毛头一动不动地看着自己的书,两个没有血缘关系的人紧紧依靠在一起。

我说:"今天我睡你的小床吧。"小男孩说可以。"你和阿姨一起睡,如何?""当然可以。"我朋友说孩子还是跟他睡吧。快十点了,我需要休息。爷俩你一言我一语,继续忙着自己的事情。慢慢地,声音越来越小,后来隐约听到父亲在指正什么,感觉像是一天结束时的例行总结,这让我想起胡适的母亲。夜安宁,儿子不再回声。

三

早晨醒来已是六安第三天。夏天收干,昨晚晾在阳台上的衣服可以叠起。洗漱完毕,我坐在沙发上修饰妆容。父子两人的房间开始有了动静,然后音乐骤然响起,吓我一跳——我爱你,中国。我爱你碧涛滚滚的南海,我爱你白雪飘飘的北国……

爱国主义不仅仅是形式所需,更是我们心灵深处的应有之魂魄,在家庭中进行爱国主义教育能够潜移默化地涵养孩子的浩然之气。

一曲终了,曲风大变。通俗歌曲带着欢快的节奏跳跃而来——我因为你而煎熬,心碎过的每一分每一秒,我因为你而燃烧,你对我多么重要……

这父子俩相继洗漱,结束后也围到沙发边坐下。小男孩关心的并不是早饭怎么吃，而是直接问爸爸项梁是什么人，他为什么要杀刘邦，许继慎战斗过的地方在哪。项梁、刘邦、许继慎、汪贤清，他们斯人已逝，和王莽一起成为历史人物。既然是历史，就意味着不再是政治，就要用历史的眼光去看，历史没有对错，只有存在与否。一个个鲜活的名字，早已湮没在黄尘古道，他们担当了生前事，哪里去计身后评？

我对朋友说："你真会教育孩子，这个孩子综合素质高，悟性好。"小毛头马上说："您的意思是说我孺子可教，对吗？"

朋友在回答完孩子的提问后，问我今天的采风内容有哪些，我说去看看三农，它的全称是安徽省第三甲种农业专科学校，1919年由朱蕴山在六安创办，号称六安的黄埔军校。这里是许继慎走上革命征途的起点。我问甲种是什么意思，朋友说就是国立，如果是乙种就是官民合办。

再到六安老城的南门。朋友说南门拆了，可以看到南门锥子，就是南门塔。还有一段老城墙，在西门附近。

还要到大别山革命历史纪念馆，去看看许继慎生前交给汪贤清的一个马鞍。这个马鞍好像是一个毛毯，还是什么东西。网上资料说法不一，反正是用来垫马背的，当作马鞍使用。汪贤清一直带在身边，保存了近30年。在1959年被当地政府用一床13斤重的棉被换走。看到这个马鞍，我相信时空会瞬间交替，眼前能再现土地革命时期的风云、刀光、缠着红缨的枪影。

到许继慎的出生地土门店走走，那里是他与原配汪贤清成亲的地方，现在是许继慎陵园所在地。如果有机会走进一户人家那是最好的。

号称麻都的苏埠，老街还在吗？还能看到遍地的火麻吗？

重走八里滩。许希孟和许继慎相继身故后，汪贤清和婆婆、弟媳这三个小脚寡妇还有两个六七岁的孩子成了国民党眼里的"匪属"，成了共产党眼里的"反属"，在土门店无法落脚，便来到八里滩度日。汪贤清妯娌从很远的淠河滩抬水回来吃。那路上还有她们蹒跚的脚印吗？

我们带着这些疑问出发。小男孩随手拎走一个袋子，里面装着他的书籍，《半小时解读中国什么》，比如诗歌、历史、人物等。

朋友去开车，我和小毛头站在小区门口等待着。这里竖立一块大型宣传栏，是史红雨创作的关于六安的三字歌。我俩驻足观看，我在看内容，勾连了哪些皋城历史。小毛头也在看，他突然问我："崔阿姨11乘以11等于多少？"我说121。他马上说这个三字歌有390个字。原来横排11组，竖排11组，最后一行还有 9 个字。小毛头善于观察思考,数学头脑灵光,喜欢生活中的数学。他 22 岁的姐姐今年考取了中科大的博士。

六安的早餐与包子有关。这里的包子软塌塌的站不起来,扁成糖糕的形状,也揪不成规则的花,肉馅会从包子的薄皮处掉出来。傍晚我在另外一家餐饮店看到的包子也是如此状况,总之粗糙,远没有淮南的包子容貌端庄。六安大体有山地、丘陵、岗地和平原四种地形,以前相对落后,面食制作不发达。如今,如果食客需要,店主会把包子再用油炸一遍,炸得金黄。两地店主的热情、食客的食欲是相同的。

六安的晨光明亮,洒在整齐的街道上。白色的道路隔离带干干净净,香樟树站立在路旁,楼宇鳞次栉比,音乐一样流畅。来不及嗅一嗅藻荇的水汽,我们的车已经越过九墩塘。据说这个塘当年是某个地主的后花园,开挖的时候,泥土堆成九个墩。

云露街到了,沿街店铺的门头上出现了与"云露"有关的店名——云露五金,云露鲜花。丁丁漏水夜何长,漫漫轻云露月光。

朋友说,这里的云露另有其意,是为了纪念寿县小甸集人,革命党人曹云路。他说路牌上的这个"露"字印错了,我上网搜索一下,"路""露"都有,不知道哪个是他的本来用字。九墩塘的荷香、云露街的阳光,一段没有交集的往事,在我的眼里交织起来,交织成土地革命和抗日战争时期的一张张泛黄的脸庞。六安是红色革命的一个摇篮,近代乌金工业则崛起于淮南。

朋友说到了,然后停下车。到了哪里? 老城区。老城区是一片正在拆迁的区域,这片区域用墨绿色的塑网围成一圈墙。一些楼房被捣成残垣断壁。暂时还没有体残的建筑,门窗已经被卸掉了,黑洞洞的,用就义前的那种大义凛然在洞悉时间。野草不愿意爬上建筑垃圾,散落在荒地上。一些红的、绿的、黑的塑料袋游走其间。

朋友指向那边让我看文庙。文庙是根据礼制建造并与科举相结合的孔庙,代表着文化。工业文明开光的淮南城是没有这些东西的,它有楼上楼下、电灯电话。

六安的文庙缩在那些待拆迁的楼房之间。琉璃的黄瓦,斗角飞檐,两旁的厢房是硬山的薄墙,覆盖着青色的汉瓦。我说能进去吗,朋友说能,我们向那边走去。小毛头跟在身后,手里拎着他的《半小时解读什么》。

文庙的院子里堆放着一些陈旧的大型石制品。有青石,多数是赭石的那种红色石料,手感粗糙,但是雕刻精美。有大团的花朵,有蛟龙祥云,还有方整的榫眼。有一块石料可能是架设在门楣上的,阳刻的是"百世流芳"。这些都是后来花钱买的,集中堆放在这里,可以把时间的镜头拉近,其他方面暂时还没有派上用场。至于规划布局,那就不仅需要时间了。

那边草丛里竖立着一块省重点文物保护碑牌——安徽省抗日民众总动员会旧址。抗战时期,国民政府于民国二十六年(公元 1937 年)11 月宣布李宗仁为第五战区司令长官兼安徽省主席。这就是历史上的桂系主皖。他 1938 年 2 月到任当时的省会六安,组建安徽省抗日民众总动员委员会,身兼主任,朱蕴山等负责具体工作。

上午的文庙,一扇扇红色的木门紧闭。门上拉着一条褪了色的裕安区文物所宣的横幅——人人参与消防,家家幸福安康。看护人员的衣服挂在木扇门前的铁架上。太阳花开得正旺,大红、紫红、玫红、水红,我想到我的名字小红。我母亲说过,红军、红旗、红色政权、红太阳,所以我叫小红。如果你稍加留意,在文学的通衢大道旁会有一朵红花,小小的,那就是我……

文学的路上人来人往,看别人走得平如砥石,坦坦荡荡。其实那种感觉只是看人穿鞋。好比"星期六"在我的脚上,你看到的是纤巧、雅致,我看到的是落地生根,一份踏实。感觉是会错位的。

从文庙出来后,绕过六安县文物局旧址,我们来到古楼街。古楼街也被墨绿色塑网圈于其中。这里的街被挖得没有街,古楼成为空壳名词。路口残立一栋两层的老楼——古楼街 133。

老楼有两间门面,其中一间的插板木门打开几扇,一位老妇人面无表情地坐在木桌旁。老桌造型讲究,桌腿被车成圆形,在一节一节的圆中夹着方形。砖墙上撑起一块木板,上面层层码起许多玻璃瓶,写着药水什么。一盏节能灯白白地吊在药水旁。二层架设木楼板,门额向外突出。临街的是一堵木格墙,位置不同,木格采用的形状就不同,疏密有别。

以前,我看到的是青色汉瓦,第一次在古楼街看到红色的,这大概是 20 世纪 40 年代的建筑。

走过 133,远远望见一栋两层的红色"工"字楼掩映在绿树中,这与淮南已拆除的安徽理工大学红楼的副楼样式相同。房顶覆盖着大片的青色苏瓦。这栋待拆的苏式建筑仪态敦实。在"拆"这方面,两地握手言欢。

特征是区别于他人的标签,地域和时代均有自己的特征。来到皖南,满眼粉墙黛瓦马头墙。去往民国,女学生的青白色掐腰小褂,再配一条黑色的宽松半截裙,一位深闺中的清婉女子就被解放到宽广自由的世界。特征不仅留存在建筑、服饰上,还留存在手工艺、餐饮等方面,留存得无处不在。

如果把各个时期连接起来就是完整的历史。撰写史书有一种体例,叫断代体史书,按朝代断限来写。断代史只是笔墨集中的方法,历史依然完整。如果"拆除"了时代特征,那也有了"断代"——历史的玉帛被无情割断,文明成果无以承继。因此中国人怕"断",比如:断子绝孙、断头、断肠人在天涯。

我眼前的水泥路已被挖断,几块老条石被掀在路边,生活污水漫过路面,脚下越来越难走。我朋友把小毛头夹在腋下,小毛头把他的"半小时解读什么"夹在腋下。踩过泥浆,前面是三农旧址。汪贤清的丈夫许继慎是从这里踏上革命征途的。沈子修担任过校长。王明在这里读过书。土地革命和抗战时期,三农培养出一大批红色早期人物。

走进三农,就是带着仆仆风尘穿越时光隧道,奔赴历史。可眼前的三农太新了,比它刚落成的样子还新。新得肤浅,新得单薄,新得人心生战栗,连阳光都尴尬起来。这让我准备的那些事关久远、真实和风尘的词语无处安放。

我问这是三农吗,朋友说是的,这个院子是现在加的,院子里那几间翻新的房屋真是原来的房子。我说:"相当于瓤子是真的,壳是假的,对吧?""对的。""那壳是假的,我怎么知道瓤是真的呢?""就是真的。""那为什么要把真的变成假的呢?"小毛头说本市办证,见证付款,联系电话……他在念墙壁上刷的小广告。

三农的那边是下龙爪,这里距离北门塔不远。朋友说文庙、三农、刚才那个工字楼是原来的人武部,还有县政府都在这附近。我说:"这里是以前的政治文化中心吧?""是。""那经济中心在哪里呢?""在南门。"那就驱车前往南门吧。

为什么要到南门呢?因为它在 1949 年前,依托老淠河水运成为六安县的经济中心。还因为 1929 年 12 月,汪贤清的小叔子,独山暴动领导人之一许希孟在雪花飞扬下的郝家集秘密开会时被捕,就义于独山,人头被悬挂在六安县南门示众。当时公公已去世多年,许继慎远在上海,家里只有三个小脚女人和两个四五岁的男孩,天寒心冷,举家悲恸又恐慌。汪贤清去娘家大姐家借来银圆三块,赎回许希孟的人头入土。在长篇小说《八里滩》的纵线里,是绕不开南门这个地点的,我需要到旧址去拉近时间。

我们在车流中乘风破浪,轻舟已过万重山。朋友说到了。顺着他示意的方向看,一座青砖的九级佛塔矗立在路边,旁边有一方小小的荷塘,水莲在清风中绽放。

朋友说这是实心佛塔,象征性地开有门。门上挂着扩音器,梵音袅袅,轻轻飘来。一个中年妇女双手合十,正弓下腰对着塔门作揖,然后又转身去推婴儿车。把婴儿车推到塔门旁,又念念有词一番。家长是孩子的第一任老师,任期最长。家长带孩子涉足的场所就是孩子成长的课堂。家长给予孩子的,不仅有食宿,还有自身的学识、职业背景以及对孩子的教育期望。

我走近这座九级佛塔,近距离地观察它,发现第二级佛塔上有阳文。我对朋友说:"你看,这一块块青砖上有阳文,写的是'捐田'什么。"我朋友说还没注意过,砖上居然有字,怎么读不通呢?想一想不对,以前是从右向左读,原来写的是"胡秀田捐"。一个叫胡秀田的人为建造这座南门塔捐过钱财。再向上看,第三级佛塔的块块青砖也压膜了阳文,写的是"本堂捐"。

这座塔被百姓叫作南门锥子。为什么这样叫呀?小毛头说顾名思义,它长得长,还尖。我说他说得也对,又转头问我朋友:"能不能还说明一点,老六安县治安动荡,大别山区土匪出没?因为从名字可以看出隐秘的攻击性心理。"他答非所问,说这周边一大片区域原来都是庙产,所以南门塔又叫观音寺塔。

民国时期,县衙好像在南门附近。1921 年春天,六安县知事(县长)骆通审理一起逃婚丈夫家暴的案件,应该判决离婚,骆通因为受贿,判决男方当堂领人。女子磕头如捣蒜,誓死不从。思想守旧的骆通当庭训斥要"嫁鸡随鸡,嫁狗随狗"。这激怒了旁听的三农学生们,时任校长沈子修支持学生开展驱骆运动。在省城安庆读书的许继慎,还有在南京、芜湖、上海等地的六安学生返回声援。7 月,学生们包围县衙,骆通躲在大堂公案下,被学生拖出来,架出东门撵走,斗争取得胜利。

有南门锥子就有北门锥子,也叫北门塔。我们前往北门塔,中途路过云露桥,朋友把车停下,因为这里有一段残存的六安县老城墙。小毛头抱着他的书籍不愿意下车,父亲把车停好,没有勉强儿子。

云露桥架设在老淠河上,连接着城区和月亮岛。桥上车来车往,桥下,有两艘小船在一前一后破浪前行。我问那是观光的游船吗,朋友说不是,那是清理河道垃圾的工作船,淠河水绿,静静流过,河边凉风习习,偶尔夹杂热浪。岸边,狗尾丛中卧着成片的赭石色原生石头。城墙的一块块条石就耸立在这些原生石上。古人善于借势,是聪明的。那些条石也是赭石色,这就是一方水土一方山石。

城墙依建淠河,顶部与淠河路齐平,上面建有一堵堵皋城文化墙,人们休闲地走过。因为挂念着车里的小毛头,我们稍作逗留,匆匆告别此地。

北门锥子又叫北门塔、多宝庵塔,建于北宋时期。庵本是僧人清修的地方,禁止外人入内。今天的多宝庵成为休闲和观光的开放式场所。庵前的凉亭里,几名中年妇女在健身,体态自如。绿树上倾泻着太阳的光泽,大雄宝殿的桌案上供奉着大西瓜等时令果蔬,还左右各摆放一桶5L的食用油。一位比丘尼模样的老人坐在屋檐下。

北门锥子被整修得棱角分明,这是一座空心塔,可以登高望远。在塔门的背面别有洞天,里面有一间无梁小殿。它被隔成两层,上下各有一尊菩萨,身披红布。

出多宝庵,小毛头说未成年人请勿参加祭祀活动。我说:"谁告诉你的?"他说墙上张贴的。小毛头会择善而从。

上午的北塔广场空空荡荡。文化墙上张贴着新征程、新目标、新思想……骄阳下,一个穿着红裤子的短发老妇人踽踽独行,肩上用竹竿撅起一个大大的条纹绞丝行李袋,在走向文化墙。暑假到了,各种辅导班的消息在街巷里热闹起来。不知名的黄花金灿灿地开放。

近年来,六安市的建设突飞猛进,我足迹所到之处,处处拥有一份精致。市内道路畅通,鲜有堵塞。楼房高低不论,在楼房墙体外一律没有乱搭乱建现象。市区主干道沿线的店面都在室内经营,看不见占道经营现象。树木不高,绿色不短。

在临近大别山革命历史纪念馆的路旁,倾斜着几棵粗壮的法国梧桐。我的朋友向我招手说:"快一点,十一点关门,带身份证了吗?"我说带了。纪念馆里凉气袭来。我问工作人员许继慎栏在哪里,答曰二楼。我们直奔上去。

许继慎永远那么年轻,带着黄埔军校时的飒爽英气高远地微笑着。他骑在马上,看着我款款走去,一步步接近他。我看到了他黄埔军校的毕业证书,民国的档案意识啊,是文化的种子。我看到了他的马鞍,我几次来到六地平安时都惦记的那个马鞍。这个传说中的马鞍,传说中的毛毯,其实是一床薄薄的被子,被面压着考究的绲边。被子脏了,脏成黑褐色,脏得清晰可见上面的菱形图案,脏成包浆,这包浆封存了土地革命时的天光云影。

1931年,许继慎在肃反中被错误杀害。汪贤清在麻埠街上卖油条维持一家人生计,这时的麻埠街上到处画着丑化许继慎的宣传画——手持血淋淋的大刀在杀人。谣言四起,说汪贤清炸的油条里有毒,油条卖不出了,婆媳三个小脚寡妇带着两个六七岁的男孩,带着许继慎留给汪贤清的这床被子艰难地返回土门店。

工作人员要下班了,开始清场。他走过来问我看谁,我说许继慎,我是专门来看他的。工作人员问:"你认识他吗?什么时候见的?"我的世界开始下雪……

我跟朋友说,下一个目的地是土门店。朋友说许继慎铜像在那边的草坪上,我们看一看再走。路边站立一些大块的石头,上面是徐向前、洪学智等老一辈革命家题写的寄语。朋友说,这样的石头很多,言下之意有许多革命家题字。他们当年都是许继慎的部下。小毛头手握一瓶纯净水跟着手握纯净水的父亲,摆臂,抬腿,动作一模一样。

许继慎身穿一件长大衣,腰束皮带,打着绑腿,站在基台上,昂首望向前方。朋友对他儿子说:"你看,中国无产阶级军事家许继慎,徐向前1990年题写的。"我们转到铜像的后面,朋友读了两句后面的碑文,对儿子说:"你和我一起读,读到那个句号。"父子俩齐读"中国工农红军高级指挥员,无产阶级军事家,原名许绍周……"

去年夏天,我在汪贤清孙子许明祥校长的陪同下,找到汪贤清的娘家侄孙,亲眼见过汪氏家谱。泛黄的宣纸上刻印着"生女三……三适许少洲"。在长篇小说《八里滩》里,除了汪贤清一人采用实名外,其他人包括我在内一律化名。例外之处是,我会用许少洲代替背景人物许继慎,原因就在这里。

大别山革命历史纪念馆附近环境整洁、清幽,再一次加深了我对六安的精致印象。石桥边的枫杨树下坐着一个垂钓的男人。一名女子撑起遮阳伞走上石桥,身影幻化在树影里。石桥九曲,那边是高大的水杉。

朋友去开车,小毛头说先把空调打开,否则我是不会上车的。我的朋友就近打开副驾驶室门,忙探身进去,先把空调打开。水边的柳条摆动丝绦。小毛头说柳树可以做成任何形状,放在外面可能会被小偷偷走。我问他是何意,他说书上说,柳树容易做造型,可以种成任何形状,这么有特点,放在外面可能会被小偷偷走。我说黄口小儿,不可小觑。他说:"您的意思是说我后生可畏吗？"

车窗外的楼群快速后撤，我们向土门店进发。

城南镇的楼群和市区一样耸立，却又高于市区。我问镇与乡区别在哪，朋友说主要看城市功能。我喝了一口纯净水，说："小毛头，看看你那边还有水吗？给爸爸一瓶。"小毛头说一级水，简易净化之后，可以直接饮用；二级水要普通净化……五级水基本丧失所有功能；黑臭水丧失水的全部功能。乖乖，我记得他出门的时候带的是"半小时解读什么"，还带了什么科普读物吗？我扭回头看看他在朗读什么书。小毛头躺在后面，手里拿着刚才上车前我们在六安特产店里购买的核桃酥。除此之外，空空如也，原来他在背诵。呀！这小孩。我说他怎么记得这些东西！他说上次看过水污染情况，地图上也能找到。我想起昨晚他拉小提琴的时候，沙发上面的墙上粘贴着一幅大地图。我说他在他们班级算是优秀的学生吧，他说考试不考这些，他不知道。

最近几年，微信普及程度大大提高。每年高考过后，都会有高考制度对安徽考生不公的帖子在朋友圈或者群里疯传，说帝都的学生没有安徽考生分数高，上北大和清华的比例却远远高于安徽考生。高考分数固然重要，它能考尽一切？能涵盖综合素养吗？

土门店在六安至霍山的公路旁。百年前，那里是只有五六户人家的小村落，围着土围墙。雨水冲刷，一截土围墙轰然倒塌，形状像是土门，因此得名。许继慎就出生在那里，他的纪念陵园也在那里。

这时已是中午时分，阳光煌煌地射着，陵园里来了我们三位不速之客。纪念馆大门紧锁，朋友说要不要联系工作人员开门，我说不用，进去过几次呢。我还清楚地记得工作人员的解说词——汪贤清是病死的。我看着他的眼睛问是哪年病死的，他说记不清了，只记得是病死的。

1959年，徐向前写信给安徽军区，请代为寻找他的老战友许继慎的家人，把他们的近况告诉他。当地政府把这件事当作向中华人民共和国成立10周年献礼的内容,派人寻找。终于在八里滩找到汪贤清,用一床13斤重的棉被换走了前文的那床马鞍被。在这前一年,许希孟的遗孀已过世。

许明祥校长说我喊她们老秃奶奶,瞎眼奶奶。瞎眼奶奶是许希孟的遗孀罗氏,半世胆寒,她哭瞎眼睛;汪贤清是老秃奶奶,一生煎熬,她秀发脱落。

许继慎的半身塑像坐落于他自己的陵园中央。在塑像的周围摆放着几个插满鲜花的高脚花篮。

现在,骄阳似火,鲜花们干渴得无精打采。我抽出一支红玫瑰递给小毛头,把它插进纯净水瓶里,如何?小毛头摇摇脑袋,又把玫瑰插回花泥。

朋友停好车过来了,我们仨一起向纪念馆后面走去。去年,后面正在开疆辟土,建造慰烈工程,所以今天要过去一看究竟。午时的太阳灼烤着后面小广场上的石板,热浪升腾。后面的后面是一片公墓,集中了几十个墓穴,每个墓穴上面都有一个烈士的名字和籍贯。

小毛头用手触摸一下墓穴上面的大理石板。"哎哟,好烫。"他叫了一声,继续说如果在石板上面煎鸡蛋,会马上烤熟的,可以做鸡蛋卷饼。小孩子接触外界主要依靠触觉和味觉,这样才能具体。于此,他全用上了。他还不能够理解旧社会穷人的生活和被迫反抗。

许继慎故居的三间草房被移建到纪念馆旁。雨水把草房外面糊的黄泥剥落掉一块又一块,露出里面的红砖。三农的瓢是真的,套上一层靓丽的假壳;扩大的许继慎故居瓢是假的,涂抹一层真实的黄泥。在土门店村里,原来复建的许继慎旧居还在,为了参观者一眼就能看见,这里再次复建。

真真假假,是是非非。我真的好忙啊,所有的快乐都与我无关。在没有丈夫朝夕相处的日子里,汪贤清啊,请问你来不来得及孤单?我们现在谈论爱与不爱的话题,是不是为时已晚?

我们向土门店村里进发,因为打算择取一户人家。我想问一问许继慎与汪贤清在土门店成亲的时候,路上有没有行人在围观?我想知道许希孟悬头示众的时候,她们有多么惧怕来恐吓的清乡团?我想了解许继慎从上海返回大别山创建工农红军第一军的时候,她们有没有想到这仅仅是一场短暂的相伴?许继慎壮烈献身以后,她们有没有预估到,返回土门店老宅会遇到家门人的责难?她们有房难久住,只能僻居八里滩。唉,总之是一场心酸。

我真的好忙啊,所有的快乐都与我无关。所有的疑问,在我心里无限纠缠。

土门店村落不大,楼房外观亮堂,白墙壁上刷着红色的标语——"红色精神代代相传。""黑恶必除,除恶务尽。""党的帮扶来救济,斩断穷根靠自己。"

水田里的稻秧抓住日照时间,在茁壮成长。水泥路在乡村的绿色里蜿蜒蜒蜒,路边草丛里有一些白色的装饰性低矮栅栏。百日菊鲜红,凤仙花水紫,喇叭花吹响,豆角长长地挂着,如今的乡村生机盎然,一派富足而安宁的景象。

一条小黑狗趴在轿车下面乘凉,看到我走近,它马上汪汪地叫起来,告诉主人来客人啦。女主人从敞开的房门里走出来。我说来土门店参观许继慎陵园,顺便在村里走走,走到了她家门口。这位主妇笑笑。她家的居室干净整洁,墙壁上张贴着大幅的国家领导人图画。鲜艳的塑料花在她家的条案、餐桌等用具上恰如其分地摆设着,茶几上搁置着嫩汪汪的吊兰。

我问这一至三层都是她家吗,她说一楼的这套120多平方米的房子是她家的,对门150多平方米的房子是别人家的。这是回迁安置的楼房,每户面积不等。她的爱人和独子都在附近工厂上班,这是一户农村而城镇化家庭的代表。

问起当年事,乃不知有许继慎,无论汪贤清……

我的朋友和他的儿子在土门店村文化广场等我。午时已过,小毛头还没有吃饭,我们向苏埠进发,去那里用餐。

从戚家桥到苏埠镇,道路长约10千米。在这条道路两旁,楼房比肩排列,像一只气球上的绳子。进入苏埠镇腹地,你会发现这里是那根绳子拴住的彩色大气球。镇域面积68平方千米,总人口近10万,城镇常住约5万人。

我们走进一家清真面馆。用餐的时候确定了下一个目的地——苏埠老街。苏埠位于大别山东北麓,南有淠史杭灌区最大的水利枢纽工程"横排头",西邻九公山,老淠河绕镇流过。自古以来,这里是皖西大别山农副产品集散地和商贸中心,素有小南京之称,号称千年古镇,目前是国家级小城镇建设试点镇。

我说:"你们困吗? 我想休息一会儿,需要20分钟时间。"小毛头依然精神抖擞,我的朋友让我先睡,他要把车开到老街,找个地方停好。我把座椅放平,取出淡蓝色的帽子盖在脸上。我能感受到车子在平稳地缓缓地前进,我听到了自己的鼾声。车已停稳,我的身影飘忽起来。渺远的笛声响起,音如石上泻流水,水声激越……

我醒了,深吸一口气,摘下帽子。我的朋友一直静静地坐在驾驶座上等待着。我说:"刚才我打呼了,是吧?"他笑笑。我有点难为情,说我能感觉到,可无法控制。窗外,一个胖胖的中年妇女从制作不锈钢门窗的店铺门口走过,风吹开她肥大的长裙,身影消失在那边的平房巷口。朋友说,那就是苏埠老街。

走进老街巷口,一棵百年梓木活在三间平房旁。平房屋顶无规则地铺设着红色和青色的汉瓦。一个男青年骑着电动车走过一面水泥墙。墙上刷着红色的宣传语——脱贫先立志,致富靠自己。在字首处还画了一颗爱心,又嵌入四个小字——精准扶贫。

步入老街,石板路还在,长长的条石赭红色,与文庙石刻和西门城墙的基石材质一样。条石的中间有独轮车碾压的车辙,仿佛还能听到当年引车卖浆者的吆喝。

木板的插门、青砖墙上造型不同的小小灯龛、摇摇欲坠的汉瓦、裸露的屋椽、占卜与配婚的红纸喜气洋洋,火麻的秸秆堵在废置的门旁,被风雨侵蚀的土坯墙……屋里,一个男人在锯木头,吱——吱——老婆站在身边。三个老头坐在屋檐下。一只摊着鲊肉的竹匾在晒太阳。关着门的屋里传出麻将的呼啦声音。刚才那个胖胖的妇女从哪个巷口又突然胖出来,飘着肥大的长裙,在我面前胖胖地走过。一名清瘦的老妇看我拍照,说:"你看看这有多破,还小南京呢。"

苏埠老街是隐贤集的姊妹,是淠河岸边闪烁的烟火。1930 年,独山暴动导火索人物,21 岁的何寿全被国民党杀害于苏埠。今天的苏埠老街安静了,这是喧嚣后的长久沉寂吗?不知何时能醒来,希望它不要就此而溘然长逝。

小毛头坐在车旁台阶上看书,爸爸喊他出发去八里滩。去年夏天,我到过那里,当时正在收获火麻。在麻都苏埠乡村的路边、房前、地头,晾晒着一捆捆撒开的火麻。我在想,这部长篇小说要运用积极的现实主义文学观指导创作,突出地域特点。待到设计《八里滩》书籍封面的时候,要糅进这一捆捆撒开的火麻。水墨丹青,淡化再淡化。

八里滩是许希孟妻子罗氏的娘家,他的妹妹许绍英也嫁在那里。1932年,汪贤清婆媳三人带着两个孩子从麻埠返回土门店,遭到当局的恫吓和家门妯娌的欺压,被迫来到八里滩。这里距离老淠河不远。所谓百里的横排,八里的滩。

许校长说，有位老人跟他谈过，你家两个小脚奶奶从很远的淠河滩上抬水回来吃，歪歪倒倒，伤心哪。说到这，70多岁的许明祥校长眼睛湿润。

下午的八里滩阳光耀眼，一捆捆撒开的火麻刚晾晒不久，秸秆通体青绿。路上遇到一位热心的大娘，居然是许校长的表姊妹，且同岁。她带我们去看汪贤清居住近30年的老宅地。

老宅地周围是茂密的树丛，给人一种森林的包围感，现在已经另住他人。在高大的红瓦房走廊下，堆放着一些陈年的麻秸秆。女主人穿着一件玫红的衬衫说："又有人来拍摄了，你们把钱给许明祥，又不给我，却要来我家拍摄。"

去年我来苏埠采风，空手而来，在许校长家白白吃住两天时间。他70多岁的老伴吕阿姨主动帮我洗衣服，把我的两双长筒丝袜放到搓板上搓洗。她的慈眉善目蕴含着汪贤清的贤惠和坚毅。面对眼前这丰富的民间想象，我感觉臂膀麻酥酥地痒，蚊子来了。"玫红色"拎起一竹篮的菜叶，走到那边的网罩前，撒进去喂鹅。一只只大白鹅扭扭地跑过来。我说："谢谢啦，您忙，我们走了。"

在距离路边还有10米远的地方，我停下来，指着一片平地问朋友知道这是什么吗。这里安葬着汪贤清，还有她的婆婆吴氏、妯娌罗氏。生前共历苦难，身后一起安眠，幸福莫大于焉。

八里滩的耕地里有一片片待收获的火麻。我对朋友说："在离开这里前，请帮我拍摄一张与火麻的合影吧，我微笑着面对你。"

宋代田园诗人范成大诗云"昼出耘田夜绩麻，村庄儿女各当家"。诗里的"麻"就是汪贤清与罗氏夜晚就着照明用的燃烧的枯竹在家中搓麻线的麻，是旧式母亲们纳鞋底用的麻，是当代的你穿着的高档棉麻衣衫里的麻。苏埠啊，汪贤清生活过的中国之麻都。

车载音乐响起，我们的车辆在老淠河河滩上奔驰。我真的很忙啊，所有的快乐都与我无关吗？

淠河故道白鹭云集在绿草丛中，澄澈的河水映照着天光，远山葱茏。横排头就在前面，那里有刘伯承元帅题词的"丰收之源"。一片规模较大的光缆设施布设在河滩，旁边立着一块大型宣传栏——撸起袖子加油干，脱贫摘帽……我们的车辆一跃而过。玉米在田野里把叶片宽宽地舒展，百日菊开在路畔。柏油马路穿过高岗，上面兼葭苍苍，一片兼葭一片花，到了秋天，诗情一定灿烂。

六安，我的第三天的六安。夜晚来了，月亮要不要星星相伴？

小毛头说，我的薄荷发芽了，长大了。在阳台上，有一个塑料花盆，里面长着一些小植物。因为小，我没有看出来是薄荷。他爸爸说洒的薄荷种子。我一直以为薄荷只有压根一种繁殖法呢。小毛头已经洗好澡，和爸爸在房间里嬉闹，听他在说私人空间。什么私人空间？我走过去看看，原来爸爸在帮小毛头擦干身体。我说："哎呀，这是哪个小朋友呀？小屁头被我看见了。"小毛头惊慌地扭过身来看我，忙着又转过身去，跳着脚，害羞地说："私人空间、私人空间。"

中国文化有两个优秀传统，其中之一是"以史为鉴"。《八里滩》纵线的意义正在于此。经济发展是硬实力，软实力的人文影响的是人的精神。作家是人文工作者之一，要用符合文学规律的优秀作品潜移默化地去影响人，塑造时代精神。好的作家不追求付出与收获对等，因为人文的价值观是付出大于收获。于无产阶级军事家许继慎而言，就是"国事艰难日，英雄奋起时"。

董仲舒说："正其谊不谋其利，明其道不计其功。"作家要正谊明道，不谋功利。作家笔下的优秀小说是对人生的解释，这种解释让小说成为社会精神的引领者，可以培育人的高尚精神。因此社会要给正谊明道的作家以相应的功利，如果不给的话，作家依然要无怨无悔地去正谊明道，因为人文精神不提倡等价交换。这也是《八里滩》横线要触及的现实内容。

我真的好忙啊，无尽的远方和无数的人们都与我有关。

四

第四天的六安，与一场告别有关。我从朋友的车上下来，站在六安高铁站。我看着他说，感谢你四天来的帮助。他说我看着你走。我转过身去，拉着我的行李箱。

我知道，无尽的远方和无数的人们都与我有关。我要回到我的淮南，淮南的栀子花开了，紫薇扬起紫红一串串。淮南有我大片大片的美好，还有百岔沟的葡萄甜在洛河湾。

（写于 2019 年 7 月 9 日）

再写老千

老千，又名千纸鹤。再写老千带有风险。

我说："老千，我想再写写你。"老千说不照，如果再写他的话，友谊的小船说翻就翻。咦——这人！我写你不好吗？写你人家都知道你，美名远扬。老千说："我只想低调，不想被别人知道，更不想美名远扬。"我说我是写手，你的人物形象已经丰满，不写出来的话，我心里急，手痒痒。就是想写，怎么办呢？友谊的小船翻就翻，翻了耶熊（方言，意为"拉倒"）。

说这话的时候，我和老千正走在九龙岗山顶一条废弃的石渣路上，周围一片寂静，连一声鸟鸣都没有。低矮的野枣树上星星一样挤满青果，枣树一棵挨着一棵，看过去，挨着的是坟头。山顶的狗尾草不再青绿，而是一片深赭红。褚桃树的红果甜了，落到地面，落在一座半掩的坟头旁。侧柏的枝梢长满绿白色的小球球。路边的什么植物蓬开白色的花盘，我说老千查查看，这是什么植物，他拿出手机拍照，马上查出名称——田葛缕子。

田葛缕子和石渣小路一起向前延伸，路边又是一个坟头。我说："这地方有点瘆人，老千我们回去吧。"老千说："你还热爱淮南地域文化呢，胆子这么小。"我说："热爱地域文化与走在坟堆里有必然的关系吗？"他说他经常一个人在九龙岗的坟堆里钻来钻去，从墓碑上能够找到时间线索。我说："我是女人，你是男的，能比吗？"

说完这句话，我咽口唾沫继续在石渣路上行走。我说："老千，这里人迹罕至，万一来坏人了，怎么办呢？"老千说："淮南这些年治安很好，没有什么坏人。如果有坏人的话，那个坏人就是我。"我说："你这人吧，哎——叫我怎么说你好呢？"说着话，我们来到目的地——天目潭。

天目潭是九龙岗舜耕山顶的一处长约一公里的采石坑。在"顺发·泽丰园"小区的南面，122路公交车在此处的站台报名是"四号井"。老千说四号井和三号井都是九龙岗西矿的，在生活实景中，四号井除留下这个公交站名外，其他实景好像已全部消失。

老千站在天目潭的边上观察地形，他嗜水如命，喜欢游泳，我知道他此时心里的小九九是什么。那次我俩去茶庵镇采风，12月底的天气，我已经穿上长款羽绒服，当他看到花果水库粼粼清水的时候，马上就下去酣畅了一番，阻拦他游泳是无济于事的。

　　老千说："我先下去，你再下来。"说着话他用脚点点下面的碎石，蹬两脚之后站定，伸手过来接我。我们一步一步慢慢沿着石壁下行。

　　天目潭的水体一片碧蓝，午后无风，水面的波纹细密出空旷、暑热和神秘。天目潭四周高耸着陡峭的石壁。我感觉无路可走，再前行的话，就会坠入山崖，于是下意识地蹲下身体，不敢再移动脚步。老千过来牵我的手，说不要怕，从那边绕过去，路不陡。

　　我猫着腰站起来，从另一边走。事实是那边更陡，潭水的一片碧蓝就在我的眼下方，我有点目眩，便再次蹲下身，表示坚决不走，什么地域文化，一切与我无关。老千遗憾地望了望眼前的一潭好水，掏出手机拍照留念，让心里到此一游，然后不想放弃地放弃了。

　　离开天目潭，老千说等一会给我看一样好东西，然后又自言自语地嘀咕要不要给我看。我问是什么好东西，他又不说了，只管专心开他的车，开在沿山路上。不说就不说呗，看不看我都无所谓。

　　舜耕山东西横亘约25公里，最东端是九龙岗的花山，我们的下个目的地是民国小镇九龙岗。在最近四年的采风行程里，我和老千一段一段地走着舜耕山不断新修的沿山路。当人们还在调侃淮南市主要领导人事更迭的时候，我们的舜耕山沿山路从来没有停下过兴修的脚步。

　　积极的变化就在身边，你明亮的眼睛有没有发现美好近在眼前？我不能创造历史，但我可以记录，因为我是写手。

这一段沿山路还是土路，蜿蜒却相对平坦。路边的庄稼地里撒着芝麻，点着玉米。玉米的茎杆昂首挺胸，宽大的叶片绿意盎然，上面闪烁着生命的光泽。一个老农在田里劳作，土路边上停放着他的电动车。

蛇！蛇？老千说蛇！呀！一条一米多长的大青蛇从车前左方的田野游上土路，在土路上快速左右扭动，迅速向车前右方的田野窜去。驾驶技术娴熟的老千同志及时调整车速，没有轧着它。那条粗粗的青蛇转瞬消失在一片绿色之中。

我问老千这条路他走过吗，老千说那是当然，前几天他还带着他的老师从这里走过呢。我以前腌臜过老千，我说："老千你看你吧，你的阅读理解能力就是体育老师教的。"为此，老千常常会在我面前酸酸地说："崔老师讲的，我的语文是体育老师教的。"现在他又开始了，说："我的语文是体育老师教的，告诉你吧，我的老师还真的都是有才的人。"前几天，老千带着他70多岁的老师去看望老师的92岁的老师，走的就是这条路。

我说："老千，你刚才说的是什么好东西呀？要给我看的是什么好东西呀？"老千答非所问，他说他的语文是体育老师教的……他这人吧，记仇，我懒得理他。

民国小镇九龙岗到了。89岁的小镇老了，老得没落而不是风骨老成。老千说，每次来到这里，都能强烈感受到九龙岗在急速衰老。它的天、地、玄、黄、宇、宙等民国建筑群，在风雨加硝烟里侥幸度过一年又一年，却极有可能湮没于太平岁月里的今天。它的屋顶，有的汉瓦脱落，有的塌陷，有的被新近架设一层蓝色的彩钢瓦，像是伤病员头上戴的网罩。80多岁，步履蹒跚，老态龙钟。如果不是因为出生的时候，它自带硬朗的身子骨，估计早已烟消云散。老千说得也对。我每次来到九龙岗，哪次离开的时候不是带着伤感？

九龙岗是近代淮南工业文明的发祥地，是拥有地方立法权的较大市淮南的一个摇篮。没有解放路的区域，你好意思叫中心？淮南的解放路在九龙岗。有资格与淮南市同名的淮南村在哪里？亲爱的，它在九龙岗。

我说："老千，你说要给我看什么好东西来，现在能不能给我看呀？"他没有回答我，只是说："你看到那两个门柱了吗?那是二道门。"他把车开到二道门前说："这个'道'字怎么写成'到'了？"二道门是两根外面搪了一层水泥的以方形为主的柱子，柱子两边各有两个哨所。其中的一个哨所被改造成半片饭店。饭店这边的墙上挂着条幅"二到门……",那边的墙上则贴着"二道门……",门上还情脉脉地写着"家常土菜,内设空调"。

二道门的南边是曾经的淮南矿业所,北边是铁路系统,再往北边走是原来的九龙岗火车站。老千说火车站原来并不叫九龙岗火车站。那叫什么呢?我问他。他说叫作淮矿站。

过去的淮矿站,草顶、望窗、竹篱、小廊,一个长袍的男人站在1936年落成的"淮南铁路基石"旁留影。小站已逝,80年的时光早已泛黄。

老千下去拍照,去拍摄二道门和淮南矿业所之间的那个花坛。在1939年的冬天,也就是九龙岗沦陷后的一年半,那个花坛已经存在,只是不是现在这样的一个圆形,而是由四个扇形围成的圆形。今天,一棵雪松站在花坛中央。一个老男人坐在花坛边沿的树影下。

东边哨所的墙边开着一串红,正红得艳艳,空心菜一畦畦,一棵棵毛豆秧结满豆荚,辣椒秧不大,辣椒结得不少。

矿业所东面的墙壁上,爬山虎垂下一绺又一绺。风起了,它们动了一下。两个老师傅坐在矿业所大门口下棋。我站在台阶上拍照,谁都没有多看谁一眼。他们不知道这座建筑在1938年6月曾经被撤离的中国守军炸毁,炸得只剩下这堵墙。

如果上网搜索"淮南铁路",360百科显示"1938年春天,日军进犯南京,南京政府下令对淮南铁路全线炸毁。1938年6月4日,日军占领淮南矿区与铁路;1939年4月21日,日本'兴亚在华联络部'合并商办大通矿与九龙岗矿,与汪精卫的伪政府一起组合成淮南煤矿股份有限公司。该公司的总部设在上海,归日军军部控制。这时的铁路运输已被破坏,用人力或马力在铁道上拉煤车,将矿上生产的煤拉到田家庵码头……"

网上"淮南铁路全线炸毁"和"与汪精卫的伪政府一起组合成淮南煤矿股份有限公司"这两处信息,在眼前的二道门和淮南矿业所两处实物遗存上都有体现。老千研究过,且佐证资料可靠,图片定格了硝烟,一切都历历在目。

老千太热爱淮南的煤矿和铁路史了,热爱得全心投入,热爱得不遗余力,热爱得纯洁而不带丝毫功利。我说:"老千,我还是想再写写你。"老千说不干。我说:"不写也行,你有什么好看的拿给我看一下,要不然我就写。"老千说没有什么好看的。我说:"离开天目潭的时候,你不是说有什么好看的要拿给我看吗?"老千说都怪他嘴贱,然后停下车,去掏他的资料袋。

说他的资料是国宝,这个不敢讲;但说是淮南的市宝,谁也不敢轻易否定。这些资料绝无仅有，不可再生。不敢说推翻了目前淮南市公认的某个结论点；但至少可以纠正目前一些领域里的认识偏差，填补一些空白。

来到民国小镇九龙岗，在寂寥的小巷，我们的足音无法登响。

丁字路口，停着几辆等客的私家车，车门半开，司机坐在那里留意着走过的人。几个老人带着小孩坐在巷口乘凉，老千问他们："请问你们可是新中国成立前就在这里居住的？"一个男的说不是，八几年来的。我们离开后，那个男的在背后说："新中国成立前才几岁，有事也记不住。"

1949年前能在淮南村居住的人，就算不是学贯中西，也是身手不凡，人中精英，十之八九连淮南都不再居住了，怎么可能现在还蛰伏在这寂寥的小巷？上次去启明村采风，遇到的也是此种情况。

眼前的淮南村，吊南瓜嫩嫩的翠绿，房后一棵粗大的泡桐树或是椿树已经枯死。老千以前说过，看到房前屋后有一棵大树枯死了，基本可以确定是旁边住户干的。把树皮砍掉一圈，给养无法输送，树木枯死。在寿县的白帝巷等地我们见过一些这样的大树。我走近这棵大树，果不其然，在一个成人身高的地方，树皮被砍掉一尺多高的一圈。

天上，云层鱼鳞一样铺开，疏漏之处露出蔚蓝的天空，太阳晃眼，我让老千去把我的太阳伞拿来。老千顺势便把车开过来，那就干脆上车去九龙岗技校。九龙岗技校现在叫作九龙岗技师学院，那里是九龙岗东矿所在地，"1# 井""2# 井"故址。淮南煤矿始于那里。

技校的停车场本来地势低洼，现在的高度是填埋后升起的。停车场距离西围墙还有一段深沟，那才是原来的地面高度，那里曾铺设有铁轨，矿井里出来的煤炭通过天桥上的歪歪车倒入下面的火车箱里，火车经过淮矿站，经过淮南铁路专用线外运。

我说老千请等一下，我下去看看那条沟。那条沟长满荒草，现在看深度至少还有 2 米，向北边九龙岗火车站的方向延伸。这么一条不起眼的旱沟，居然有自己的故事，这些故事事关淮南的起始，事关真实，它连接着时间，输送着财富和情感。

（写于 2019 年 7 月 20 日）

如果可以回到从前

如果可以回到从前
你猜
走过的那条路
我还会不会重走？
重走它的山间溪流
重走它的层层小瀑
我会的
而且我会珍惜地
跳跃在一块块紫金石上
跳出乐音
踩出欢畅
撞击你热烈的眼神
用我隐形的翅膀

如果可以回到从前
我不再只是喜欢清风和明月
我还会喜欢上你
喜欢人间的烟火
喜欢油桐站在路边
我问
你的家是不是在远方？
你看
那边有一只鸟在飞翔
我会拿出魔法棒
把包围我们的时间拉得很长

我发现

夕阳也会有变化

还有，还有梦想

在秋天也能开出鲜花

如果可以回到从前

我会躺在豌豆地里

再一次偷吃嫩嫩的豆荚

我会游在那条家乡的小河

身边是黑鱼的幼崽和一丛荷花

炊烟袅袅

我想回到从前

妈妈呼唤我

小红——

吃饭啦——

赶紧回家——

（写于 2019 年 7 月 24 日）

死虎垒

1500多年的风云浩荡，死虎垒上萋萋草荒，静静蛰伏在寿阳城（寿县）的东乡。死虎垒是三座土堆，又名三元孤堆，筑于南北朝时期，是一处古战场遗址。当年这里是"浩浩乎，夐不见人。河水萦带，群山纠纷"。

行政区划几经变更，死虎垒现在位于淮南市高新区三和镇姚皋行政村。如果你去姚皋村打听这个还叫作狼烟古堆的地方，知道的人已经很少，如果你去紧邻着它的英伦联邦小区打听，众人茫然，不知你所云。

探寻死虎垒意义何在？这需要剥茧抽丝，先从它的名字说起。我才疏学浅，说得不一定对，权且算作学术探讨，越探讨越接近正确。

国家这种政治地理利益体的形成有个过程。从部落联盟到方国，再到诸侯国，直至秦朝帝国。死虎垒的"虎"字，本来是名虎的一个方国，叫作虎方。虎方是黄帝后裔虎部族的一支，活动在河南荥阳一带。后来遭到商的征伐，在西周初年迁到淝水一带的寿春（今寿县）。周成王时期征伐淮夷，淮夷占领虎方故地，虎方又迁入淮南。

那些华夏共同体的周边集团，一般被贬称为"夷"，所以虎方也叫夷虎。在古代，"夷""死""尸"三个字是通用的，因此夷虎也被称为"死虎"。死虎垒里的"死虎"不是指死掉的老虎，而是指夷虎部落居住的地区，在这里是地名。

再来看死虎垒的"垒"字。垒可以扩词为"营垒"，是指防护军营的墙壁或建筑物。"死虎垒"就是指在死虎这个地方，曾经有一些防护军营的建筑物。因为这里曾经是古战场，所以淮南市文物局竖立的"三元孤堆墓"的保护牌出现了错误,这里不是墓,而是烽火台或是瞭望哨之类的构筑物,是为了保护寿阳而筑造的辅城,为了在军事上减轻寿阳的安全压力。

问题又来了,为什么要把辅城建造在死虎这个地方呢? 这要提到姚皋的地理位置。这个地方距离寿阳、庄墓桥、北炉桥均为 22.5 公里,是寿阳到定远古道上的驿站。北据舜耕山,可谓群山纠纷,周围河水萦带。直到今天,在奥体中心北边的中央公园里,还有一片偌大的湖,那不是人工湖,而是古淝水的遗迹湖泊。

说死虎垒是古战场,依据何在? 这要提到一套书——清朝初年的大学者顾祖禹撰写的《读史方舆纪要》。它是古代中国历史地理、兵要地志专著,历时 30 年,280 万言,详细记载了历代兴亡成败与地理环境的关系,具有浓厚的军事地理色彩。可谓"以古今之史,质之以方舆(大地)"。

这套书记录了死虎垒古战场。古战场,一般是指时间久远,进行过著名战争战役,并至今保留有遗迹的地方。死虎垒的军事构筑物已化为土堆,且在原地,是为遗迹。这个遗迹是真是假?

下面我要引用两则材料,予以证明。

一是北魏郦道元的《水经注·肥水》,他记录如下:"肥(淝)水北入芍陂(寿县的安丰塘)……又北径死虎塘东……阳湖水(庄墓桥南北地区)自塘西……北径死虎亭南……夹横塘(三和镇的横塘集)西注……"

换句话说,大地理学家郦道元在 1500 多年前,就登临过死虎垒,观望过中央公园的湖泊。

二是清代进士曾道唯纂修的《寿州志》之卷三"舆地志"也记录了死虎垒,在"州治(寿县古城)东四十余里",又云"迤北有横塘涧,水之所会有四丘,中一丘特大,二水夹流,传为古庙基,殆是死虎亭遗址(三和镇的庙圩子)。其三丘相距不及里许,当是宋(南朝宋)司马刘顺所筑四垒"。

你说死虎垒遗迹是真是假?

死虎垒遗迹是真的,且保留至今。下面我们要解决另外一个问题——死虎垒在历史上发生过什么著名的战争? 这需要我们回到 1500 多年前的南北朝时期。

那时,淮南地区大体上属于梁、魏两国的分界线。人类历史也是一部战争史,南北朝时期,更是战事频繁。横塘集地区因为是寿阳的城郭外围,所以为了保护主城,这里分别在 466 年、500 年、505 年发生过三次大规模的战争。刘勔(音 miǎn)的军队使用到一种大型战车——形如蛤蟆,车上装满土,再蒙以牛皮,三百人推进。杜叔宝运粮的车队浩浩荡荡,呈"函箱"阵形。

这个死虎垒遗迹,就是当年成千上万名士卒用最原始的工具夯筑起来的。在第三次战争结束后不久,郦道元来到这里,记录如下:"宋(刘宋)泰始初(约 466 年),豫州司马刘顺帅众八千,据其城地。以拒刘勔,赵叔宝(笔误,杜叔宝)以精兵五千,送粮死虎,刘勔破之此塘。"

行文至此,我们知道了死虎垒这个古战场的来龙去脉,下面我们要在七夕的暑热里走近死虎垒,去感知它的狼烟四起。

死虎垒非常好找,因为它位于淮河大道的西边,起讫长度与奥体中心和英伦联邦小区的直线距离相近。搭乘 37 路或 42 路公交车到"春申街"下车,再前行约 100 米,越过左边的绿化带,左边之左的荒地里隆起一个萋萋荒草的土堆,就是第一个孤堆。目测高度大约 5 米。

1983 年,长丰县方志办的两位人士俞沛泽与王士泉曾实地考察过死虎垒,当时死虎垒很大,也很高。附近有古井、古庙基和古村落遗址,还能找到横塘涧故迹。我问陪同采风的长丰县李老师:"你问问那两位老师,可否回忆出大致的高度?"李老师联系后告诉我,其中的一位已经驾鹤。1500 多年来,死虎垒都沧海桑田,更何况人呢?几十年,只在朝夕之间。

死虎垒刚筑就的时候,大约有 15 米的高度,想必是巍巍矗立。在 1500 多年的时间里,雨雪侵蚀它,高度自然降低实属正常。最近三十年,高度骤然下降,可能与当地农民取土有关。目前的破坏,不再只是来自农民个人取土,还来自什么单位正在用大型铲车拟铲平这座文物保护单位。

当地农民说,要铲平修路,那是文物,已经量过了,正在铲它……我们站在被铲的第一座古堆旁,这座古堆有点悲惨,已经被铲平一圈。

我问李老师这被铲的区域大约有多宽。他掏出卷尺测量,然后说:"崔老师,你记一下,这个地方的宽度是 6.7 米,那个地方的宽度是 7.2 米。我说就是六七米的样子。他说还是记成 6.7 米,7.2 米。李老师很认真,这也能理解。因为死虎垒曾经隶属于长丰县，2004年划给淮南市田家庵区管辖。好比闺女出嫁，娘家人追寻女儿的生活足迹，看孩子在婆家过得好不好，人之常情。

我的电话响了，原来是吴老师打来的。她也热爱淮南地域文化，大家约好一起冒着酷暑，在七夕节里采风。她已经到达附近，问我在哪里。我说我和李老师在小树林里，马上出去接她。

我们一起找路，看从哪里可以上到古堆顶部。前行的路上，茅草齐腰，树上的毛桃掉落在地，树干上的桃胶犹如琥珀，一颗颗密密匝匝。李河涛围在脖子里的毛巾被荆棘挂落在地，他却浑然不知。稍作停留，蚊子不请自来，非要送给我一个个红包，奇痒无比。脚下荒草坑坑洼洼，被农民取土挖掘得深浅不一，稍不留神，就可能会崴着脚，摔倒在地。

我们站在古堆的顶部，四处张望。在它的四周，楼房拔地而起，英伦联邦小区的高楼更是一层层压过来，几乎要压到死虎垒上。狼烟散去，文物不会说话，否则的话，一定怒发冲冠，拍案而起。

姚皋的"皋"字意为水边高地，姚姓人最先落户这里。实际上，以前的姚皋村地势平坦，其间布满沟塘。这个水边的高地估计指的是死虎垒所在的那一字排开，南北走向，起讫1000多米的高岗地区。除了自然湖渠外，垒筑高台挖掘的洼地也成了水塘。

城市化进程的本质是什么？是经济社会结构变革的过程。加快城市化进程并不是到处出现城市，而是要国民享受到现代化城市的城市化成果，并实现生活方式、生活观念、文化教育素质等方面的合理转变。

这里有个可供判断的细节，就是要看城市在升级的过程中，是保留了文化命脉，还是席卷一切，摧毁所有，认为自己在创造奇迹，想断崖式地从头再来。

城市建设的紫线在哪里？

2003年，国家建设部发布《城市紫线管理办法》，紫线内的建筑被依法予以保护。该办法规定，划定历史建筑的紫线遵循的原则是历史建筑的保护范围，应当包括历史建筑本身和必要的风貌协调区。

死虎垒逃过1500多年的自然侵蚀和人力破坏，是得以幸存的古战场遗址，且遗迹明显，是受《文物法》保护的市级文物，是历史和机缘赋予淮南的军事地理文化，是磅礴的淮南、豪气的淮南所特有的文化名片，是宝贵的无形资产。

死虎垒古战场遗址是淮南市六区两县的唯一遗址,是全国见证南北朝时期的重要实物遗存及实地。不可再生,弥足珍贵。

把手伸向死虎垒,我想到一条新闻。一个拾破烂的人得到一些名牌饮料。他把每一瓶饮料拧开、倒掉,然后把塑料瓶集中到一起去卖破烂。他为自己小赚了一笔而偷偷窃喜。

目前的英伦联邦小区是姚皋集故地。这个古道上的古驿站曾经人影匆匆,车水马龙。清代诗人王肇堂路过此地,留有《七夕次(停泊)寿州姚皋镇》诗作。

在英伦联邦开工前,在小街的西头,还有一口古井。青石的井圈呈圆柱形,高度约60厘米,直径约60厘米。井圈内的勒痕深浅不一、细腻光滑。最深的勒痕有三四厘米深。小区的落成,见证了人类活动的古井消逝。其实这两者可以实现文化的衔接,之所以被对立,是因为规划和施工的人思想夹生,不知何从。

死虎垒古战场遗址完全可以被合理利用。比如建造死虎垒古战场遗址公园。土堆增高,底座加大,留有必要的风貌协调区。这既是淮南的特色名片,也在推介淮南的悠久历史,彰显当代执政者的眼光,更为周边即将崛起的居民区提供休闲场所,还保护了这个文物单位,比铲平它修路的价值大多了。

建议把那个紧邻死虎垒,生造出来的公交车站"春华街"更名为"死虎垒古战场"或是"遗址公园"。只要心里有文化,就能打好淮南这张特色牌。事关文化的事物和作为,势必深入人心,发挥持久的影响力。

我的意思是,要强调惯常工作的开展,要重视文化的作用。文化是人类社会的最后一层情感壁垒。离开古迹、文学、音乐等文化艺术软体,人类社会剩下的只是巨大的城市和硬硬的砖石。

（写于 2019 年 8 月 8 日）

我的淮南，我的城

　　八月的淮南，暑热渐退。绿色的稻浪在田野里起伏，天空高远成一片蔚蓝。巧云移到舜耕山顶，洁白如絮，堪比出岫的流岚。在夜幕降临之前，我向晚而行，向巧云。亲爱的，我想看看我的淮南。

　　几天来，数场雨水滋润淮南。城市的绿岛更加绿了，我的心海微风荡漾，在车流里，它俨然一艘停泊的帆船。绿岛里的那一棵棵老榆树啊，站过了许多年。亲爱的，我不嫌弃你的衰老，只会深情地呼唤"莫道桑榆晚"。

　　我的淮南，我的城，你自然不会忘记，在 2003 年的时候，绿岛所在的老设计院门前的道路要拓宽。如果按照设计方案，这些老榆树会悉数被砍。

　　在"是留，是砍"的关键时刻，淮南市政府大胆打破固定思维，决定留下这些老榆树，留下它们丰富着桑榆家乡的文化内涵。它们由边缘化的行道树变成路中心的一座绿岛。路，按照既定目标被拓宽。老榆树有幸突破既定计划，活了下来。

　　我想为谁点赞，因为我的心中热血沸腾，沸腾的我感觉一阵阵温暖。

　　淮南的洞山路宽阔笔直，东西贯穿，因此拥有一座大城的风范。在老邮电局门口的路段，人来人往，车流不断。社会在发展，这里曾多次被拓宽。

　　我记得那时候，许多城市的路都在拓宽。路边的行道树被砍伐，然后重新栽种小行道树。如此循环，年年栽树，年年砍树。

　　所以我要写我的淮南，因为洞山路在拓宽的时候，市级顶层设计得好——梧桐树原地矗立，路从树的那边拓展。路宽了，洞山路上栽种的 1152 棵梧桐华盖依然。

我爱你，淮南。如果为你编纂2006年大事记的话，一定会写上"是年，洞山隧道开工建设"。这么大的工程我不想多涉笔墨，只想写写与它有关的一棵树。这棵树叫作枫杨，它站在隧道北出口的道路东面。

从淮南市政府2008年3月给它挂的铭牌上，我得知它编号0160，那年树龄80岁。我们都想活成树的样子——正直，挺拔，立场坚定，活着不仅是为了利己，更是为了利于他人。如果不是遇到2006年，这个朴素的愿望能否实现？

在老军分区北门前的道路上，有两棵直径约一米的梧桐树像交警一样站在道路中央。随着车辆增多，这个路口的分流功能需要加强。大约在2018年的时候，道路向北边拓宽，而那本是梧桐树扎下的地盘。

从洞山火车站出发，经过洞山中学（矿一中）西门，经过老军分区北门，到矿务局南门（洞山矿故地，合工大前身所在地）。在这条呈"7"字形的道路上，有许多直径一米以上的梧桐树。那像交警一样站在道路中央指挥车辆分流的梧桐树，只是其中的两棵。在道路拓宽的时候，它们幸存下来，这是淮南的文化情怀。

我的淮南，我的城。乌黑的煤炭献给你热烈的吻。为你挥洒汗水的建设者们，值得记忆；为你保留历史命脉的决策者们，值得记载。建是政绩，留也是政绩。

夜晚来了，我的淮南，我的城。月亮，明月在深蓝的天上。这边，巧云在飘荡。绿岛旁的车辆灯光通明，我的淮南啊，那是在用鲜活向你诉说衷肠。

（写于2019年8月12日）

田家庵渡口

　　田家庵渡口的傍晚是炫彩的,这份炫彩带着笛孔流出的乐音,带着8月的温度,用画笔涂抹着夕阳的金橙与暗红。护堤大坝上草色青青,河下的风吹来,轻轻地吹来,吹过柔软的柳梢,吹向那边老的榆树和泡桐。

　　一个男人在振臂甩动手中的长鞭,啪的一声亮响,田家庵渡口便声光交替。那个男人吹着口哨,赶着耕牛,披着蓑衣,带来农耕的气息。知道吗? 1918年,田家庵起集。

　　田家庵渡口是淮南城市发展的窗口。推开这扇窗,大通、田家庵、九龙岗如同淮河之水滔滔奔流,时间滚滚而来,湿润我的双眼。

　　1912年,民办大通煤矿出煤,大通由矿名变为地名。田家庵,卖茶水的老田家搭的草庵已经不在, 他们活动的人事通过演变,成为地名而被固定。九龙岗,据山形地理而得名,1930年官办九龙岗煤矿选址于此更让它名噪一时。逝者如斯夫,我站在田家庵渡口。

傍晚的田家庵渡口忙忙碌碌。汽车、三轮车、摩托车,还有我的电动车,这人间的景象,让我想到天堂里有没有车来车往。一对父子沐浴在晚霞的余晖中,站在水中静静地向远处观望。

　　车流淌过,收渡口费的男士身轻如燕,蜜蜂一样跳行在车流中央。左边采一枚硬币,右边抓一张纸钞。渡船靠岸,汤汤的淮河此时变得具体,变成被渡船推动的近在咫尺的潮流,后浪推着前浪。行人鱼贯而上,向着河那边的夕阳。

　　河那边有个村子名叫淮上,田家庵渡口又名淮上渡口。为什么不称它码头呢？一是因为码头除了像渡口一样连接两岸，便于交通之外，还贯通上下游，兼具人员疏聚和货物集散功能。当年，大通与九龙岗煤炭需要外运，田家庵渡口依仗水运条件曾经是一座繁华的码头。

二是因为"码头"一词在如今有了特殊含义。指那些在位者用人以是否对自己尽忠为标准，拉帮结伙，划分势力范围的污染政治生态的现象。也指那些为个人升迁而到处拜码头，搞人身依附的江湖习气。

码头本是码头，并无褒贬。我不选用它，完全是因为田家庵渡口像一位百岁老人，无论是外界，还是他本人都不愿加负，只想返老还童，安心做一个渡口。

站在田家庵渡口，不远处霓虹照亮河床，一片蓝，一片红，波光粼粼，河水荡漾着时光。那里是淮南港故地。我仿佛看到了我的母亲，一个18岁的大辫子姑娘。她从那里离开淮南，那个美丽的姑娘的女儿我，从那里来到淮南。

这是一个神奇的地方，可以承载两代人的梦想。不，是三代人。我女儿大学毕业的那年，我也把她带到这个地方，这里叫作淮南港。

我们曾经丢失过什么？碎片一样，在淮河里释放莲藕菱香。晚霞斑斓，离散莫名的惆怅。

田家庵因渡口而成为码头，成为淮南三大城市源头之一。在1949年后，一度被升格为"田家庵市"，继而成为港口。今天，它华裳脱落，又回到它的渡口。

田家庵姓氏庞杂，说明这里南来北往，过客匆匆。具有包容、和合文化属性的淮南牛肉汤应时运在这里而生。淮南的三大城市源头，只有田家庵依然活跃，自有它的道理。

田家庵兼收并蓄，但过快的集散与流通，又带来过多的模仿。灵通的信息，养成田家庵人吹糠见米的商业投机心理。他们不做长线的实业投资，难成大器。

傍晚的田家庵渡口是声音的世界，河堤上的柳树安静地站着。树上的秋蝉却鸣叫不已："停了——停了——停了——"

田家庵渡口是人生的渡口，从这边渡到那边，那边的人又要渡到这边。我们都听到了蝉鸣，听到它在叫"停了——"。我们却脚步匆匆，无法停止。

田家庵渡口有两艘渡船在不停地对开着。船舶靠岸，摩托车们车小好掉头，率先轰隆隆地下船，风驰电掣，他们的身影被拉成风的样子。

傍晚时分，田家庵渡口没有渔舟唱晚。但我分明真切地看见一条条鱼儿跳出水面。就在岸边，在我的眼前，盆儿银光一般跃出水面。亲爱的，你的身影是给我看的吗？

夜已深，田家庵渡口变成暗光的世界，变成对岸的灯火，变成我的思念。

说起一座城市的文化，必然离不开这座城市的历史；说起这座城市的历史，势必要引出它最初的功能。田家庵啊，你说，我怎么能够不为你写一写你的渡口？你啊，善于接纳，敢于吞吐。

田家庵渡口，你又回归了渡口……

（写于 2019 年 8 月 18 日）

风，吹过淮南

风，吹过淮南
吹醒我的思念
星星点点
回不去的过去啊
只能用来流连
夕照那么暖
我们曾经一起站在石姚湾
那时，风吹过淮南
芦苇深深
秋色简单
如果现在让我配上一些道具
亲，我想撑开那把红色的油纸伞

风，吹过淮南
匍匐的牵牛花
在用粉色与处暑握手言欢
淮河上
天高云淡
我在逆风飞扬
方向是南
白色的水鸟起起伏伏
是淮鸟吗
起伏在思念的河滩
如果夜晚来临
我蓦然回首的时候

亲,你可否站在那里
看八公山里灯火阑珊

秋天
更容易激活怀念
淮河那边
是东风湖农场的稻田
我记忆的光影开始交替
想到九龙岗农场
那里的金秋稻浪
留下过我们的足迹
畅想着今天的淮河扬帆
那是怎样的一份情感啊
远观山有色
近听水含声
伸出手却握不到那只手
中间隔着数重山
亲,明月何时照你还?
淮河汤汤秋水多
满船清梦压星河……

（写于 2019 年 8 月 24 日）

八

秋醉千山黄

走淮河

淮河,是能源城淮南诞生的摇篮。因为有淮河与之相伴,淮南在百余年的时间内得到迅猛发展。今天,我要插上翅膀逆流而上,从水的视角看淮南,去领略淮河流域的美丽山川。

我从田家庵渡口飞翔,处暑后的河风迎面而来,燥热开始变凉。我的心纯净空旷,随鸥鸟起起伏伏,一再轻扬。

淮南,淮河之南。把淮河写进名字里,就是把流水装进心坎。我想到一个字"川",中间夹水,左右两岸。如果用来对应淮河,就是现在我飞跃的田家庵区石姚湾。我曾经站在这里,那时夕阳温暖。陪同我的连岗村支书连涛、连佩亮介绍说,这里叫作石姚湾,是石头埠至姚家湾的一片沿淮洼地,可以形象地比喻成锅底,是行洪区,容易形成水患。

对于一般城市而言,河流是它的发祥地。淮南因煤有矿,因矿设市,就这点而言,好像与水无关。不过,河流是城市发展共有的灵魂,是城市升级的一个关键资源。依托水运,淮南源源不断地输出乌金煤炭。

俗话说靠水吃水,靠山吃山。依靠丰富的能源,我的淮南因此崛起。可是淮南,你有没有意识到,你只是原材料产地,是财富链的末端。我的淮南啊,从水的视角看你,你还需要转型苦干。

淮南,你的市区有洛河洼、石姚湾、上六坊、下六坊四个行洪区。这可以解释你为什么不沿淮发展,而是选择把新区放在舜耕山之南。我理解你,亲爱的淮南。我也理解你为什么要上马中安煤化工程。你想夯实煤、电、化的地位。做好环保,就地深加工,在财富链上,成为至关重要的一环。

我飞过田家庵河段,飞到潘集区的淮河岸。河水清凌凌,岸边的芦苇碧绿,围墙一样手拉着手直立在淮水之畔。

主航道上,一些大型船舶多起来。它们吃水很深,船舱里装满煤炭,上面平整地覆盖着帆布,以防止粉尘扬起。环保监督层层落实,越来越深入人心的是环保观念。这不仅仅是外观形式的文明创建,更是构建和谐社会的内在推

动力。

航道前方是中安煤化公司的自用码头，还没有看到码头，就已经感受到它的庞大规模。一些装满煤炭的大型船舶整齐地排队，停靠在岸边。这些船舶只是众多船舶里的外围船舶。前面空出一定安全距离后，再前面还有许多船舶，它们并列锚固在一起，在静静等待最前面的船舶完成装卸。

中安煤化一体化项目是中国石化和安徽省合作的重点工程，2009年签订战略合作协议。这也是淮南市的"一号工程"，据说可以再产生一个淮南GDP。2010年，中石化与皖北煤电在潘集区建设现代煤化工产业园区，总投资267亿元。

2019年7月31日，中安煤化公司产出合格的聚丙烯和聚乙烯产品，实现一次投料试车成功，打通全流程。

这个项目落址祁集镇，需要征地6000亩，拆迁2100多户。据说在征地拆迁的时候，由于拆迁时间紧，安置房还没有着落，村民带着租房补贴投亲靠友，最大限度地给予了配合。也有人想借拆迁而狮子大开口。祁集镇政府便采取一名工作人员包三户的办法，深入居民家中，推心置腹地做思想工作。

居民们早晨起来后，大门一锁外出干活，也是外出回避，天黑才陆续回家。祁集镇的工作人员启用早五晚九工作制，披星戴月。平均每户人家要跑15趟，才能做通思想工作。

一天，一名叫作冯奇的工作人员太疲倦了，在朦胧夜色中，靠着村民的大门睡着了，村民回家开门时发现了他。这位村民说："你把拆迁合同拿来吧，我签字。"

看得见的淮河，看不见的许多人正在默默无闻地埋头工作。

飞上淮河，我看到海事部门的工作人员在巡航督查，在提醒帮助。一艘巡航艇靠在一艘大型货船的旁边。这位枣庄港货船的女主人很年轻，她用脚拨开那条在船舷上跑来跑去的大狗。她说这是宠物狗，不咬人，没事的，上船吧。

女主人的两个孩子在睡觉，看见有人上船，就钻进爸爸妈妈的怀里，用明亮的眼睛看着眼前的淮南人。船舶待查的证件有几种,其中有两种给我留下深刻印象:一是船舶自动识别系统(AIS),二是垃圾倾倒记录。

大约是去年吧,焦岗湖风景区内的水上餐厅被取缔,因为厨卫垃圾直接倒入湖水,污染环境。没想到,在流动的淮河上,在居家生活中,船民的餐饮垃圾居然都已经被集中收纳,统一到港倾倒。看来,淮南市启动垃圾分类处理的脚步声已不再遥远。

飞跃淮河,必须了解淮河。

淮河长约 1000 千米,淮南市辖淮河干流总长约 101 千米,由西向东横穿淮南市,是全市工农业生产的主要水源。淮河是我国支流最多的一条大河,在淮南市境内的支流有:东淝河、西淝河、架河、泥河、黑河、窑河等。说着话,我已经飞过人工挖掘的永幸河的入淮口,进入凤台县河段。

淮河犹如一条彩带,舞到凤台县的时候,开始进入淮水三湾。我爱你的心啊,被水弯了一湾又一湾。

穿过凤台县的拉索大桥,在河之左,就是著名的黑龙潭。

淮河石岸,风若来袭。被誉为一代文宗的北宋政治家欧阳修曾两次路过黑龙潭,留下"今夜东风吹客梦,清淮明月照孤舟"的诗句。欧阳修科举之路坎坷,官居高位后,竭力推荐有真才实学的后生,使一批默默无闻的才俊脱颖而出,包括文坛巨匠苏轼,旷世大儒张载、程颢,政治家包拯、司马光等人。据说司马光砸缸的故事发生在凤台县。

苏轼赴杭州任职时,途经凤台县黑龙潭,触景生情,写下"山鸦噪处古灵湫,乱沫浮延绕客舟"的诗句。他与欧阳修都选用"舟"的意象。"舟"漂泊不定、离群索居、向着目标行进的特点,比较贴切他们的处境和感受。

黑龙潭有骊珠映月的美景,每当水位下降时,黑龙潭的黑龙洞就现出水面,深邃的哐咚声便不绝于耳。因为蚌埠闸提升了淮河水位,黑龙潭已经隐蔽水中多年。

千里长淮,文化的长淮。

离开黑龙潭,穿过凤台二桥,前面就是硖石山口,简称硖山口。中国人比较喜欢追求成双成对。鞋分一双,筷用一对。你说那房子怎么盖成三间呢? 三间是为了左右对称,还是在强调"对"。

特别的是,"硖山口"由偶数词变成奇数词。看来,这个"硖山口"非同一般,如果去掉一个字的话,就不足以表达它的深意。

硤山口，因有东、西硤石山，夹淮河以湍流而得名。山石高约 60 米，山上筑有古城。据《读史方舆纪要》记载："三国魏甘露元年（256 年），诸葛诞（曹魏将领）据寿春（今寿县），司马昭遣王□军（驻军）硤石以逼之。"这是我所知道的关于硤山口最早的驻军记录。

第二年，诸葛诞发动兵变，征集淮南将士和一年粮食据守寿春。司马昭率军征伐，并派人将其围困于寿春城下。诸葛诞轻蔑地哈哈大笑，认为寿春濒临淮河，每年都会暴雨如注，一直淹到城墙下。他认为司马昭将不攻自败。结果人算不如天算，自从司马昭安营扎寨以来，天下大旱。城破后，魏军进入寿春，当日就天降暴雨，淹没了城外曹魏的大营。

甘露三年正月，寿春城中粮食枯竭，诸葛诞拼命突围，但伤亡惨重，被逼撤回城内。二月，寿春城破，诸葛诞率领数骑逃出寿春，后被杀。

他麾下的数百将士在寿春城里被俘，坚决不投降。行刑的时候，曹魏士兵把这些淮南人排成一列，每斩杀一人，就招降下一人，问投降不投降，投降免死！自始至终没有一个人投降，皆从容赴死。

离开硤山口，经过茅仙洞，就是寿唐关之南的那个依山而建的石家湾，欧洲小城一样，看着双峰山。双峰山俯视东风湖农场。东风湖原名董奉湖，它的西部有个董奉岗。东汉末期，名医董奉隐居此岗行医，后得名。1958 年，改名为东风湖农场。

我双翅扇合，飞到毛集实验区的河段。远远地，我看见一条白色的水柱在转动着方向。然后又有一条水柱，又有更多的水柱在喷洒水流。

原来这是淮河岸边的一座煤码头，他们在做防尘处理。几艘大型船舶已经装好煤炭，船舱上覆盖了防尘的雨棚，等待开启新的行程。

环保、文明创建。当你阅读到这些字眼的时候，有没有想到，从水的视角看，人民群众牵动着各行各业已广泛参与进来。你给予别人的，正是别人在努力给予你的。

距离这个煤码头不远，就是曾经十分繁忙的何台渡口。这个渡口隶属过去的毛集公社、今天的毛集实验区。在繁忙高峰期，8 艘大型渡轮同时工作，日营业额在 10 万元以上。这个渡口独立出资在毛集境内修建 9 千米公路，在寿县境内修建 3 千米，这些公路是何台渡口的连接线。随着凤台大桥、二桥、合淮阜高速的建成使用，何台渡口安静了。几辆三轮车里装着草呀、瓜果呀在渡口等着对面的轮渡，等到一定时间才可以上船。

繁华如流水，能够沉淀下财富，继而形成文化的，便成为名胜、名城。

淮河是中国最难治理的大河。上游支流多，汇水面积大，中游地势平坦，下游洪泽湖底高于中游河床。因此，淮南所在的流域承压过重。

民国二十年（1931年），夏季大暴雨，平均9米深的淮河最高水位达23.53米，凤台及淮河以北的平原泽国一片。受灾人口占皖北总人口的40%，死亡370万人。

在1938年至1945年日寇占领淮南期间，淮河失修，连续八年黄水泛滥，大水大淹，小水小淹，灾民们苦不堪言。

1951年，毛泽东主席提出"一定要把淮河修好"。在20世纪50年代的治淮规划中，沿淮的洼地被规划为行蓄洪区，安徽境内有22个，淮南仅市区就有4个。

淮南市积极应对，科学决策。淮河河堤有规划地退建、切滩、疏浚。努力让淮水安澜，以确保春耕恒足，秋稼丰登，工业生产稳步提升。

飞跃淮河，才知道穿越淮河的大桥那么多，就会由衷地说："厉害了，我的祖国。"

我的祖国啊，我的淮河，我的母亲，还有被乳汁与河水滋养的我。我常常眼含泪水，因为我的眼里有滔滔的华夏江河。其中包括淮河的支流——东淝河。

在东淝河入淮口，我扇动翅膀，稍作停留。不是为了回顾东晋时期的那场淝水之战，而是为了凝视它的现在，展望它的未来。它是引江济淮工程的组成。此处不宽的河段将被扩挖，按Ⅱ级航道标准建设，届时可通航2000吨级的巨型船舶。

我的淮南，我为你点赞。因为积极接纳基础设施建设，功在当代，利在

千秋，永远都不会错。

在淮河之上看淮南，我看到稻花一片。看到远处堤坝旁的垂柳，一字排开，把生态基础向前无限蔓延。看到一个个村级渡口，安静地把手伸向淮河，在拥抱淮南。我还看到了平贡生抱来金蟾为灾民钓银船的平家滩。我看到了二道河里的白龙潭。淮南在发展，真的在与时俱进，长足发展。当然，它有不足，那正是我们和下一代要攀登的财富与精神之山。

亲爱的，我没有条件远走名山大川，我在用翅膀丈量我深爱的淮南。如果我放的河灯你可以看见，就请我们一起目送它闪烁吧，闪烁在淮河之畔，舜耕山之南。

(写于 2019 年 8 月 27 日)

祁集:豆腐故里

　　淮南的秋天,深红与浅黄合作,用色彩诠释八公山的深远。淮河岸边,稻浪与希望携手,并肩走向祁集,走向更远的地平线。

　　本文报告的祁集特指淮南市潘集区祁集镇,这儿是豆腐的家乡。它两千多年的故事浸染着豆香,与淮河一样源远流长。淮河长达千里,弯而不曲。它有路就走,随境而变。流淌至凤台县的烟墩山之后,河道一分为二,这就是知名的二道河。二道河的北河道,岸如弯月,所以淮河在此段有了别名,叫作月河。月河岸边,祁集人一代又一代地研磨着豆腐,繁衍生息。月明之夜,乡民娓娓道来,述说着两千多年前的刘安国。

　　刘安是汉高祖刘邦的孙子,公元前164年,被封为淮南王,都于八公山下的寿春,淮南国的北界止于淮河岸边。当时的八公山区生长着许多野生大豆,刘安在八公的协助下利用豆浆炼制丹药。一天,炼丹炉破裂,豆浆流到炉旁的一片石膏石上。倏忽间,液体豆浆变成一摊白生生、嫩嘟嘟的固体。刘安连呼"黎祁、黎祁",就是人们现在所说的"离奇",就是豆腐的乳名。

　　汉武帝元狩元年(公元前122年),聚众论道、炼丹求长生不老之药的刘安被迫自杀。他的门客和仆役们四散逃亡,其中一个人渡过淮河,来到月河北岸生活。

　　斗转星移,风声消停。这个人常想起在八公山里的炼丹生活,思念故主刘安,便偷偷渡过淮河,登上八公山里的升仙台,在一片废墟中茫然四顾。次数多了,便引起别人追问:"你叫什么?"这个正在登台的人不敢实言相告,想到刘安说过的"黎祁",马上灵机一动,谎称自己姓祁,名字叫作登台。因为在部落时期,战败被俘的九黎人被称作"黎民",以区别大军事联盟中的"百姓","黎"在古代是戴罪的蔑称。这个参与制作黎祁的男人在心里认为自己事关黎祁。

　　两千多年,弹指之间。直到现在,祁集镇的祁圩村和祁集村的一些曹姓和陶姓老人还会与祁姓老人开玩笑:"你们祁家老大叫登台。"

介绍这些情况的人是祁集镇党委的刘涛书记。他年近不惑，中等身材，像月河岸边的高粱一样朴实。我来到他办公室的时候，他正在与两名村干部交流一些工作上的事情。见到我的第一句话就是祁集压力大。同行的潘集区政协宗卫东副主席笑眯眯地说，压力就是动力，祁集创造奇迹。

大家落座后，刘书记如数家珍，逐一道来祁集的历史和方舆。他说着说着干脆拿起水笔在纸上画起来，画那道弯弯的月河，水色亮起来，波光粼粼。画着画着，我们就被画进了历史风烟。

在豆腐诞生之前，黄豆多用来煮着吃，容易胀气。豆腐诞生后，它成为我国素食的主要原料。可居家食用，可款待客人。南宋著名诗人陆游写下"拭盘堆连展，洗酾煮黎祁"的诗句。孙中山赞曰："夫豆腐者，实植物中之肉类也。"豆腐堪称植物肉，是人体获取蛋白质的主要食材。

豆腐还调和脾胃，消除胀满，能够预防老年痴呆，抵制肝功能疾病和糖尿病，防治心血管疾病，加快对辐射的新陈代谢，既是菜品，又是药品。豆腐可以常年生产，在蔬菜生产淡季，可以有效调剂菜肴品种。豆腐成为不拿节仗的文化使者，在餐桌上普及道法自然、无为而治的中国道家精华。

刘书记还在纸上画着。不用过多观察，我已经确定他是一位热爱乡土的基层干部。因为只有走过良田千万亩的人，才会了解辖区的每一寸热土。了解辖区的历史与方舆是钟爱这个地方的体现。

这时，一名女干部进来汇报工作，想外出参加一次学习活动。刘书记说："近期工作任务重，连周六周日都要加班，暂时走不开，下次补偿你一个学习机会。""好吧。"女干部不再多说，出去继续干自己的工作。不久，又进来一名男同志汇报工作。基层减负年里的乡镇公务员们忙忙碌碌。

我真的不想此次报告给他带来打扰。但是他是祁集蓝图的践行者，我的祁集之行又离不开他的现场指导。

祁集镇辖3个居委会，5个村委会。我们正行走在祁圩居委会，也就是过去的祁圩村。这儿是祁家老大登台的后裔集中居住的地方，祁姓人口占全村总人口的绝大多数。直到前几年，几乎家家户户还在磨豆腐。

祁圩村里，8月的太阳明晃晃得耀眼，韭菜的菜薹上顶开一朵朵白色的花团，紫薇的粉红像是晕开的水彩，几棵甘蔗甩开长长的叶片。三年前的秋天,我来祁圩采风的时候,鸡冠花和现在一样紫红鲜艳。一位年轻的妈妈抱着婴儿站在门前,平静地看着陌生的我走过。在她的身后,几个老人专心地下着古老的六州。我伸头向一家自建楼房的客厅里张望,看见一幅马到成功的图画张贴在门头上。

祁圩村有一座凉亭,凉亭罩着一口古井。这口井里的水浸泡过无数粒黄豆,磨沸过无数锅豆浆。随着农村直饮水工程的推广,它的供水作用已经淡出人们的视线,被闲置在那里许多年,变成了村庄景观,发挥着文化传承的作用。

同行的宗副主席和刘书记一起把盖住井口的大板石搬开。井圈石上现出道道勒痕。我说这些勒痕像是做上去的,刘书记说应该不是。他伸头看看井内,自言自语道:"哪天把这口井淘一淘。"

说完话,两人又弯腰把那块大石头抬起来安放在井圈上。宗主席一边搬一边说要处处讲安全,安全就是一颗心,就是多说一句话,要是过来一个小孩,一头攮进去,捞都来不及。说话之间,真的跑过来一个五六岁的小男孩,一个人在凉亭边走来走去。

豆腐之乡祁圩的上午时光很安静,安静的时光流淌在农民自建的高高低低、大大小小的楼房旁。流淌过那座题写着"中国第一豆腐文化村"的牌坊。不留步于祁圩,很难想象这里曾经有过的热闹与繁忙。刘书记指着一个地方,说那里以前是顺河集所在地,名叫顺河老街,潘集人过淮河多从这条老街走过。

雍正十年(1732年)以前,祁圩隶属于寿州。雍正十年,凤台分寿州而成立。所以嘉庆版的《凤台县志》援引的"坊保"记录还是寿州的"六坊三乡一百零二保"。祁圩属于寿州城北30里的德化乡的顺河集保。

顾名思义,这是顺月河而成的集市,舟楫帆影,水色天光,挑着豆腐担子的人们来来往往。近旁有清初掩埋的吴家坟和吴臣寺。李兆洛在修《凤台县志》的时候,《寺观》篇里没有记录吴臣寺,估计那口镌满铭文的鲸钟远远没有敲响到嘉庆年间就已经庙宇坍塌。

1949年以后,这里沿袭旧制,叫作顺河集乡,祁圩是乡政府所在地。豆腐的生产,为祁圩积累了一些财富。清末时局动荡,兵燹匪患和欺行霸市的地痞流氓像月河里的水患一样一遍遍席卷顺河集。

祁圩村的八名财主不堪侵扰，集资白银数百两在今天的祁集购置土地，把位于杂巴地的顺河集搬迁到新地方。连天唱戏，重新起集，因为是祁姓人出资，所以取名祁集。祁集也以做豆腐见长。1950年，更名祁集乡。2012年，撤祁集乡改制祁集镇。此时，祁集镇俨然成为重要的豆制品加工基地。

在2017年之前，全镇有大大小小豆制品经营户1165家，从业人员5000余人，日消耗黄豆10万斤，年产值6亿—7亿元。有千张、香干、素鸡、豆腐、腐竹等品种，其中90%是千张。以祁集为圆心，祁集豆制品的销售半径达500—600千米。

我们走过祁圩村大牌坊的时候，看见一辆大型冷链车停在那里。这是豆腐经营户自购的运输车辆，保证销售半径内的居民每天都可以吃到豆腐原产地祁集当天生产的豆制品。

在豆腐诞生两千年后，家庭作坊进入机器加工时代，产量像爆米花一样迅速膨胀，量变产生质变，迎接祁集的又会是什么呢？

行文本篇之前，我在思考一个问题：这篇文章如何拟题？

我决定采用纪实手法，用我的一双眼睛去观察祁集人的生活，为他们刻画真实的形象。用我的心灵去倾听他们的心声，和他们一起对未来进行畅想。篇名取作"祁集报告"。

篇名问题解决后，又来了两个新问题：我要报告祁集的什么？我将采用什么方法来报告？我报告的是，在"绿水青山就是金山银山"观念逐步深入人心的大背景下，在安徽现代煤化工产业园区落户于豆腐之乡后，基层政权组织承担的责任与所得利益之间的关系思考，高层大手笔设计蓝图中的夹角空间里的人居生活现状，以及祁集镇目前的豆制品加工业遇到的困境和即将崛起的希望。我采用的方法是移步换景，时空交替。

在豆腐诞生两千年后的今天，8月的阳光带着亘古不变的温暖洒在祁集镇，洒在这座豆腐之乡。家庭作坊进入机器加工时代后，豆制品产量像爆米花一样急速膨胀。量变产生质变，迎接祁集的会是什么呢？

用刘书记的话说，迎接祁集的是一场任务艰巨的战斗。他指的是，治理豆制品加工业的废水与发展豆制品产业之间的关系，协调起来任重道远。他指的是，十年前煤化工产业园区落户祁集的时候，计划在5—10年内把祁集辖区居民悉数搬迁。计划赶不上变化。2018年，高层设计出淮河生态1千米保护带蓝图。这样一来，祁集镇沿月河长 4 千米、宽 1 千米的面积将被划入淮河生态区。按照原来煤化工产业园区规划需要搬迁的 1 万多名祁集人被留下，与煤化工产业园区比邻而居。这部分人的生产、生活、发展、居住质量与环保之间的关系，均衡起来任务艰巨。

用宗副主席的话说，迎接祁集的是豆制品产业向规模化的升级，是祁集豆制品生产历史的文化建设。他说问题是用来克服的，目标是用来奋斗的。不怕有问题，就怕不敢正视问题。祁集的确压力大，相信祁集在创造奇迹。

我的祁集之行脚步匆匆。离开祁圩村的古井，走过祁圩村的大牌坊，牌坊旁停着一辆大型冷链车，这是豆制品生产大户购买的车辆。

小作坊被关停，市场饱和度变小，生产大户生意会更好吗？不。重点关停的就是他们。因为千张便于保存和运输，精细加工带来较高售价，所以大户主要生产千张。他们日消耗的大豆，少的有六七千斤，多的上万斤。在过去的上千年时间里，由于生产规模小，产品主要是豆腐，浆水少。这些少量的浆水，和刷锅水、秸秆一样都是好东西，会被用来喂猪、饮牛、就地消化。现在情况发生巨变。制作千张会压出 90% 的浆水，浆水大量产生，却没有使用浆水的下游产业，也没有处理浆水的环节。它们被直接排进乡村沟渠，致使水体发黑变臭，环境质量快速下降。

2016 年，祁集被评为全国生态镇。2017 年环保检查的时候，它的环保问题被全国中央督察组挂牌督办。主要是浆水发黑变臭，村庄里到处弥漫着熏人的臭味。全镇紧急关停豆制品作坊，集中清理沟渠。在被清理的沟渠里，看不到一只活物。现在沟清水绿，豆制品产业却遭受重创。

据说这家冷链车的车主在外地经销豆制品。他看到市场好，就回到家乡祁集投资兴办豆制品加工厂，当时被理解为凤还巢。但刚开张就遇到环境整治，损失很大。

2016 年秋天，我到祁集镇陈郢村采风。那里也有许多村民在做豆制品，还有一片集中加工豆制品的简易棚区。2009 年，省 861 计划重点项目——煤化工产业园区——在祁集乡落户，拆迁工作随后进行。其中陈湖村整村搬迁，其他村子涉地农户部分搬迁。部分被拆迁户的豆制品加工被集中安置在这个简易棚区内进行。这是一种初级的集中生产模式，已经显示出基层政府对当地传统且是支柱产业的引导意识，并为之付诸行动。

我曾经走进一个加工间，里面蒸汽弥漫，女主人正在制作千张。她忙碌地把豆腐脑舀进千张加工的模具里，再折翻千张布，反反复复，工作节奏很快。被挤压出来的浆水顺地流淌。在加工间的门口，还有一口大缸，收集了许多白花花的豆腐渣。主人说这些不落地的干净豆渣有人专门来收，做豆腐渣饼干，变废为宝。

我又来到一户制作小泡豆腐的农民作坊参观，豆腐那细嫩的模样，至今如在眼前。离开的时候，我发现门口置放的是一台可以除尘的锅炉，环保要求越来越高。只要有引导，农民通常会接受引导。

关停后的大户和家庭作坊是怎样一种现状？在刘书记和宗副主席的陪同下，我来到陈郢村。上午的陈郢很安静，入村路口的柳树像三年前一样垂着丝绦。进入棚区前，一头耕牛的雕塑站在基台上，埋头奋力向前。

棚区里没有风，阳光一泻千里，来到这里时却变得蹑手蹑脚。棚顶上的电视接收小锅还在，棚屋里堆放着制作豆腐的模具，一架红色的玩具飞机折断了机翼，被透明胶缠住后丢弃在地上。一口口大大的白色塑料缸占满房间。小黑狗听到人语后摇着尾巴跑出来。在棚区的夹心泡沫板的墙上，喷着黑色的"免费送气"。一张落款是"安徽省人民政府退役军人事务部监制"的铭牌印着"光荣之家"被钉在门旁。晾晒衣服的铁架后面，探出一张女人的脸，问我们"搞什么的"。

远处的房里闪出一位老妇人，她问近处的女人我们是搞什么的。近处的女人说："我也不知道，是检查的吧？"老妇人又问怎么不叫磨豆腐了，刘书记说环保不达标。远处的女人说："平圩怎么叫磨呢？好展（淮南方言，什么时候）让磨？"刘书记说环保不达标，好展都不叫磨。远处的女人说："俺们祖祖辈辈磨豆腐，不叫磨，吃什么呢？都停这么长时间了。"刘书记说："都关心这个事，这不是讲环保吗？"

祁集需要绿水青山，也需要金山银山，怎么办？最终还是要把本地的支柱产业豆制品加工好好发展。奋斗的潘集，奋斗的祁集，目前正联合淮南市产业发展公司，破土兴建潘集区豆制品产业园，一期工程已建成。这个园区落地于平圩，投资 3.5 亿元。

说话间，我们已经到达潘集区豆制品产业园区，它位于平圩。午时的太阳光芒万丈,越发耀眼。园区外一面巨大的工程简介幕墙竖立在路旁。

这个园区是淮南市政府为解决潘集区,尤其是祁集镇大量豆制品生产户的安置,以及浆水处理问题而投资兴建的。一期可安置 116 户。投入使用后,可有效提升社会效益,还有潘集地区豆制品的品牌效益。

走进园区,在施工场地裸露的泥土地面上,铺着一层湿润的土工布,防止扬尘。环保要求越来越高,这种高要求体现在各行各业,从厂矿到居家生活的方方面面。不久前,我行走于淮河,看到载货船只上面全覆盖着篷布,就是为了杜绝扬尘带来的二次污染。

刘涛书记说曾参观过上海市的豆制品加工行业。在环保和规模经营的压力下,上海市原来约 1000 户豆制品企业,目前被整合的只有 60 多户。据说最终目标是 6 至 8 户。他指着其中的一栋楼说,他参观的一家企业,建筑规模仅仅相当于这里的一栋楼,年产值却已经高达十几个亿。因为它加工豆制品不使用转基因大豆,品种全,做得精细,有档次,所以售价较高。不过,做不出来祁集豆制品的醇厚。

宗卫东副主席接着说,规模化才能标准化,最终实现祁集豆制品的产业化,进一步带动潘集区的种植业,做全产业链。我说:"这个设想挺好,会有加工户来吗?"刘书记咧开嘴,憨甜地笑了,他说已经有不少加工户在关注产业园的建设进度和入驻条件。

8 月的中午,太阳变得泼辣起来,明晃晃地悬在天空,路边的豇豆角紫艳艳地红,也跟着耀眼。芝麻还在开花,白色的花朵在努力地向上攀登,这是祁集人的生活吗?

在进入祁集镇的路口,又有一头耕牛塑像站在那里,在永远地埋头耕耘。奋斗的潘集啊,苦干的祁集。距离耕牛不远处,就是镇图书馆,这是一座木屋式建筑,造型别致,里面陈列许多图书。与图书馆比邻而居的是祁集中学。三年前,我曾经走进这所洁净的校园。

今天,刘书记专门向我介绍这所中学,注意他的口吻——我祁集中学的教学质量比较好。这是一位深爱自己工作地方的基层干部。因为我留意到他说话的习惯,他会说"我祁集""刘安王自杀升天以后"。请注意,"我"与"祁集"是融为一体的。刘安王的"自杀"是在释然地"升天"。这个习惯需要溶于血脉的真情,这是豆腐之乡的子民对豆腐鼻祖的尊敬。

祁集的傍晚,晚霞浮在西天。麦子早已归仓,麦熟花看着稻花还在开放。一辆三轮车骑过来,车上的喇叭反反复复地播放"扎鞋,修拉链,焊塑料桶"。一位红衣老妇在一口大盆边洗衣服,自来水管插在盆里,水无声地流淌。一个幼儿在玩水,老妇看见我拍照,就示意幼儿看镜头。对,看镜头,笑一个。

三十年前,改革开放的春风吹拂在月河岸边,祁集家家冒烟,户户生产豆腐,黑压压的煤烟笼罩在祁集上空,这在当年被理解成一片热火朝天的繁忙景象。若干年前,豆制品行业引进机械化生产,出现规模化。小型作坊主干脆去大户那里打工,市场变化促成一次豆制品加工行业自发的集中。目前的环保浪潮,又席卷了大户和作坊。

祁集镇有条黎祁街。毋庸置疑,祁集不忘本,这是在纪念豆腐鼻祖刘安。今天是 9 月 15 日,是他诞辰 2198 年纪念日。祁集在强调镇域特色,在宣告自己的产业方向。还有一条街叫作甘脂街。这是黎祁豆腐在四川的别名,祁集是横向开放的。还有一条顺河老街。祁集是清醒的,记得用纵向的历史眼光看现在。有道是经纬定国,纵横安镇。美中不足的是,祁集乃至潘集走过了两千多年的时间,居然没有沉淀下来一位名人。

祁集还有一条美食街。每到傍晚,人们都自发聚集到这里,吃美食,谈天说地,热闹异常。在这里,我遇到市商务局派遣来祁集扶贫的专干,民建会员王松同志。他负责陈湖村,这个村是祁集镇因为煤化工唯一整村搬迁的。我说村都没了,你怎么扶贫呢?王松笑了,我去找他们,这不,晚上村民回来了,我正在找呢。

在扶贫的路上,民主党派与共产党更是"长期共存、互相监督、肝胆相照、荣辱与共"。

受时间条件制约,我很少用一整天时间在一个地方采风,但是为了祁集,我愿意。夜晚来了,月河岸边的平原大地在初秋里一片静谧。风从月河吹来,闪烁着灯火的祁集空气里便散发着稻花的香气。

(写于 2019 年 9 月 15 日)

寿县有条袁家巷

　　寿县古城是一幅画,绘于丹青屏障之八公山下,淝水之畔。东淝河绕北城门而过。在北门内,有一条袁家巷。这是一条普通的巷陌,窄窄的,不长,现在能看到的约有 200 米。这 200 米的长度就是 200 米的时间,就是 200 米的故事。在这里,可以听到狗吠深巷中。有鸡鸣桑树颠吗? 我也不清楚,只好请你与我同步,看看时间怎样在这里久久居住。

　　袁家巷,望文生义的结果是这里以袁姓人为主,事实果真如此。请问包括袁家声吗? 1911 年武昌起义爆发,王龙亭、张汇滔、袁家声等在寿州起义。辛亥革命成功后,改寿州为寿县,成立淮上革命军,袁家声为副总司令。1913 年夏,袁家声随张汇滔组军讨伐袁世凯。

　　重阳节前,雨水飘下来,飘进袁家巷。我的脚步落在光滑的石板上,一道道独轮车的辙印在雨水里发亮。亲爱的,在烟雨中,我们可以敞开心房,一起度过古城的时光。

　　深秋的雨淋湿袁家巷,巷子里的花香子气霭芬芳。四溢的香气飞到袁家巷的东头。这里与仓巷交叉成丁字路口。1947 年,寿县城里学生运动蓬勃开展,宪兵队出动予以镇压。那些青年学生跑啊,跑啊,跑进袁家巷,跑到巷子的东头,跑上北城墙,跳下去。在城外的淝水岸边,他们又被抓回来……

　　今天,在袁家巷与仓巷的交叉路口,自然是听不到学生急促的跑步声。只能看到柿子红了,挂在枝头。菊花开了,铺在墙角。

　　黄先铭老先生说,寿县以前巷子多,在巷子与巷子的交叉口,比如眼前这袁家巷与仓巷交叉口的拐头,会有一道福坎。里面放置一块泰山石,镶嵌一个石敢当。

　　雨没有滴答声,天空也没有风声,世界是润的。距离袁家巷与仓巷交岔口的不远处,就是那口有名的黄家两眼井。一口水井,两个井圈。院子里的井圈供黄家主人使用,院子外面的井圈,为街坊邻居准备。在袁家巷,有钱人不做为富不仁的事,也就是黄先铭老先生的爷爷不做为富不仁的事。

他的爷爷名叫黄少泉，是淮上军二营的营长。寿州光复后，他在正阳关担任税务总监。我见过黄老先生姑姑的照片。那是一位风姿绰约的知识女性。她学习于当年的黄埔军校女生队，毕业后即投身军旅。

袁家巷名气很大，大到什么程度呢？举个例子，黄老先生的叔叔黄绍友曾在外地读大学，叔叔的大学同学吴伯芝从广西柳州寄来一封信。信封上的邮寄地址是"安徽省袁家巷6号"。这样一封信被安徽省邮政局加批一句"试投寿县"后，居然真的被送到收信人手中。我说这是哪年的事，黄老先生说大约是1958年。因为那年他考上安理工的前身淮南煤校，从学校回家后帮着写的回信。我说他的叔叔怎么不写呢，他说叔叔在外地工作，不在家。合肥什么地方至今还有一座他叔叔设计的桥梁。

黄先铭站在雨里，指着一个地方说，这里是两眼井所在地。修内环路的时候，被敲掉了。他的弟弟站在雨里说没有敲掉，被谁买去了。他们认为顾总玛瑙泉边的两眼井圈是这里的。我说不对吧，那个两眼井圈我见过，中间的连体很窄，宽度好像不可以砌一堵墙。

雨还在下，太多时间的干燥需要这场秋雨的湿润。太多的记忆需要这场雨的复活。在黄家井的东南不远处地势低洼，俗称鸭子塘。在寿县沦陷期间，那里一度是火化场，阵亡的日军士兵在那里被火化。

在袁家巷的西头与北大街交叉口，曾经有一间茶馆。黄老先生惊喜地指着一栋房子说："就是这个房子，还在呢，呦——改成粮油店了。"

1948年，8岁的他在这里亲眼见过县警队抓壮丁的情景。那天下午，他提着茶壶到巷口北街茶馆冲开水，看见农村进城卖粮卖柴的青壮年挑着箩筐，扛着扁担，三三两两由南向北，神色慌张，狂奔乱跑。临近北门时，发现城门已关，马上折回头就近钻进沿街商铺藏匿起来。

后来，被抓到的青壮年被一根绳子拴住胳膊，串成一串押走了。

以北大街为对称轴，在北大街的西侧，与袁家巷对称的地方也有一条巷子，叫作圆通寺巷。介绍这条巷子是因为袁家巷的故事需要在这条巷子里完成。这里有一栋老房子,黄老先生说与袁家巷原来的房子一模一样。

这里有一座圆通寺,紧挨在北城门的西边。里面也有十八罗汉,比报恩寺的小一些。那些青年学生被宪兵队捉住后,关进这个圆通寺,用尿壶给他们灌小便。寿县中学的校长出面,最终营救出这些学生。

寿县古城距离淮河不远,罹于水患。民国时期,国民政府有导淮委员会。治理淮河的一个机构带着美式装备入驻寿县,住在袁家巷6号。

1949年1月的除夕前夕,在一天夜里,天空像今天这样下起毛毛细雨,解放军先头部队从北门悄悄进城。

进城的解放军没有惊扰居民,他们坐在袁家巷屋檐下,坐在其他沿街门面旁。天亮后,解放军干部挨门挨户与住家商量腾房,供部队临时驻扎。袁家巷6号的黄家住进一个班的解放军战士。班长看到少年黄先铭后居然哭了,原来他的儿子与之年龄相仿。为此,他常常买糖给这位少年吃。

站在城墙的土坝上看袁家巷会是怎样?会是雨水飘扬,会是一声声商贩的叫卖——雨伞、大救驾、无花果。会是北门楼上的谯楼俯瞰淝水,远望北山八公的一片苍茫。

1949年后,原谯楼所在的地方盖起一排平房,里面住进许多劳改犯。今天,烟雨迷茫,一队队观光的人里有没有他们的后裔或者是他们自己在用寒冷温暖心房?

寿县呀,一座古城,这里有条袁家巷。

（写于2019年10月7日）

深秋，红了淮南的乌桕

深秋，红了淮南的乌桕，是舜耕山里大通湿地的乌桕。

深秋是时间，红了是过程。这个过程是渐冷的秋风漫过舜耕山的长坡，是澄明的山水流过大通的湿地，是蝴蝶在乌桕树的嫩芽上追逐时的笑声。笑着笑着，乌桕树就红了，深秋季节已来到。到得真真切切，这是事实。

深秋到了，舜耕山里，绿的依然绿着，黄的已经黄了，然后就是满眼的红色，数树深红出浅红。一层层的红色，由远及近，红得深沉，红得通透。

红彤彤的色彩插上翅膀，飞向高空，长袖一甩，在人间落下一道缤纷的彩虹。深秋时节，色是一种真实。

乌桕是色叶树种，叶子在秋天里红艳夺目，堪比丹枫。乌桕对土壤的适应性较强，喜欢潮湿，能耐短期积水。舜耕山的大通湿地是大通矿的沉陷区，植树造林，山水辉映。

小山一夜偷天酒，深秋火了淮南，红了乌桕。

在我的眼前，深秋已到，季节是真的，色彩是真的，我爱你的感受也是真的。感触之间，我的眼中浸满泪水，我想悲悯一切生命，包括我，因为深秋到了。

我想赞美一切生命，因为在深秋面前，它们活得真实，色得轰轰烈烈，波涛汹涌。

（写于 2019 年 10 月 26 日）

九

冬日风清朗

等待一场大雪

大雪节气到了
传说中的大雪
不知道正在哪个国度
不知道它知不知道我
正站在《淮南子》的家乡
精心等候
我站成淮南岸边的一棵柳树
人过中年
叶子却不落
黄黄青青
随着冬风飞舞
我像2018年一样站在这里
在等待一场大雪
这是我送给你寻找春天的礼物

大雪无雪
似乎犯了一个错误
让生命降到最低的弧度
我感觉我万般无辜
身不由己
正和时光一起滑向归宿
感谢清流容我留步
安宁地邂逅此处
那就索性成为一滴水珠
滚来滚去

无拘无束
静静等待一场大雪
在浩荡的洁白里
张开双眸
所以，我郑重写下：
人生哪有什么错误？
不过是一群蝴蝶，
在向左向右飞舞。

（写于 2019 年 12 月 7 日）

赵阳的暖阳

赵阳。今天早上，当我手指在键盘上用拼音输入"zhaoyang"的时候，待选的词语里即刻显现出"赵阳"，另一个固定词汇是"朝阳"。这是两个使用频率很高的词语。前者赵阳是大咖，淮南文学界的风云人物，搜索的人估计很多；后者是属性词，新兴的富有竞争力的有发展前途的意思，也指早晨刚刚升起的太阳。

赵阳自号无锄农夫，这与他的寿县乡村生活经历有关。我模糊记得，不回头去翻阅查证他的散文集《城墙根下》。我记得在那部厚厚的书里，有关于乡村生活经历的描述。土地不仅是综合的自然地理概念，更是一种象征，象征那些甘于奉献、脚踏实地、具有博大胸襟的兢兢业业之人。靠近了土地，就是在靠近完美。它指向于超凡脱俗，承载着万种生灵……

赵老师如果读到这篇文章的这个地方，一定眼前一亮，崔老师把他夸赞得如此之好。其实，我没有夸赞他，只是触碰着键盘，触碰着记忆，娓娓道来我与他的交往经历，仅此而已。

在文学界，有许多优秀的人才，他们风华正茂，年纪轻轻，已经是文坛老将。而我，44岁起步纯文学之路，是浩浩荡荡文学爱好者新军里的老年人。写到此处，感觉十分惭愧。

前不久，省文学院举办青年作家研修班，明确规定超过40岁的人员不能参加，报名时需要出示身份证以验明正身。我是新兵里的老年人，好像不能参加。我是老年参军的新兵，似乎又可以参加。设想一下，如果我参加了，和一群与我孩子同龄的青年作家们坐在一起学习，会幸福并惭愧着，所以不参加也好。得失之间，一切随缘。

继续写我的纯文学之起步。随着科技的发展，自媒体等各种媒体形式如雨后春笋蓬勃而出。2015年8月，我开始在文学的小路上踽踽独行，我在开辟自己的根据地——微信公众号"诗意八公山"。我像是一个投石问路的心情忐忑的孩子，把自己的小文《民国小镇九龙岗》投向一个小说群。那个时候的淮南地区,把文章制作成帖子再发布的情况属于新事物,比较吸人眼球,或者说有点扎人眼球。

我一直提倡实话直说,所以我要接受我的这个主张的反调整。小说群里一位群友直接说这是小说群,应该发小说,你发散文显然不合适,并联系群主建议我主动退群。好在我的退群不用群主发布声明——接受崔小红主动提出辞去淮南小说群群员的请求。轻轻地走,正如我轻轻地来,这样也比较有趣。

其实,我的离去有所带来,带来了无锄农夫,带来了大名鼎鼎的赵阳。赵阳老师是内敛度极高的人,这需要修养的厚度,绝对吸纳了八公山四十余座山峰之精华,有大山的担当品质。目光犀利,内心澄明,表达起来却如八公山的绵延情怀——不说人事是非,独论文字的那片青翠。他肯定了《民国小镇九龙岗》的行文价值,他认识了一个名叫崔小红的人,且给予鼓励。如果把大大小小的挫折比作冰霜,那一句两句三四句鼓励的话语,就是寒冬里高悬的暖阳。所以写赵阳,必须写他的一轮暖阳。

教师在指导学生写作的时候,会告诉学生写人的作文离不开记事。还要抓住细节,抓住外貌描写。如果把这几点结合起来,就是我要抓住赵阳外貌的细节来写。这个细节是什么呢?在他的第三本散文集《寿州走笔》里,我轻而易举地就找到了——那副大牙,世称"赵大牙"。

为此,他为自己作序《大牙祭》。因为我的地域散文和诗歌的合集《听古城》也是我自己作的序言,所以我很能理解赵老师自己作序的做法。那份文字的艰辛和喜悦,那份坦荡荡的自信,非自序不能深切表达。

我好奇的是,多次与赵老师谋面,怎么就没亲眼见过他的那副骇人听闻、骇世惊俗的大牙呢?我一直强调实话直说,但是此时此刻,我表现出极高的修养,没有当面问他"你的大牙呢?是被美掉了吗?应该是被主动美掉了吧,也不一定"。他有一篇文章说是当年意气奋发,天天吃饱饭后就去满大街寻找那些欠揍的人。这次赵老师马失前蹄,被一个长头发男人揍了一顿,好像嘴唷地,大牙就在那次"牺牲"了。与赵老师的这篇《大牙祭》序言距离不远,就是他的一幅照片。我用文字再现一下这幅图片的元素构成:一条河流铺展在一片广袤的土地,赵阳手握相机踏步而来,笑容温暖了淮南的冬季。

我的书通常不送人,想要怎么办呢?购买。但是必须送一本给赵阳老师,而且还要绕上两笔——文章醉我非关酒,敬你岁月无波澜。不过,这个待遇赵老师们以后看来是享受不到了。

话说有一次，陈济涛老师与我联系，说是在旧书摊上，看到我的一本《诗意八公山》躺在那里待购，注意是"待购"，而不是眼前流行的"代购"。他翻翻看看就买回去。我问多少钱买的，他不说。这本书一是正价50元公开出售，二是我送出去约20本，且还多情地绕上几笔我的墨迹。50元买的肯定不会三毛钱一斤卖掉，那就是送的。我问书里面写的是送给谁的，他不说，我无奈得有点心碎。这样看来，今后，书还是要送的，白送，绕两笔的毛病必须改正。当然，买书的读者，崔老师还是要留下一手真迹。

我又开始在一些群里神出鬼没了，带着初生牛犊不怕虎的愚稚横冲直撞。一天，我诗心萌动，拼凑了几句奇言怪语，美其名曰《听古城》。我不知道赵老师正按兵不动，暗中观察。有一天，我收到一份纸媒的图片，这首诗居然被赵老师推荐给《皖西日报》，还是寿县的什么纸媒，发表出去了。我记得比邻而居的是一位朋友的一篇美文。

2018年，我的第二本地域散文和情致诗的合集《听古城》出版，除我之外，至今没有第二个人知道我选定此名的原因。

花，开在雨季，写文字的人心有灵犀。我并非多情，只是一份知遇之恩不可以轻易忘记。远近梅花有身影，高低柳絮穿堂风。遇见的一切，哪一样不值得珍惜？

我和赵老师又见面了，在他的办公室，他说听脚步声就知道是我。我带来一本《听古城》，请他转交给黄先舜老师。因为在微信朋友圈里，我阅读过一首他写寿县宾阳门的诗句，那是2017年的秋季，国庆与中秋两节相遇，天空久雨无晴。我的秋天在连绵的阴雨里黄了，爱与秋光四处流淌。这时我阅读到黄老师的一首悲悯天时与农人的诗，感觉甚好，以书相赠。

赵老师问有邵军的吗，我脱口而出："邵军？邵军是谁？"你看看，你看看，这情商，这情商，绝对是"二班人"的水平。如果是"一班人"，人家一定会说："邵老师啊，有呀，在我包里。"然后手探向皮包，故作惊讶地说："啊呀，怎么……"唉，有一种情商叫"崔小红"。

我的情商向来在冰点水平，等有所回暖的时候，已经坐上29路车返回淮南城。我突然想起，曾检查到一本《听古城》的扉页还是什么页烂了一个小孔。该不会拿去送人了吧？令人沮丧的是，被我猜中。

我总是喜欢随便走走，走在淮南的山水之间、巷陌村庄，就是走走而已，不一定是为了快乐。我的头发不仅白了，还开始变得稀疏。我的世界步伐铿锵,只是在脚踏实地地奔向落叶,我有些恐慌,更加奋笔疾书。我不想让空虚的世界占领我,我想用孤独占领世界。结果我发现,在树叶飘零之后,那疏朗的枝头居然结下一些果实。我的第三本地域散文《淮水流过二道河》即将出版。我请赵老师作序。

他在序言《桃花依旧笑春风》里这样写道:

> 她在创作这些作品的时候,由情而发,不事雕饰,行于当行,止于当止。四年多的时间,她异军突起,在淮南文坛创立自己的写作根据地,成为一名受许多读者喜爱的作家。
>
> 崔小红的很多行为并不是独立特行,我们在文学上的追求殊途同归。区别在于,她有自己的独特体验和表达方式。差异从来都是为了制造和谐,而不是导致冲突。真诚希望在文学的果园里,桃花年年绽放,含笑面对春风。

其实,硕果累累的是赵阳老师,他的第四本散文集《寿州情缘》已公开发行。陈霞老师与我电话联系,说来淮南参加某项捐赠活动,带来一本赵老师的《寿州情缘》,放在鲍宏老师那里了,让我去拿。"崔小红情商"又开始作祟,我问鲍宏是谁,陈老师说:"你不知道吗?你的文章经常在《淮南日报》发表,她是副刊编辑。"我说:"噢——鲍老师是男的,还是女的?"

第二天我就见到鲍老师了,一位和蔼可亲的中年女性,不事妆容,但是知性十足,且不端架子,虚怀若谷,吸引着你去尊重她。

赵老师的书摆放在我高大上的书柜里。我的女儿说:"妈妈,你给我买的房子我并不在意,我觊觎的是你书柜里的书籍。"

刷微信朋友圈,如同我当年的刷题,是每晚必做的一个规定动作。这天,我阅读到赵志刚老师的一篇关于《寿州情缘》的书评,才突然意识到,我也应该为赵阳老师写一篇书评。我真的很忙,在眼前这半个月的时间内,要写几篇大的文章,我要在各种文体之间华丽转身,但我知道,应该为赵老师安静地坐下来运笔。

我的电脑键盘在我日积月累地敲击下,再也不敢自诩"千磨万击还坚劲",它在和我一起迅速老龄化。所以,今天早上,当"赵阳、朝阳"的词语浮现之后,键盘罢工了若干秒时间,才缓过神来,继续和我一种负重前行。

赵老师说不急，我们是朋友。又何止是朋友，他应该是我的良师益友。

赵老师的朋友圈是鲜活的。何谓鲜活？就是数量控制恰当，自觉维护微信朋友圈的容积率，既不霸屏，也不销声匿迹。

他开始晒图了，端坐在那里，面带微笑。是翩若惊鸿的那种吗？是泰然自若的那种吗？你大可穷尽你的想象。在我的眼里，那是一轮暖阳。

这不仅是他这位个体带给我这位个体的感受，还是他的行为带给淮南文学甚至文化界的感受。此人智商、情商并驾齐驱。自己写，鼓励别人写，所谓的海纳百川不过如此。

一则微信帖子在传递一个信息：寿县老城内的某处旧仓库要改建成寿县民俗展览馆。我的第一反应是，这是赵阳们的功劳，寿县是有文化情节的。不比淮南一拆了之，我拦都拦不住。

他仍然一直在躬耕撰文，所谓"莫道桑榆晚，为霞尚满天"。他在为各类文化工作摇旗呐喊，也算鞠躬尽瘁。

赵阳的暖阳正在复苏我的情商。

（写于 2019 年 12 月 15 日）

缸瓦的人间烟火

缸，水缸。瓦，瓦罐。这两种用来盛装水呀、盐呀、猪油等物质的器皿已经远离我们的生活。我却想在 2020 年 2 月 2 日这一天，写一写它们带给我们的人间烟火。

先来说说缸吧。根据材质的不同，缸有陶土缸、石头缸、铁缸、铜缸等。紫禁城里，多是铁缸和铜缸，还被鎏了一层金，映照着金黄的琉璃瓦，一片金碧辉煌。当然，更多的时候，我们见到的是陶土缸。

远方，我不太了解，不敢妄言。我可以确定的是淮河流域，甚至扬州那里使用的陶土缸，多来自淮南，产自大名鼎鼎的寿州窑。

寿州窑，不是一座窑，而是一带窑址群，绵延达 80 里。因为产地在历史上属于寿州，故名寿州窑。它的核心产区在今天的淮南市大通区上窑镇。那里依山傍水，有一条河流叫作窑河。

隋唐时期，缸、瓦、瓮之类的器皿，就是通过窑河进入淮河，流进长江，走进千家万户。那里至今还能看到窑址旧地，它旁边的水洼凹凼，通常被当地居民称为老塘，那是烧窑取土留下的遗迹。

寿州窑是民窑，缸砂粗糙，器型笨拙，没有尊贵，但有繁华，这种繁华体现在数量上。试想，在绵延 80 里的范围内，飘荡着烧窑的烟火，那得生产出来多少口缸啊？试想，上工的号子响了：上——窑——干——活——喽——试想，能诞生出地名"上窑"的地方，一定离不开某种数量。这种数量，是水缸里满满的清水映照出的一张张窑工的黝黑脸庞。

那天，春暖花开，大叶杨哗啦啦地响个不停。我独自行走在上窑的小巷，看见一口残缸被遗弃在墙角。一棵自生自灭的油菜有心无心地开着花朵，依偎在它的身旁。

那天，雪花飘飘，我在九龙岗的小街里穿梭。雪花落在楝树的果实上，空气里弥漫着煮咸鹅的香气。我在一户人家弃置不用的厨房里，见到一口陶土的水缸。这口水缸大小适中，高低恰当，圆圆的，器形饱满，厚薄的分寸拿捏得很好。它的外壁被刮出一道道直线凹痕,算是装饰,涂抹着青黄色的缸釉。我一眼就发现它的美。上前摸了摸它的缸沿,发现缸沿上嵌有文字——红星陶社,余(佘)伯仁,6 号长缸。这是迄今为止,我见过的唯一嵌有制作者名字的陶土缸。

那天,我在寿县的安丰塘镇采风。在一丛翠竹边,看见一只被弃置的瓦罐。我拎起这只小小的瓦罐,它太粗糙了,缸砂的颗粒很大。小小的瓦罐,厚厚的壁,壁上只薄薄地挂了一点釉,都不能够遮住缸砂,而且才挂了一半。小瓦罐一边高,一边低。就是这样一只瓦罐,它的外壁居然也有装饰性的图案。装饰是对美的追求,谁不渴望美呢?就算是草根也不例外。

这个瓦罐是用来盛装猪油,或者食盐的。过去的食盐是大颗粒的粗盐,远没有今天的精细,也远没有今天的营养成分多。

走着走着就会发现,只要走进乡村,就会看到许多的缸瓦。它们被弃置在屋外墙角,有的是空的;有的装满杂物,或是雨水;有的完好无损;有的开裂了,甚至残缺。我在上窑还见过一些大瓮,这些大瓮可以站进去一个成人。它们还没有参军,就直接退伍了,倒伏在荒草丛里。

缸瓦的人间烟火,自然离不开盛装的物品。水缸装的水,缸是硬的,水是柔的。刚硬感、柔软感,刚柔相济,充满朴实无华的生活感、自然沉静的韵味感。瓦罐里装着盐,与生活的酸甜一起构成人间五味。过年了,水缸要挑满,能勤快地把水缸挑满的人,幸福自然饱满。过年了,油罐要装满,油油的新年会带给我们亮堂堂的生活。

缸瓦在消逝,人间继续着烟火,不冷漠。

(写于 2019 年 12 月 18 日)

今天

今天，我有一个发问。我想问一问，在一缕笑容的背后，是不是要有一颗咬紧牙关的灵魂？悠悠家国梦，在月亮升起的晚上，在淮南的舜耕山顶，有没有一管为我响起的清冽笛声？

今天，我有一种感受，这种感受带着感恩。当所有的话语朝向我的时候，亲爱的，你说，我是说，还是不说？我含笑面对所有，释放地域散文才有的坚忍。

今天，风是透明的。在纯净的风里，我说了一句话，这句话是偶然中的必然，是我们长期以来的某种想法，这种想法被一语道破，带着天真，升起在淮南的早晨。

今天，我在熟人社会里变成了陌生人。我在陌生人的眼里，变成了白雪。夜深知雪重，时闻折竹声。你说，雪轻吗？

今天是神奇的，所有的权威都不是权威。今天，蒲公英的种子从远处飘回，又聚成伞的模样。今天，时间被倒流，太阳从西边升起，落向了东方；今天，可以让记忆亮起来，让我有饮酒的冲动，为了那份香醇，为了地域文化要有后来人。

（写于 2019 年 12 月 28 日）

千纸鹤的红包

今天是 2019 年的最后一天。当一个事物与"最后"有关的时候,这个事物很容易引起人们的追思,遥寄,甚至产生缅怀千载的深情。

第三次写千纸鹤,我就是带着这种情感。我能感受到老千在走远,走向地平线。

今天,我把时间交给文字。在文字里,响起人语,我和老千在说话。插上蒹葭,我和老千在选景。涂上色彩,远空蔚蓝,还有一朵朵云彩。风起了,风是透明的。蒹葭苍苍,老千说:"做好准备,笑——"

于是,时间定格了,记忆青葱,永远不老。

千纸鹤是我的好朋友。不过,这个"友龄"的时间不长,只有三年。2015年 8 月,我开始起步纯文学。那时的写作,不带任何目的性。我现在挂在嘴边的地域散文与地域文化,在那个时候我的头脑中,连概念都没有。

说来也很奇妙,我的文字出去之后,居然有许多人喜欢。这是为什么呢?我也在思考,原来是因为文字里有真情,有思想,有史料,有这些成分的附着体——淮南地域。还有结构的缜密、文字的轻灵、我的勤奋,这些恰恰可能是目前的多数文字里缺少的。

每当这个时候,老千都会对我说:"崔老师,你要低调,不要吹。"惭愧,老千一直称呼我崔老师,而我却喊他老千。这也不怪我,第一次见面,他就规定让我称呼他老千。我也规定了,请他称呼我崔老师。我们都是遵守规则的人,不是循规蹈矩,而是恪守君子的自然至诚之性。

人们常说,李白斗酒诗百篇。酒,不是诗文的发酵物,而是情感的触发点。

我的文字靠什么触发生成呢?音乐。可以说,我的诗文绝大多数都是伴随着音乐产生的。煤矿工人出身的青年诗人於玉军说过,崔老师的诗歌有一种音乐的韵律美。他是懂诗的人,不仅在用心写诗,更在用心读诗。

现在,我的耳边有乐音滑过——处世界如虚空,如莲花不著水。老千就是那朵莲。老千正在焦岗湖的莲花丛中,他背着双肩包蹲在栈桥上,掩映在莲花丛中拍照。一群孩子正对着花丛写生,人面莲花相映红。我站在无穷碧的接天莲叶之中,微笑着目视一切,我的微笑是丰腴的。

处世界如虚空,如莲花不著水。乐音缓缓,流过我桌子上的蟹爪兰。蟹爪兰的肉质茎碧绿,在阳光里有些透明。顶端开出了红花,玫瑰色,一轮两轮和三轮。

时间不可能轮回到那年的秋天。稻子一片金黄,我和老千从何台渡口上岸,跑到曹集去看看。曹集的街上到处晾晒着农作物的秸秆,街面上有一家一家的狗肉馆。我们找到老茶馆坐下,一群凤台的茶友从县城驱车来这里饮茶。一口大水缸,周围是一大片灌满开水的热水瓶。铁锅炒熟的花生壳有点烀(ǒu,焦糊),但很香,像接地气的地域散文一样。写到这里,我突然想再走曹集,去买回来一些香气。

饮食的香气叫作生活,暗香浮动月黄昏带来的香气熏染着诗意。我游走于二者之间,步态轻盈。

每次离开淮南,不论时间长短,回淮后,我都会在第一时间喝一碗淮南牛肉汤,只有这样才有落地生根的踏实感。

有时候,我和老千会一起跑去喝牛肉汤。凡在淮南地域的都叫淮南牛肉汤,但老千比较认八公山的。那次,我们相约去谢家集看看花鸟虫鱼。自然要先跑到八公山喝一碗牛肉汤。我在公交车上的时候,就已经看到老千站在街口,在那里蹦达着转圈取暖。气温太低,公交车姗姗来迟。离开前,我买了一块煮熟的牛肉,一切两半,那一半送给老千,他坚决不要。我说:"你不要,我要,这样吧,你欠我一块煮熟的牛肉,如何?"老千说好。这块牛肉是千纸鹤的红包吗?

千纸鹤的红包是虚拟的,是一种象征,是对我采风工作的支持。冬月来了,我想再走九龙岗,有一篇文章的轮廓正在我的心里酝酿,老千陪同我前往。

淮南村老了,有没有寒酸?应该没有。一天,我在被窝里躺着,想到淮南村的老，想到老家怀远，想到家乡的小河，想到小河边的泥墙草顶。突然之间，我茅塞顿开——与淮南村同时代，甚至后时代的建筑物，早已被风雨侵蚀得杳无踪影，而它居然还在，为什么？因为有硬朗的内核，有过硬的质量。它老了，老成风骨，老得依依难舍，充满了对时光的挽留。春有百花，秋有月。我的淮南村啊，80年来，看惯春花秋月。

现在的九龙岗淮南村天字一号，是一家包子油条小饭店。我们走进去，老千说，这是王积惇（dūn，敦厚，勤勉，推崇）家。他说的王积惇是现在淮南市肿瘤医院的前院长，淮南市原副市长，知识分子出身。我在一本书里阅读过，他曾经填补过淮南市的某项手术空白。他的父亲是晚清安徽省咨议员，后来的淮上军司令王龙亭（王庆云）。1911年11月，秀才出身的王龙亭领导寿州首义，从那以后，寿州改名寿县。

老千喜爱游泳，跑到长山水库游，我坐在岸边看。他说北边的青山上长眠着王龙亭和王积惇，父子俩的墓地紧紧地挨在一起。他拍照发给我看，墓地很普通，很普通，真的很普通。所有的生命体都是这样，误落人间几十年，总要重返旧林泉。

九龙岗的报社巷里，一只小白猫一边走着模特步，一边"喵——喵——"地与我打着招呼。字母砖的墙还在，坍塌的屋顶依然坍塌着。金钱草青绿得油光发亮。住户在院子的地上挖了一个地坑，塞上劈柴，坐上水壶，水在冬天里沸腾，水汽升起，存在变得虚空起来。何首乌的藤还披满绿叶，一丛麦冬郁郁葱葱。住户大哥帮我挖了几丛。何首乌的块状根也被挖出来，还有麦冬的小根，胖胖的，白得像和田的美玉。

老千带我走进天字号，一家民国老建筑正在文物部门的主持下整修。四年多的时间，不长不短，我所致力的地域文化保护理念，所推动的地域文化宣传正在悄然转化成实际行动。也许我所看到的残破将是它们华丽转身前的真实情影。老千说走吧，时间不早了，他还要去看望他的父母亲。

老千致力于对淮南近百年矿路历史的研究，收集实物，实地查看，积极行文。和我一样，没有得到任何经费的支持，却乐此不疲。尤其是他，没有任何头衔，工作起来颇费周折，但是无怨无悔。我们都属于只管耕耘，不问收获的人。好在天道酬勤，我俩同时被聘为政协淮南市文史专员。老千心心念念什么时候可以发证，因为他需要用这个证到市档案局查阅资料。证书终于下来了。我们跑到中央公园拍个合影，还特地把文史专员证佩戴起来。

一天，我问老千："你去档案局查阅资料了吗？"老千说去了。我说这下工作起来方便多了。他说不管用，我出示证件，那个小丫头说要请示领导，每一件事情都要请示领导，一个上午都在请示领导，老千无功而返。

我也遇到了波折。关于淮南幸存的一处南北朝时期的古战场"死虎垒"的现状问题，我写了一篇文章。这篇文章发布后，先后有人找到我，希望删帖，至少到此为止，不要继续追踪。我没有删帖，保持着"到此为止"状态。

前几天，田家庵区政协召开九届四次会议。我听取了邱昌玖主席的工作报告。报告里有一条是这样写的：老旧厂房，既是城市文化的重要记忆，也可作为发展文创产业的可利用资源。区政协将老旧厂房综合利用列为今年重要的调研课题……

两天前，我参加《淮南子》文化研究会的年会。会上，市政协杨天标副主席发表讲话，高屋建瓴，客观赤诚。目前，淮南的有识之士们都已经充分认识到加强地域文化研究的重要意义。会后，我发了一条朋友圈：对所有热爱淮南地域文化和推广淮河文明的人，我都自带好感。

多日不联系，今天老千突然发来一个消息：他的工作有变动，由原来的副主任变成大冒号。这意味着我俩在地域文化推广的路上可能不再并肩合作。所以说，在2019年的最后一天里，我感触万千。我感觉到所有与"最后"有关的事物都弥足珍贵。

尤其是千纸鹤又送给过我一个个红包。当我的书不能参评奖项的时候，他说："崔老师，你写作的初心是什么？是为了获奖才写的吗？"我说我的初心是喜欢写，喜欢淮南，没想过获奖。他说："这就对了，你要记得你的初心。"当我无法获得专项资金扶持的时候，很无奈。他说："崔老师，曹雪芹写《红楼梦》获得过文化专项资金的扶持吗？"当我的作家研修班因为无法请假，上不成的时候，我哭了。他说："崔老师，你见过什么家是培训班培训出来的？"

感谢老千，在三年有余的时间里，送给我这么多的红包。带着这些智慧红包出发，2020年，我充满信心。

（写于2019年12月31日）